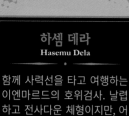

하셈 데라
Hasemu Dela

함께 사력선을 타고 여행하는 이엔마르드의 호위검사. 날렵하고 전사다운 체형이지만, 어딘가 속내를 모를 성격의 청년.

「그런데 말이야, 썩어도 오영웅 아닌가? 너무 함부로 대하면 좋을 게 없을 것 같구먼.」

「실제로 이 눈으로 보고 납득하고 싶거든요. 《이름 없는 자》가 얼마나 대단한지.」

로드 로그와이어
Lord Logwire

윌타미아 왕국 대리인으로 이엔마르드로 향하는 대귀족. 왕국 『원탁』 멤버 중 한 명.

토토 하르네라
Toto Harunera

예의바른 성격의 이엔마르드 소녀. 윌타미아 왕국의 마술 학원에 교환 유학 중인 학생. 통역 겸 가이드로서 함께 여행한다.

「못 들어주겠군. 마신조차 쓰러트린 이 시대에, 멸망한 야만족을 두려워하라고?」

「……이 폭풍은, 저 주 때문에 일어난 거라고 선장님이 그렇게 말하고 있어요.」

개리 브룬
Gary Blun

로그와이어 경을 섬기는 정기 사. 귀인을 지키고 나라를 지키 는 것이 명예라고 배워온 윌타 미아 성당기사단 단원.

이슈안 트롤
Isyuann Troll

재빠른 자, 《도적》으로서 오 영웅 중에 한 명이라 불리지만, 귀환하지 못했다. 하지만 6년의 공백을 깨고 현세로 돌아온다.

「—뭐, 합승? 우리만 있는 게 아니었어?」

「너 같은 초보자는 못 하겠지만, 이 이슈안 님이 계시면 괜찮다고.」

아이카와 리히토
Aikawa Rihito

열한 살 여름방학 때 이세계 파나케이아로 날아와서 세상을 구한 《이름 없는 자》인 용사. 6년 뒤에 소환돼서 또다시 마왕을 봉인했다.

파나티아 이담 2

열사의 레퀴엠

타케오카 하즈키 (竹岡 葉月)

일러스트 루나   **번역** 김정규   **편집** 김일철   **마케팅** 정다움

c o n t e n t s

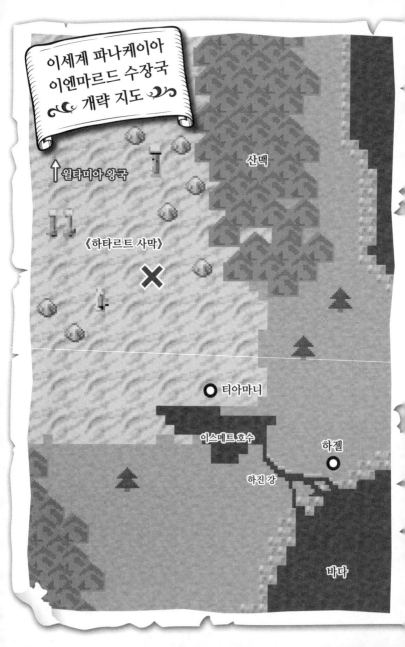

이세계 파나케이아
이엔마르드 수장국
개략 지도

↑ 윌타미아 왕국

《하타르트 사막》

산맥

✕

티아마니

이스메트 호수

하젤

하진 강

바다

어제의 그대와
지금의 그대.

그대는──
정말로 그대인가?

【0】
WORLDS

"선생님. 서가 정리 다 했어요——"

"어머나, 그래. 고마워 아이카와 군. 그럼 이쪽도 도와줄래?"

아아키와 리히토가 문을 열자, 나이든 사서 선생님이 의자에 앉은 채로 손짓을 했다.

이곳은 도서실 옆에 있는 도서 정리실이다. 그리고 사서 선생님이 부탁한 것은 은퇴해서 파기한 책에 재활용 도작을 찍는, 정말 시시하고 재미없는 작업이었다. 실제로 산더미처럼 쌓여 있는 책을 보니 정말 끔찍한 기분이 들었지만, 해야만 하겠지. 어쩔 수 없이.

리히토가 의자에 앉아서 묵묵히 작업하고 있는데, 선생님이 말했다.

"아이카와 군은 정말 성실하고 좋아."

"하하——"

그 말을 들은 리히토는 애매하게 웃어넘길 수밖에 없었다.

책 같은 건 한 번도 빌려본 적 없는 주제에, 이 무렵에는 학교 도서실에 드나들고 있었다. 고등학교에 입학하자마자 위원회를 정하는 가위바위보 시합에서 졌고, 그래서 도서위원으로 임명됐기 때문이다.

막상 들어와 보니 시간과 노력을 엄청나게 빼앗아가는 작업들뿐이라서 깜짝 놀랐지만, 그냥 그걸 했을 뿐인데 이런 평가를 받게 됐다. 대체 왜지.

"그냥 당번 때마다 올 뿐인데요."

"그래도 말이야 아이카와 군. 많이 온다고 좋은 게 아니야. 저 애들 좀 봐…… 읽지만 말고 일 좀 해줬으면 좋겠는데 말이야."

　한숨을 쉬며 말하는 선생님이 보고 있는 곳에는 이 정리실에 개근으로 드나들고 있는 『1군』 멤버들이 있었다.

　그들은 자기 당번 날도 아닌데 매일같이 도서실에 왔고, 그렇다고 일은 거의 하지도 않고 책만 읽으면서 시간을 보냈다. 소위 말하는 『책이 좋다+수다 떨고 싶어서 도서위원이 됐다』는 타입인 것 같다.

　지금도 파손된 책 수선을 해야 하는데, 손에는 책이나 스마트폰, 게임기를 들고서 열심히 레벨을 올리고 있는 사람들이 더 많으니, 정말 한심할 따름이다.

　이 학교 도서실은 저 사람들 같은 『책 좋아하는 수다족』과 리히토처럼 『관심은 없지만 일은 열심히 하는 팀』, 『관심이 없어서 일도 안 하는 파』의 세 가지 조직으로 운영되고 있다. 노동의 편중이 우려될 만도 하다.

"그러면 말이야, 아이카와 군. 네가 있으니까 안심이야. 그러니까 뒷일은 잘 부탁——"

"어."

　잠깐만요 선생님.

　하지만 사서 선생님은 싱글싱글 웃으면서 당연하다는 것처럼 남은 일들을 떠넘기고는 정리실에서 나가버렸다.

'으아……'

너무 부조리하다.

그래도 주위에 맞춰가면서 아주아주 평범하게 살아가는 것이 내 신조. 더 이상 기대 받고 성실한 인간이라는 낙인이 찍히는 건 사양하고 싶다.

라고 생각한 리히토는 재활용 도장을 내려놓고 자리에서 일어났다.

"미치바, 잠깐 괜찮아?"

1군 멤버 중에 한 명에게 말을 걸었다.

그 사람의 이름은 미치바 쿄코. 리히토와 마찬가지로 고등학교 1학년이고 옆 반 도서위원이다.

지금은 비품인 접이식 의자 위에 웅크리고 앉아서 열심히 책을 읽고 있었다.

"―――아, 아이카와 군. 마침 잘 왔어~"

"자, 휴지 여기. 꽃가루 알레르기?"

"고마워, 돼지풀이랑 벼 때문에…… 아니, 그게 아니라! 나 감동했어. 정말이지 이 책 진짜진짜 최고야. 아이카와 군도 꼭 한 번 읽어봐……!"

"알았어. 다음에……."

언제가 될지는 모르겠지만―― 마음속으로 그렇게 덧붙였다.

쿄코는 이 단골 팀 중에서는 보기 힘들게 『책이 좋다+일도 어느 정도 하는』 타입이다. 그래서인지는 모르겠지만, 가끔씩 이렇게 잡담을 할 정도 사이가 됐다.

얼마 전에 등까지 내려오는 긴 땋은 머리에서 옷깃이 보일 정도의 짧은 머리로 대담한 이미지 체인지를 한 쿄코 양은, 내가 준 휴지에 코를 풀고서 읽고 있던 하드커버 책을 소중하게 끌어안았다.

"그렇게 재미있어?"

쿄코는 끄덕끄덕, 크게 고개를 끄덕였다.

"잘 들어, 아이카와 군? 그냥 흔하고 가벼운 판타지라고 얕보면 안 돼. 파란만장한 모험…… 애달픈 순애…… 그리고 배신과 진실…… 크윽. 너무 멋지고 불타오르는 전개가 가득 담겼단 말이야. 기름기가 넘쳐나지만 느끼하지는 않아. 다음 도서 리뷰는 이 책으로 결정했어. 한 사람이라도 많은 사람들한테 포교해야 할 책이야. 우리는 그러기 위해서 태어난 것 같아."

"글쎄……"

"뜻은 크게 가져야 한다고, 아이카와 리히토 군!"

"그, 그런가. 미안해."

뜻이 어쩌구 저쩌구 할 시간에, 지금 옆에 쌓여 있는 폐기 책에 도장이라도 찍어주면 더 기쁠 텐데 말이야. 특히 사서 선생님이.

어쨌거나 미치바 쿄코는 책을 좋아하고, 게임도 애니메이션도 아주아주아주 좋아한다. 그것은 리히토와 전혀 다른 길을 걸어가고 있다는 증거인데, 그런 쿄코가 싫지는 않았다. 순수하게 좋아한다고 말하는 쿄코가 부럽기도 했다. 아마도 자신은 평생 동안 그런 생각은 못 할 테니까.

그 대신, 리히토가 말했다.

"――부탁할 게 있는데 말이야."

"부탁?"

"응. 키우치 선생님 수업 리딩, 지금 어디까지 진행됐어?"

"뭐? 리딩? 그러니까…… 레슨3 중간까지는 했던가."

"잘 됐다. 내일 나 걸리는 날이거든."

"보여 달라고? 뭐야~ 내 건 비싸거든."

"부탁드리옵나이다 위대하신 미치바 신이시여. 대신에 수학A 보여줄 테니까."

"그래, 알았어. 어쩔 수 없네."

간곡히 빌면서 공책을 보여 달라고 했고, 그 자리에서 베끼기 시작했다.

별 상관없는 얘기지만, 쿄코가 필기한 노트는 재미있다. 알기 쉽고 읽기 쉽다기 보다는 질리지 않는다. 노트 줄 한 가득 동글동글한 글자로 채워져 있고, 가장자리에는 『졸리다』 『배고파』 같은, 그 때 그 때의 기분이 SNS 타임라인처럼 남아있다. 나는 공책을 보고 베끼기만 해도 쿄코의 기분을 체험할 수 있다.

'아.'

싱글벙글 하면서 노트를 베끼고 있는데, 새로운 메모가 눈에 들어왔다.

――아~.

――시험도 예습도 너무 따분해.

――어디 다른 세계로 가버리고 싶다.

딱딱한 심으로 쓴, 옅은 글자였다.

──어디 다른 세계로 가버리고 싶다.

"……그건 좋은데, 되게 힘들거든."

리히가 무의식중에 중얼거렸던 것 같다.

"──어. 뭐야, 왜 그래 아이카와 군."

"아니, 그냥, 아무것도 아냐."

황급히 웃어 넘겼다. 그게 고작이었다.

쿄코는 영문을 모르겠다는 얼굴로 리히토의 기행에 무슨 일이냐고 물었다. 그 이야기는 아마도, 거기서 끝났다고 생각했다.

──그렇다. 다른 세계로 가는 건 정말 힘들다.

지금 리히토는 말 그대로 멀리 떨어진 곳에 와 있다.

이곳은 온통 매끈한 대리석을 깔아놓은, 상당히 광대한 공간이다. 학교 체육관보다 몇 배는 되겠지. 리히토가 걸어가는 앞에 빨간색 융단이 일직선으로 깔려 있다.

'빨리 끝나라. 제발 빨리 끝나라.'

융단 오른쪽에는 아름답게 차려 입은 귀족들이 줄지어 서 있다. 왼쪽에도 마찬가지로 차려 입은 귀족들이 줄지어 있다. 나이든 이도 젊은이도, 남자도 여자도, 융단 위를 걸어가는 리히토를 가만히 보고 있다.

머리 위에 있는 천장은 고개를 뒤로 젖혀야 할 정도로 높고, 거대한 크기의 프레스코화가 이상한 박력으로 그려져 있다. 그림의 모티프는 『영웅과 마신』. 거대한 악을 성검으로 쓰러트리는 강한 검사의 그림.

'전에도 이런 그림이 있었던가.'

잘 모르겠다. 생각이 안 난다.

저 그림에 그려진 성검과 똑같이 생긴 성검을 허리에 차고, 리히토는 계속 걸어갔다.

왜냐하면 리히토는 이 그림과 똑같은 일을 했으니까.

"잘 왔다. 용사 리히토여!"

낭랑한 목소리가 넓은 공간에 울렸다.

길게 깔린 융단이 끝나는 제일 안쪽—— 등받이가 높은 왕 전용 의자에 앉아 있는 사람은 레이 윌타미아 에셀바하 1세. 대국 윌타미아의 위대한 왕. 위엄 가득한 얼굴은 6년 전에 만났던 때와 변함이 없지만, 전에 만났던 때보다 수염에 하얀 털이 많아진 것 같다.

리히토는 사전에 배운 대로 무릎을 꿇었다.

"지금 돌아왔습니다. 국왕 폐하."

여기는 학교가 아니다.

여기는 우리나라가 아니다.

외국도 아니다. 지구도 아니다.

다른 세계—— 파나케이아.

여신 파나티아가 만들었고 두 개의 태양이 뜨는 판타지 세계.

《이름 없는 자》, 용사 아이카와 리히토가 두 번이나 구한 세계.

그리고 리히토와 함께 걸어온 소녀도 천천히 무릎을 꿇었다.

"처음 뵙겠습니다. 국왕 폐하."

《재빠른 자》, 도적 이슈안 트롤.

오영웅 중에 한 사람이면서도 불행한 사고에 의해 귀환하지 못했던 비극의 영웅. 6년의 공백을 깨고 현세로 돌아온 존귀한 기적을 체현한 자.

왕궁의 넓은 방 한가득, 박수소리가 울렸다.

좋건 싫건, 지금 이 순간을 기해서 이슈안은 정식으로 귀환한 것이 되었다──.

【1】
NEXT
STAGE

검을 본격적으로 가르쳐준 것은 한 여검사였다.

그 전까지 어설프게 몸에 배 있던 버릇들을 철저하게 바로잡아줬고, 그 다음은 오로지 실전 속에서 기술을 배워왔다.

돌이켜보면 짧은 시간이었지만, 그 일이 없었다면 지금의 자신도 없었을 것이다. 리히토에게는 유일한 스승이다.

'——가까이에 있다. 지금은 거리를 재고 있어.'

리히토는 장검『달의 물방울』자루에 손을 얹은 채 풀숲 속을 걷고 있다.

이 주변은 키가 작은 풀에다 나무들도 밀집해서 우거져 있다. 시야가 그다지 좋지 않다.『놈』의 스펙을 생각해보면, 아마도 이 근처에서 공격해올 텐데——.

문득 머리 위에 있는 나뭇가지에서 용수철이 튕기는 소리와 함께 와이어가 달린 앵커가 발사됐다.

"!"

왔다! 위쪽이다!

리히토는 재빨리 뒤로 물러나서 앵커를 피했

다. 앵커는 방금 서 있던 흙바닥에 박혔다. 리히토는 바로 앵커와 연결된 와이어를 오른손으로 거머쥐고, 힘껏 잡아당겼다.

"어으아!"

와이어에서 잡아끌리는 모양으로, 금발 소녀가 나무 위에서 떨어졌다. 하지만 당사자는 고양이처럼 공중에서 자세를 바로잡고는, 착지하자마자 단검을 뽑아들고 리히토를 향해 달려들었다.

상대가 내지르는 칼날은 하나같이 급소를 노렸다. 자세는 거칠고 투박하지만, 확실하게 상대를 해치우기 위한 칼. 맹공을 몇 번 피했더니, 덤불을 가로질러서 공격 거리 밖으로 도망쳤다.

"귀찮게, 도망치지 마……!"

"그건 이쪽이 할 말이야."

겨우 쓸데없는 차폐물이 없는 잔디밭 위까지 끌어낸 뒤에, 리히토는 다시 한 번 공격했다.

상대의 장거리 무기인 앵커 건은 아직 와이어를 다 감아 들이지 못했다. 남은 무기는 접근전용 단검 한 자루 뿐. 지금이라면 이길 수 있다.

리히토는 화살처럼 돌진하면서 『달의 물방울』을 치켜들었다. 귀에 달린 피어스가 살짝 빛났다.

"——속·격·참——"

"꺄아아아아!"

어?

갑자기 터져 나온 가련한 비명소리에 얼이 빠져서 손을 멈춘 것이 실수였다. 다음 순간, 그녀의 부츠 앞코가 이쪽의 목을 화끈하게 걷어챘다.

피융~. 장검 『달의 물방울』이 날아갔고, 잘 손질된 잔디밭에 꽂혔다.

"하하~! 이겼다, 이겼어!"

신이 난 목소리가 터져 나왔다.

리히토는 신음했다. 뭐랄까, 정말이지.

"……이슈안 트롤!"

저려오는 손목을 만지면서 외쳤다.

정작 이슈안은 잔디밭 위에서 **뿅뿅** 뛰어다니고 있다.

"지금 그거 좀 치사하지 않아?"

"어, 뭐가? 뭐가 치사한데 리히토!"

자 알면서 모른 척 물어보는 게 더 짜증이 난다. 이러니까 도적이라는 인종들은.

"잘 들어 리히토. 속이는 놈이랑 속는 놈. 누가 바보냐고 묻는다면 보통은 속는 놈이야."

"……아, 예. 그러시군요……."

그렇다고 해서 이럴 때만 여자 행세 하는 것도 치사하지 않냐고.

리히토는 탄식하면서 이슈안을 봤다.

밝은 금발을 리본으로 묶고, 복장은 밑단을 짧게 만든 셔츠와 숏 팬츠로 가벼운 차림이다. 실컷 움직여서 땀을 흘린 피부는 발그레하게 상기됐고, 실제 나이 17세 소녀답게 부풀어 오른 가슴이 숨을 쉴 때마다 오르내리는 걸 알 수 있다.

리히토와 눈이 마주치자 이슈안은 기쁘다는 것처럼 미소 지었다.

──아, 귀엽다고. 솔직하게 생각하게 만드는 웃는 얼굴이었다.

아름다운 고양이과 동물이 생각나게 하는 얼굴은 화장도 하나 안 했는데 신기할 정도로 품위 있고 단정해 보인다.

6년이라는 공백을 깨고 《벌레 구멍》 상공에서 내려온 게 한 달 전. 지금은 왕도에 있는 하이달 웜 저택에서 몸 치료와 잃어버린 6년 동안을 보충하고 있다.

솔직히 다른 누군가가 같은 전법을 흉내 내도 상관없다고 생각하지만, 그래도 이슈안이 하는 것만은 참을 수가 없었다.

"그나저나 정말 잘 먹히네, 필살☆여자의 눈물. 리히토한테도 먹히는구나. 씨익."

"……하려면 예의작법 선생님 앞에서도 해 봐. 레이스 손수건도 들고서. 울면서 기뻐할 거야."

"그건 필요 없는 눈물이야. 당근 줄기보다도 쓸모없어. 아무튼 이긴 건 이긴 거니까. 약속 꼭 지켜."

"그래, 알았어."

리히토는 쓸쓸한 기분을 맛보며, 주머니에서 동전을 꺼내서 이슈안에게 줬다.

"다음엔 안 통한다."

"감사합니다~"

이슈안은 생글생글 웃기만 할 뿐. 이쪽의 복잡한 심정이 얼마나 전해 졌는지는 모를 일이다.

"어때 리히토. 너한테도 한 판 이겼으니까 이제 괜찮겠지. 이상한 데는 없겠지."

——가벼운 질문처럼 보이기도 했지만, 질문한 이슈안은 리히토의 눈을 가만히 쳐다보고 있었다. 얼굴은 웃는 것 같지만 눈은 아니었다.

　　뭐라고 대답해야 좋을까.

　　다시 만났을 때, 이슈안은 6년 전의 마지막 싸움 이후의 일들을 전혀 기억하지 못했다. 열일곱이라는 나이에 맞게 똑똑한 모습을 보여주기도 하지만, 정서적인 측면에서는 열한 살 수준이라는 진단도 받았다. 실제로 리히토에 대한 대응은 너무나 천진난만했다.

　　"……딱히, 이상한 건 없어. 이슈안은 이슈안이야. 아무것도 변하지 않았어."

　　"그래? 그렇겠지."

　　이슈안이 너무나 안심하는 게 느껴졌다.

　　"그런데 넌 왠지 엄청 달라졌다."

　　"그래?"

　　"응. 겉모습도 그렇지만……."

　　이슈안이 뭔가 눈부신 것을 보는 것처럼 눈을 가늘게 떴다.

　　"리히토. 넌——"

　　"——두 분, 거기 계셨습니까."

　　고개를 돌려보니 호사로운 검은 로브를 입은, 키가 크고 마른 체격의 마술사가 다가오고 있었다.

　　이슈안이 손을 크게 흔들었다.

　　"안녕, 하이달. 들어봐, 들어봐. 내가 리히토한테 이겼어!"

　　"그거 잘 됐군요."

"그치?"

자랑스러워하는 이슈안에게, 하이달 웜이 부드럽게 미소를 지었다.

그는 이 광대한 저택의 주인이자 리히토와 이슈안과 같은 오영웅 중에 한 명이다. 윌타미아 왕궁의 필두 마술사 지위에 있으며, 왕궁의 원탁회의에도 참가하는, 크게 출세한 인물이다.

"예. 정말 훌륭하십니다만, 가능하다면 두 분께서 훈련하실 때는 장소를 정해서 해주셨으면 감사하겠습니다. 뭐라고 할까요…… 정원사가 슬퍼합니다."

"아~"

이슈안의 웃는 얼굴이 바로 굳어졌다.

하이달은 눈앞의 참상── 종횡무진으로 짓밟힌 정원의 잔디와 앵커 건으로 쓰러트려버린 나무들에 대해 약간의 씁쓸한 말을 하고 싶은 것 같다. 뭐, 그럴 만도 한 꼴이기는 하니까.

"……거 봐 이슈안. 그래서 내가 발사 도구는 안 된다고 했잖아."

"아, 뭐야 너. 지금 이 상황에서…… 내 탓 하기야? 진짜 치사하네. 솔직히 저쪽은 네가 칼로 날려버린 것도 있거든."

"어디가."

"봐, 저기."

"어딘데. 설마 겨우 저거 가지고 그러는 거야?"

"겨우라고 할 수준이 아니잖아."

"무슨 소리야. 겨우 나무 한 그루인데."

"아니, 저 나무의 가지 모양이 정원의 가치를 정하는 거라고. 그러니까 과실의 절반…… 아니, 3분의 2는 리히토 책임이야!"

"왜 그렇게 되는데."

어째선지, 옆에서 듣고 있던 하이달이 웃음을 터트렸다.

"하이달?"

"실례. 힘이 넘치는 것 같아서 다행입니다. 잠시 리히토와 할 말이 있습니다만, 괜찮으신지요."

"나한테?"

하이달이 고개를 끄덕였다.

"응, 괜찮아. 저 자식이랑 할 말이 있으면 데리고 가라고. 난 여기 정리할 테니까."

이슈안이 리히토한테서 뜯어낸 코인을 만지작대면서 말했다. 하이달은 "그럼, 잠시 빌리도록 하겠습니다"라고 정중하게 말했다. 무슨 물건도 아니고.

이슈안이 정원 반대편으로 뛰어가 버렸고, 리히토와 하이달은 그대로 저택 쪽으로 이동했다.

저택 안에서 일하는 메이드들이 리히토와 하이달을 보고 인사했다. 지금에 와서는 이 저택에서 일하는 사람들 대부분이 아는 얼굴이다. 이 저택에서 신세를 진지도 꽤 됐으니까.

"며칠 전에—— 라나 공으로부터 편지가 왔습니다."

"정말? 잘 됐네."

"예. 당신으로부터 하기리 노사의 부부와 그녀의 근황을 듣고, 편지를 보내고—— 겨우 답이 왔습니다. 짜증나는 얼굴 보고 싶지 않으니까 넌 오지 마. 하지만 신관이라든지 파견은 받아주겠다—— 라나 공답군요, 정말이지."

"정말로 화가 난 건 아닌 것 같은데."

"예. 알고 있습니다. 그 정도는. 같이 여행도 했으니까."

하이달은 그 시절이 그립다는 것처럼 눈을 감았다.

"노사도 라나 공도…… 오영웅도 이제는 옛날 일이군요. 하지만 희망도 있습니다."

"응, 맞아. 하이달."

"이슈안 트롤…… 그녀도 거의 다 나은 것 같더군요."

"그러게. 컨디션은 나쁘지 않아 보여."

"예, 정말 기적 같은 일입니다."

그 의견에는 동의한다.

마신을 봉인하는 대신에 이슈안의 목숨을 잃었다고 생각했었다. 하지만 살아 있었다. 돌아와 줬다. 이번에야말로 희망의 빛이 꺼지지 않도록, 터지지 않도록, 자신들은 세심한 주의를 기울이고 많은 걱정을 해왔다. 하이달도 기적을 빌어 왔을 것이다.

"정신적으로는 불안정한 것 같지만, 조금 전 같은 대화가 가능하다면 문제는 없겠지요. 예전 모습을 보는 것 같아서 반가운 기분도 들었습니다. 정말 다행입니다."

"하하……."

그렇겠지. 모든 게 옛날하고 똑같으니까.

하이달과 함께 계단을 올라가서 2층에 있는 서재 문을 열었다.

그곳은 대량의 마술서와 의식용 도구들이 있는 개인적인 공간이다.

안에 들어갔더니 중앙에 있는 두꺼운 테이블이 눈에 들어왔다. 처음 보는 수정구와 마법진을 그린 천이 펼쳐져 있었다.

"뭔가 하고 있었어?"

"예. 당신이 귀환할 수 있는 날을 점치고 있었습니다."

아무렇지도 않게 나온 그 말에, 리히토는 어째선지 큰 충격을 받았다.

"······리히토? 리히토?"

"··········아니, 응······."

바로 대답이 나오지 않았다. 아무 말도 못 하고,『귀환』이라는 한 마디에 그저 멍하니 서 있을 뿐이었다.

지난번에는 초등학생이었던 리히토를. 그리고 그 다음에는 현대 사회에서 평범한 고등학생으로 살아가던 리히토를. 총 두 번에 걸쳐서 이쪽 세계로 소환한 것은 눈앞에 있는 하이달이다. 이유는 단 하나. 마신 아르고스의 부활이라는 위기 때문에.

이 세계에는 다른 세상에서 온 용사가 세상을 구한다는 전승이 존재한다는 것 같다.

리히토는 모험 끝에 성검을 얻고 아마트산을 올라가, 마신을 한 조각도 남기지 않고 다시 봉인했다. 당장의 위기는 그걸로 회피했을 것이다.

그 뒤에도 어쩌다보니 이 하이달 저택에 남은 것은, 중간에 발견한 이슈안——『진짜』이슈안 트롤이 어떻게 될지 걱정됐기 때문이다.

기적은 일어났다. 더 바랄 게 없는 형태로.

열일곱 살의 몸에 마지막 싸움 때의 열한 살에서 멈춰버린 마음이 깃들고, 기억도 6년 전 상태에서 멈춰 있다고는 하지만, 큰 상처가 있는 것도 아니다.

게다가 이슈안 자신이 6년의 공백을 메우기 위해서 노력한 덕분에, 지식과 교양 면에서의 공백은 거의 없어졌다. 이 정도까지 회복했다면 나머지는 오차와 시간문제. 리히토가 이쪽 세계에 있을 이유는 없다.

그렇다. 객관적으로 보면 그것이 자연스러웠다.

'그렇겠지——.'

하이달은 모른다.

리히토만이 품고 있는 문제를.

자신이 이슈안 트롤의 모습을 한 마신과 함께 여행했다는 것은 리히토 자신이 말했기 때문에 알고 있다. 하지만 리히토가 그 과정에서 사랑을 했다는 것까지는 모른다. 말할 수가 없었다.

"⋯⋯돌아가는 건, 언제?"

"그렇군요. 큰 태양과 작은 태양이 겹쳐질 때—— 지금부터 한 달 뒤라고 나왔습니다."

"그렇구나⋯⋯ 길⋯⋯ 지만 그렇게 먼 것도 아니네⋯⋯."

"무슨, 문제라도?"

"아니, 설마."

살짝 고개를 저었다.

한 때는 좋아했던 상대였다. 이대로 혼자서 지구로 돌아가도 미련이 없다면 거짓말이겠지. 가능하다면 이슈안과 같이 있고 싶다. 떨어지고 싶지 않다.

하지만 동시에, 그 집착을 버리지 못하고 나아가는 길이 나락의 밑바닥으로 이어져 있다는 것을, 리히토는 알고 있다.

전에 마신이 말하기를,

——이 몸과 사고 회로는 말이야, 이슈안 트롤이라는 소녀가 순조롭게 성장했으면 손에 넣었을 것이야. 상당히 순도가 높은 미래의 모습이라고. 난 그렇게 할 수 있으니까.

——네가 사랑한 건 열일곱 살의 이슈안 트롤이고, 네게 한 말, 보여줬던 웃는 얼굴, 모든 것이 하나의 거짓도 없이 그녀 자신이 생각하고 선택한 것이다.

——그녀는 자신의 의지로 널 사랑했다.

——그건 안심해도 된다——.

아마트산 정상에서, 리히토의 칼에 찔린 마왕의 조각이 그렇게 말했다.

리히토에게는 그것이 유일한 구원의 말이라고 할 수 있었다. 망상도 바람도 아닌, 하나의 독립된 인격인 이슈안과 마음이 통했다고 해줬으니까.

그렇기 때문에, 지금 같이 있고 같이 웃고 있는 『진짜』에게 마음을 털어놓기가 두려웠다.

거절당하면 어쩌지. 같은 반응이 돌아오지 않으면 어쩌지.

모든 것이—— 무(無)로 돌아간다.

절망을 맛볼 바에야 작은 구원만을 품고 돌아가는 쪽이 좋다. 리히토의 마음은 그쪽으로 기울어가고 있었다.

누구에게도 말할 수 없는── 리히토만의 비밀이다.

"──리히토. 나는 6년 전…… 아무 것도 확인하지 않고 당신을 돌려보낸 것을, 계속 후회하고 있습니다."

하이달이 말없이 표정이 어두워진 리히토에게 말했다. 생각지도 못한, 진지한 말투로.

"……뭐야, 갑자기……."

"갑자기가 아닙니다. 다른 세계로부터 인도한 용사는 세상을 바꾼다. 하지만 동시에 당신에게는 예전부터 선택지가 있었습니다. 제이 손으로, 부모님이 기다리시는 고향으로 돌려보내는 것. 그리고 또하나."

"또 하나?"

"예. 또 하나는──"

그 때, 문이 활짝 열렸다.

"이봐. 하이달, 있어?"

이슈안의 목소리였다.

리히토와 하이달은 얼굴을 마주봤고, 하이달이 대답했다.

"예, 있습니다. 들어오시지요."

갑자기 무슨 일일까. 방에 들어온 이슈안은 엄청나게 무뚝뚝한 얼굴로, 오른손에 들고 있는 하얀 봉투를 살랑살랑 흔들었다.

"우편물입니다."

"제게 말입니까?"

"맞아. 정원에 있었더니 갑자기 날 불러서 말이야. 『이봐 거기 너. 하이달 공께 전해다오. 답장은 시급히』라고, 아주 거만하게 말이야~"

"그거 정말 감사합니다. 뭘까요, 이런 시기에."

하이달은 연기하는 것 같은 태도의 이슈안이 들고 있던 봉투를 받아들고, 마술로 편지봉투를 뜯기 시작했다.

이슈안은 뚱한 얼굴인 채로 리히토 쪽으로 다가왔다.

"아~ 짜증나. 그 아저씨, 틀림없이 날 여기서 일하는 사람이라고 생각했을 거야."

"고생했어."

"……뭐, 그냥 식객이니까 비슷하다고 할 수도 있겠지만."

그렇게 말하고는 바로 옆에 와서 섰다.

"이봐~ 왜 그래 하이달. 얼굴이 칙칙한데. 빚 갚으라는 독촉장이라도 왔어?"

이슈안이 쓸데없는 걱정을 할 정도로, 하이달은 편지를 읽으면서 미간에 깊은 주름을 지었다. 분명히 신경 쓰이는 표정이기는 했다.

"괜찮아? 무슨 일 있어?"

리히토도 말하자 하이달은 갈라진 목소리로.

"——아니요. 없습니다. 아직은 괜찮습니다."

아직은?

하이달이 고개를 들었다.

"두 분, 죄송합니다. 지금부터 왕궁에 다녀오겠습니다."

"저기."

"금방 돌아오겠습니다."

말이 끝나기도 전에, 하이달은 편지를 로브 품에 넣고서 서둘러 서재에서 나갔다.

이슈안과 리히토는 서로 얼굴을 마주볼 수밖에 없었다.

"……아무 일도 없다는 게……."

"거짓말이야."

하이달 웜. 여전히 거짓말을 너무 못하는 남자였다.

예상대로, 금방 돌아온다고 한 하이달은 한참이 지나도록 돌아오지 않았다.

그가 자택에 돌아온 것은 다음날 아침이었다.

리히토와 이슈안은 1층 식당에서 아침 식사를 하고 있었다.

'윽.'

그 때 한 눈에 봐도 한 숨도 못 잔, 눈이 충혈된 하이달이 테이블로 다가왔다. 리히토는 갓 구운 흰 빵을 먹으려고 하던 참이었는데, 순간적으로 입에 넣어야 한다는 걸 잊어버렸다. 그만큼 필사적인 표정이었다.

"왜, 왜 그래 하이달, 무슨 일이 있었어?"

"——죄송합니다."

하이달 웜, 갑자기 사죄 공격.

"정말 죄송합니다."

"아니, 저, 저기 하이달. 갑자기 그건 아니잖아. 진정하고 설명해봐. 괜찮으니까."

"……예, 그렇군요…… 저도 모르게 그만……."

"이봐 하이달. 그렇게 자기도 모르게 사죄하는 사람 치고 제대로 된 사람은 없다고."

"예, 지당하신 말씀입니다 이슈안. 저는 제대로 된 사람이 아닙니다.”

이슈안이 한 마디 하자, 하이달은 공허한 눈으로 웃었다. 아, 이건 정말 제대로 된 일이 아닌 것 같다.

“됐으니까 얘기해봐.”

“……뭐라고 할까요. 왕궁에서, 두 분의 소환 명령이 내려왔습니다. 국왕 폐하께서 뵙고자 하신다는 것 같습니다.”

──국왕.

──폐하.

리히토와 이슈안이 동시에 입을 열었다.

““뭐라고오오?””

그래서 죄송하다고 하지 않았습니까, 라고. 하이달이 기어들어가는 목소리로 신음했다.

월타미아 왕궁에는 『원탁의 방』이라고 불리는 곳이 있다.

최고 심의회가 열리는 넓은 방 안쪽에 있는 작은 방인데, 어느새 그 작은 방에 드나드는 사람 자체를 『원탁』이라고 부르게 됐다. 특별한 일을 결정하는, 선택받은 우월자라는 뜻으로.

심의회의 이름도 원탁회의라고 불리게 됐다. 중요한 일들은 이미 원탁의 방에서 전부 결정되어 있다는 뜻도 담아서.

──그리고 하이달 웜이 말하기를.

『……이번 마신 토벌은 원탁에 대해 비밀리에 행하는 것이 첫 번째 조건이었습니다. 저는 궁정 마술사 대표로서 원탁회의에 참가하고 있습니다만, 왕국 안에서의 지위는 그다지 높지 않습니다. 대부분 기사 계급 이상의 귀족들이니까요. 지금의 제 입장에서 눈에 띄는 행동을 하는 것은 피하고 싶었기에, 그 대신 리히토에게 부탁하는 길을 택했습니다. 이대로 리히토가 고향으로 돌아가면, 이렇게 말하기는 그렇습니다만 증거를 인멸할 수 있다고 생각했습니다만……』

그게 먹히지 않았던 것 같다.

『죄송합니다. 귀족들 사이에 돌던 소문이 어쩌다보니 국왕 폐하의 귀까지 전해진 것 같습니다. 폐하 자신은 상당히 기뻐하시면서 용사 리히토에다 도적 이슈안까지 발견했으면 성대히 대접해야 마땅하다고…… 이렇게 되니 제 힘만으로는 막을 수가 없었습니다. 정말 죄송합니다.』

계속 고개를 숙이며 사과하는 하이달은 정말로 통한의 극치라는 표정이었기에, 더 이상 뭐라고 할 수가 없었다.

그렇게 해서 리히토 일행은 얼렁뚱땅 왕궁에 들어가게 됐다.

"……기뻐하면 그냥 좋아해도 되는 일…… 이 아니겠지. 아마도."

리히토와 이슈안은 지금 알현실 근처의 대기실에 있다.

대기실이라고 해도 크기가 하이달의 집에서 제일 큰 공간 정도는 된다. 회반죽 세공도 아름답고, 우아한 아치를 그리는 높은 천장. 색이 들어간 창문 유리가 바닥에 선명한 색의 그림자를 드리운다. 테이블 위에 있는 설탕 단지 조차도 문화재급의 희소가치가 있을 것 같은 것이, 뭔가 하나를 건드리려면 큰 각오를 해야 했다.

"그거야 당연하지. 너, 국왕을 만날 때 어떤 생각 했어. 만났었잖아?"

그렇게 말한 사람은 이슈안인데, 비싸 보이는 소파 위에서 대충 다리를 꼬고 앉아 있다. 그 배짱이 좀 부럽다.

"응. 만났지."

"오, 어땠는데?"

"그렇게 무서운 사람은 아니었어. 수염이 길고, 목소리 톤이 낮고, 상당히 위엄도 있었지만, 나도 이해할 수 있는 말로 얘기해줬⋯⋯ 던 것 같아."

"같은 건 또 뭐야. 확실하게 말하라고."

"사실은 잘 기억이 안 나거든. 여행이 끝난 직후고, 훈장도 받고 고맙다는 인사도 듣고 했던 건 분명한데⋯⋯."

이슈안이 놀리는 것처럼 미소를 지었다.

"뭐야. 너무 긴장해서 정신이 없었던 거야?"

"응. 그런가봐."

리히토는 쓸쓸하게 웃었다. 그랬다고 해두기로 했다.

이슈안 트롤—— 널 찾은 지금이라면 웃으면서 얘기할 수도 있다. 그 절망뿐이었던 상실감도.

현왕 에셀바하 1세는 현재까지는 현명한 군주라는 평판인 것 같다. 오랜 세월 왕의 보좌를 맡았고, 50이 넘어서 지금의 지위에 앉게 됐다는 것 같다. 신하들의 말을 잘 듣고 독단전횡을 선호하지 않는다는 것이 하이달의 설명이었다.

"아무튼 나쁜 사람은 아닌 것 같아."

"리히토 넌 너무 무르다니까. 그런 게 무슨 도움이 된다는 거야. 온화하고 좋은 사람이라는 건, 뒤집어서 생각해보면 귀족 놈들의 잘 난 척 하는 폭주를 억누를 생각이 없다는 뜻이잖아?"

이슈안의 솔직한 독설이 불을 뿜었다.

"하이달 자식이 회의 같은 데서 고생하는 것도 그것 때문이 아닐까? 게다가 이 몸…… 이 아니라 우리는 귀족들이 노리고 있던 공을 옆에서 가로챘잖아? 기억은 안 나지만. 아마도 속에서는 부글부글 끓고 있을 테니까, 환영할 거라고 생각하는 쪽이 이상하지 않겠어."

"음…… 그렇겠지……."

그 말을 듣고 보니 왠지 불안해졌다.

"——리히토 아이카와 님. 이슈안 트롤 님. 알현실로 드십시오. 폐하께서 부르십니다."

문 너머에서 무기질적인 시녀의 목소리가 들려왔다.

리히토와 이슈안은 올 게 왔다는 것처럼 얼굴을 마주봤다.

"자, 우리 차례. 가볼까."

"응……."

미묘하게 위 언저리를 손으로 누르는 리히토를 격려하는 것처럼, 이슈안이 손뼉을 치면서 일어났다.

지금 이슈안이 입고 있는 의상은 화려한 여성 기사용 코트다. 알현이니까 드레스를 입어야 한다고 주장하는 매너 강사진들과 화끈하게 말다툼을 벌인 끝에 결정한 옷이다.

흐트러진 머리카락을 손으로 가다듬고, 검대와 웃옷도 매무새를 바로잡았다. 그러던 중에, 이슈안이 고개를 돌리고 물었다.

"이상한 데 없지?"

"응, 딱히 없어. 하지만——"

"하지만?"

이슈안이 귀신같이 알아듣고 물었다.

——어쩔 수 없어. 이제 와서 무를 수도 없으니까. 각오하고, 끝까지 말했다.

"기왕이면 입었으면 싶었는데 말이야. 드레스."

풉, 하고 웃음을 터트렸다.

"뭐? 무슨 바보 같은 소리야, 너도 그 놈들 편이야?"

"편이라기보다는 말이야……."

"솔직히 어울릴 턱이 없잖아. 무슨 생각이냐고."

"편견은 참 무섭구나……."

"보기라도 한 것처럼 떠들지 말라고. 가자."

——보고 싶어서 한 말인데 말이야.

마음속으로 조용히 덧붙였다.

기억 속에 있는 하얀 여신의 의상과, 활활 타오르는 화톳불이 눈앞에 아른거렸다. 욱신, 상처가 벌어지기 전에 다시 사라졌다.

현실의 이슈안은 허리를 곧게 펴고 걸어갔다. 빨리 오라고, 약간 뒤처진 리히토를 기다려줬다.

"괜찮다니까. 정 안 되면 도망치면 그만이잖아. 도망치면."

이 웃는 얼굴이다.

하나도 달라지지 않아서—— 몸짓이나 표정까지, 전부 똑같아 보여서 더 괴로운 걸까.

손을 뻗어서 잡고 싶지만, 그 동작을 하는 게 너무나 무섭다. 딜레마다.

그렇게 해서, 그런 두 사람 앞에서 알현실의 거대한 문이 열렸다——.

"——다녀왔습니다. 국왕 폐하."

정말이지, 이게 정말로 현실일까.

줄줄이 인사말을 늘어놓는 자신의 목소리가 남의 목소리처럼 들려온다.

6년 만에 찾아온 왕궁 알현실.

거대한 콘서트 홀 같은 넓은 공간 속에 내던져졌고, 그 자리에 있는 여러 사람들의 시선이 자신을 주목하는 것이 느껴진다. 호기심 질투. 증오와 동경.

"처음 뵙겠습니다. 국왕 폐하."

멀미가 날 것만 같은 감정의 소용돌이 속에서, 윌타미아 국왕——레이 윌타미아 에셀바하 1세는 어떤 색에도 물들지 않은 회색 눈동자로 리히토와 이슈안을 바라봤다.

"음. 무사히 귀환해서 기쁘다. 특히 이슈안 트롤—— 그대가 긴 시간을 거쳐 생환한 것은 진정 요행이로구나. 그야말로 여신께서 내리신 기적이다."

"걱정을 끼쳐드려 죄송할 따름입니다."

"어디 불편한 곳은 없는가?"

"예. 전부 예전대로입니다."

사전에 연습한대로, 이슈안도 잘 하고 있는 것 같다. 역시 배짱이 좋다니까.

"그렇군요. 이 자리에서 공중제비라도 돌아볼까요."

뭐야, 뭐야, 뭐야, 뭐야!

리히토는 깜짝 놀랐다. 왕은 눈이 휘둥그레졌고, 큰 소리로 웃었다.

"그거 참 믿음직한 말이로군."

"예. 그럼 잘 봐주십시오. 하나, 둘."

하지 말라니까 이슈안! 그건 너무 심하다고!

리히토가 황급히 말리려고 했지만.

"어머나, 폐하. 무사한 것은 겉모습뿐이고, 안에 든 것은 상당히 뒤처진 것 같사옵니다만?"

이슈안의 눈썹이 치켜 올라갔다.

옥좌 바로 앞에 서 있는 중신들 중에, 한 손에 부채를 들고 미소 짓는 여성이 있었다.

상당히 체격이 좋은 중년 부인이고, 시허옇게 칠한 얼굴에 계속 가면이 아닌가 싶은 미소를 짓고 있다.

"뭣이, 그게 사실인가."

"예. 정말 불쌍하군요. 시집도 안 간 처녀의 몸에 흠집이 나다니."

"그러게 말입니다. 저희 기사단에 맡겼으면 되었을 터인데."

게다가 찬동하는 목소리까지 튀어나왔다.

이쪽은 체격이 좋은 군인 같은 사내다. 양쪽 모두 소위 말하는 월타미아 최고 심의회,『원탁』멤버겠지——.

신하의 말에 왕은 애처롭다는 표정을 지었다.

"국왕 폐하. 부디 자비로운 말씀을 내려 주시옵소서. 이런 비극을 벌이면서까지, 하이달은 정말 열심히 했사옵니다. 저희를 따라잡으려고 아주 필사적이었습니다."

"예, 그렇사옵니다. 그의 현명함에는 경의를 표할 수밖에 없습니다. 저희로서는 도저히 흉내도 낼 수 없는 일입니다만."

여기저기서 비슷한 웃음소리가 터져 나왔다. 일부러 하는, 조롱 섞인 실소다.

우리의 하이달은 그런 이상한 멤버들의 말석에서, 복통을 참는 것처럼 눈을 감고 있다.

"……웃기는 소리 하고 있네. 대체 누가 뒤처졌다는 거야."

"마음은 이해하지만, 지금은 참아야 해 이슈안."

폭발하면 저들이 바라는 대로 되는 꼴이다. 리히토가 작은 소리로 말리자, 이슈안이 살짝 혀를 찼다.

하지만, 하이달이 가능한 비밀리에 일을 처리하고 싶어했던 기분도 잘 알 것 같았다. 설마 이렇게까지 노골적일 줄은 몰랐다. 윌타미아 기적들에게 있어, 리히토 일행의 존재는 정말로 인정하기 힘든 것이었다.

아무리 세상을 구했다고 해도, 그들에게는 실감이 가지 않는 일이겠지. 세상이 붕괴의 위기에 빠졌다는 것도 그럴 수도 있고. 이렇게 아름다운 왕궁 안에 계속 있었다. 그 시절부터, 계속.

"그렇군. 모두들 곤란을 헤쳐 나왔겠지. 훌륭한 일이다."

왕 혼자만 진지하게 고개를 끄덕이고 있다.

"용사 리히토와 도적 이슈안이여."

"……예, 국왕 폐하."

"우리 윌타미아 왕국, 나아가서는 이 세상에 공헌한 공적은 칭송해 마땅하다. 그 이름은 오래도록 전해지며 영예를 누릴 것이다. 먼저 그대들에게 상을 내리겠다. 받도록 하거라."

신호에 맞춰, 시종 몇 명이 행진해왔다.

시종들은 제각기 한 눈에 봐도 비싼 물건이라는 것을 알 수 있는 장식품과 무구가 들어 있는 상자를 들고 있었다. 이슈안이 조금 전까지 분개했던 것도 잊어버리고 침을 꿀꺽 삼킬 정도로. 그것은 그야말로『금은보화』라는 말이 딱 어울릴 정도의 볼륨이었다.

"이번에는 우리 왕국의 재보와 함께, 이웃 이엔마르드의 친사가 진상한 물품도 있다. 하나같이 둘도 없는 지보들. 고맙다는 인사는 그들에게 하거라."

왕의 설명이 뭔가 어색하게 들렸다.

'이엔마르드?'

월타미아 남부와 국경을 맞대고 있는 사막의 소국이다.

자세히 보니 줄지어 있는 월타미아 귀족들 사이에 한 눈에 봐도 의장이 다른, 남쪽 나라의 민족의상을 입은 남자들이 있었다. 리히토와 눈이 마주치자 그들은 독특한 형태로 인사했다. 당황해서 자신도 마주 인사했다.

지상에서 마수가 사라진 덕분에 예전과 비교하면 대국과 소국간의 관계도 달라졌다는 것 같지만, 교류는 지금도 이어지고 있는 것같다.

그리고 리히토는 다시 한 번 눈앞에 쌓여 있는 재보들을 봤다.

정말로 번쩍번쩍, 눈부실 정도의 보물 더미인데—— 한 가지가 눈에 걸렸다.

'————아.'

줄지어 있는 상자들 중에 딱 하나, 이질적인 것이 있었기 때문이다.

그것이 무엇인지 인식한 순간, 심장이 크게 뛰고 온 몸에 소름이 돋았다.

설마———.

"야, 리히토?!"

말없이 상자 쪽으로 달려갔다.

"어머나, 이 무슨 야만적인."

비난하는 소리도 귀에 들어오지 않았다. 금은보화 더미에 처박혀 있는 그것을 억지로 잡아 뽑았다.

"———허허허, 리히토여. 바로 그것이 마음에 들다니, 보는 눈이 있구나. 그것은 지금 말한 이엔마르드에서 보내온 물건이다. 듣자 하니 사막에서 발굴한 마법의 물건이라더구나."

마법은 무슨. 말도 안 돼.

펄이 들어간 흰색 본체. 액정 화면이 하나.

흠집은 조금 났지만 크게 망가진 것 같지는 않았다.

떨리는 손으로 전원 버튼을 눌렀더니 낯익은 로고와 기동 화면이 나왔다.

'왜 이게 여기 있는 거야.'

리히토는 빨간 융단 위에서 신음하며 하늘을 올려다봤다.

지구의——— 휴대용 게임기였다.

* * *

──지금 열차가 들어오고 있습니다.

──승객 여러분은 한 걸음 뒤로 물러나 주십시오──.

"으아아아, 또 전멸 당했다!"

전철을 기다리고 있는 역 승강장에, 미치바 쿄코의 비명소리가 울려 퍼졌다.

"뭐냐고 진짜~ 또 1층부터 다시 해야 하잖아~ 이게 벌써 몇 번째냐고~"

"……고전하나보네."

"지, 질 수는 없어. 용사 키요코는 강한 아이야, 지지 않는 아이라고. 공략 사이트는 절대로 안 볼 거야. 두고 보라고 아이카와 군."

"그래, 알았어."

"으~."

대체 무슨 고집인지 이상하기는 했지만, 자기 힘으로 풀어내겠다는 기개는 존중해야 한다는 생각이 들었다.

어깨에 학교 가방, 하이 삭스를 신은 맨다리로 승강장 위에 서서 진지하게 게임기를 조작하는 옆에서, 리히토는 항상 멍하니 서 있었다. 그저 저 멀리 보이는 전선 위에 있는 까마귀라든지, 전광판의 도트가 하나 죽었다든지, 어둠 속으로 가라앉아가는 빌딩 그림자, 그런 것들을 보고 있었다. 아무런 이유도 집착도 없는 매일이었다.

그렇다. 그래서 아이카와 리히토에게는 어렴풋한 기억밖에 없다. 미치바 쿄코는 스마트폰은 물론이며 휴대용 게임기도 가지고 있었고, 본체는 분명히 흰색이었다. 빛에 따라서 다양한 색으로 빛나기도 하는. 너무나 예쁜, 펄 화이트였다.

리히토는 왕궁 알현실에서 나온 뒤에 핑계를 대고 하이달의 집무실에 틀어박혀서는 문제의 게임기를 조작하고 있었다.

옆에서는 이슈안이 숨을 죽이고 그 화면을 들여다봤다. 그보다 지금은 진실이 알고 싶다.

게임기에 꽂혀 있던 게임의 내용은, RPG였다. 아이콘을 조작해서 저장된 데이터를 불러왔다.

▸ **전사 만마루 레벨 28**
▸ **용사 키요코 레벨 27**
▸ **승려 타마조 레벨 26**
▸ **마법사 무이무이 레벨 27**

리히토는 용사의 이름에 시선이 못 박혔다.

키요코—— 쿄코—— 미치바 쿄코——.

온 몸의 피가 싹 빠져나가는 기분이 들었다.

'역시 그랬어——'

리히토는 게임기를 든 채로 눈을 감고 소파에 몸을 기댔다.

"야, 리히토. 괜찮아. 그거 정말 너희 동네 도구 맞아?"

"…………맞아."

빙고. 예상 적중. 간신히, 그 말을 했다.

맞았고, 그리고 최악의 결과였다. 일단 이 게임기는 틀림없이 미치바 쿄코의 물건이다.

어째서? 왜 여기에?

"……내가 다니던 학교에 말이야…… 친구였거든. 이쪽으로 불려왔을 때, 마지막까지 같이 있던 여자애였어."

"여자애—— 라고?"

"응. 미치바 쿄코…… 그 아이 물건이야, 이건—— 젠장……."

"리히토."

그 때 문이 열리고, 하이달이 들어왔다.

리히토는 눈을 살짝 떴다.

"물어봤어?"

"예, 간단한 부분만."

하이달은 그렇게 운을 띄우고 설명하기 시작했다.

"이엔마르드 수장국 친사단은 말이죠, 이번에 몇 가지 조약 개정을 위한 교섭을 위해 윌타미아를 방문했습니다. 교섭 자체는 결렬됐습니다만—— 지금은 그게 중요한 게 아니죠. 어쨌거나 왕께 진상품으로 제출한 물건들은, 티마니의 바자에서 접수한 물건이라고 합니다."

낯선 말을 들은 리히토가 당황했다.

"바자란 사막의 오아시스에서 열리는 정기 시장입니다. 티마니는 수조 바젤 다음가는 도시로, 그 땅의 교역 거점이지요."

"사막…… 시장……."

더더욱 골치가 아파왔다.

그 책을 좋아하고 게임을 좋아하는 미치바가 사막 한복판에 있다고? 무슨 말도 안 되는 소리야.

"……하이달…… 내가 말이야, 전에 말했었지. 내가 여기 왔을 때, 예상보다 영향이 적었다고."

"예. 그랬지요."

"다른 곳에서 다른 것이 불려왔거나, 재해가 일어났을 가능성이 있다고……."

"그 말씀도 하셨죠. 하지만 윌타미아 국내에서는 관측되지 않았습니다. 전부 극히 경미한 이상들뿐이었고."

서로의 말이 무겁고 딱딱해졌다. 무슨 말을 하려는지 알기 때문이겠지.

국내에서는 없었다. 하지만 국외에서는 있었다── 그런 뜻일까.

"그냥 도구만 이쪽으로 왔다는…… 그런 일은 아니겠지."

"단언은 할 수 없습니다. 하지만 아마도 가능성은 낮다고 봅니다…… 그 여성의 소지품이었죠. 그『게임기』라는 것이."

"응. 가방에 넣고, 돌아가는 중이었어. 집으로──"

그렇다. 집으로 돌아가는 중이었다.

그 상태에서 말려들었다면, 완전히 날벼락이었겠지. 어디가 어딘지도 모르는 다른 세계에서 어떤 꼴을 당하고 있을까.

자신이 처음 이쪽으로 불려왔을 때와 비교해도──.

"……하이달…… 나 이엔마르드에 갈 거야."

"리히토."

주먹을 꽉 쥐었다. 해야 할 이은 이미 정해졌다.

"하이달까지 같이 가자고는 안 해. 그 어디던가 하는 도시까지만 가면 미치바를 만날 수 있을지도 모른다는 거지."

"하지만 리히토. 귀환 의식까지 한 달 남았습니다. 당신이 그때까지 돌아오지 않는다면, 다음에는 언제 돌아갈 수 있을지 모르는 일입니다."

"웃기지 마! 일이 이렇게 됐으면, 나 혼자 돌아갈 수는 없어. 늦거나 말거나 데리고 와야 해. 안 그래 하이달."

마술사의 얼굴에서 핏기가 가셨다.

이쪽의 진지한 눈빛 때문인지, 하이달도 고개를 끄덕였다.

"──알겠습니다. 정말 죄송합니다. 책임은 전부 제게 있습니다. 제 쪽에서 배편을 알아보겠습니다."

"부탁할게. 최대한 빨리."

하이달은 발을 돌리고 다시 방에서 나갔다.

리히토는 기도하는 것처럼 고개를 숙였다. 사막에 쓰러져 있는 쿄코의 모습이 떠올랐다. 제발 무사했으면 좋겠다.

'부탁할게── 미치바.'

그런 리히토의 팔에 문득, 부드러운 손이 닿았다.

이슈안이었다. 걱정하는 얼굴로, 자신을 쳐다보고 있다.

"리히토. 너…… 그거 알아? 사막을 건너는 건 엄청 힘들다고. 초보자가 간단히 갈 수 있는 데가 아니야."

"그래도, 가야만 해."

"진심이야?"

"응. 진심이야."

"그래, 알았어. 나도 갈게."

갑자기 날아온 기습 공격 같은 말에 충격을 받아서, 대답할 말이 입 밖으로 나오질 않았다.

"…………저, 저기, 이슈안. 지금 네 입으로 말했잖아. 정말 힘들다고."

"그러니까 간다고. 너 혼자서는 안 되겠지만, 이 이슈안 님이 계시면 괜찮아."

가슴까지 두드리면서 말했고, 리히토는 골치가 아파왔다.

"……마음은 고맙지만, 이슈안 너는 좀 더 쉬는 게."

"아~아~아~! 그렇게 보란 듯이 당황하면서 어쩌지, 어쩌지, 해놓고서 할 소리냐고! 난 괜찮아. 널 도와줄 수도 있다고!"

"이슈안……."

"여기 있어봤자 말이야, 의사나 이 집 인간들은 귀찮은 물건처럼 취급하고, 뒤에서는 아무것도 모르는 놈 취급하고 있단 말이야. 그딴 소리나 들을 바에는 널 따라가서 챙겨주는 게 낫다고. 이미 결정했어!"

최근 한 달 동안의 울분을 한 번에 터트리는 것 같은 말이었다.

정말로 네가 소중해서 하는 말이라고 해봤자 이슈안은 곱게 받아들이지 못할 지도 모른다. 『이슈안 트롤』은 긍지 높은 《도적》이고, 언제든 리히토를 도와주는 사람이니까.

"네가 그랬잖아. 아무것도 달라지지 않았다고."

이슈안의 눈가에 뭔가 빛나는 것이 맺혔다.

참 곤란함 고집이고, 무모하고, 하지만 어쩌면 그런 것들이 기뻤던 건지도 모른다. 걱정해주는 것이, 손을 내밀어줬다는 것이.

그리고 리히토는 그 때와 마찬가지로 이슈안의 손을 잡고 말았다.

"응. 그럼 부탁해도 될까."

"결정!"

이슈안이 마음속까지 울리는 웃는 표정으로 그렇게 말했다.

다음날, 바로 하이달이 도항 계획을 가지고 왔다.

하지만 그것은 리히토가 생각지도 못한 방법이었다.

"——뭐, 합승? 우리만 가는 게 아니라는 거야?"

리히토의 방으로 찾아온 하이달이 "예, 그렇습니다." 그렇게 말하며 서류를 테이블 위에 올려놨다.

"대외적으로는 대사인 로그와이어 경의 호위라는 형태가 됩니다. 여러모로 위험부담도 있기는 합니다만, 아마도 이것이 가장 빠르고 확실하게 사막을 이동할 수 있는 방법입니다. 대형 사력선(沙礫船)도 없이 하타르트 사막을 이동하는 것은 상당히 위험하니까요."

이야기를 들어보니 마침 나라에서 이엔마르드의 수장 앞으로 답례 대사를 파견하기로 했다는 것 같다. 이렇게 서로 사람을 보내는 건 흔한 일이라는 것 같고, 이동용 사력선에 부탁해서 사자 일행에 끼워 넣는 방법을 사용하기로 했다고 한다.

"그들의 목적지는 이엔마르드의 수도 바젤. 중간까지는 티마니로 가는 여정과 다를 게 없습니다."

"하지만, 귀족의 호위역할인데…… 괜찮을까?"

"그렇군요. 로그와이어 가문은 오래 된 명문 가문입니다만, 그 대신 정치에는 일정한 거리를 두고 있는 가풍이기도 합니다. 당주인 로그와이어 경도 원탁의 일원이기는 합니다만, 여느 귀족과 마찬가지로 그림이나 골동품을 소중히 여기는 타입입니다. 이 일을 받아들인 것이 의외라고 할 정도입니다, 그 얼간이가── 아, 실례했습니다."

실컷 빈정대는 말을 들으니 왠지 조금 걱정이 됐다.

하이달은 약간 자조하는 것처럼 웃었다.

"자신을 가지셔도 됩니다. 오영웅을 거느리고 이엔마르드로 들어가는 것은 경에게도 큰 이점이 됩니다. 이쪽이 부탁하는 형태로 손에 들어온 것은 생각지도 못한 행운이겠지요. 다소 거만한 말을 듣게 될지도 모르겠습니다만, 이엔마르드 쪽에서도 호위와 통역이 같이 하게 될 테니, 그리 심한 짓은 하지 않을 것입니다."

"……어른들의 관계라는 건가."

"죄송합니다. 이런 방법밖에 없었습니다."

리히토는 침대 위에 걸터앉았다.

단독 여행의 마음대로 움직일 수 있다는 장점을 포기하는 건 너무나 아쉽다.

하지만 고민하는 리히토의 손에는 쿄코의 게임기가 있었다. 펄 화이트색의 한정판. 모험 도중의 저장 데이터.

쿄코는 틀림없이, 낯선 곳에서 두려움에 떨고 있을 것이다.

"난 이의 없어. 하이달한테 맡길게."

"고맙습니다."

하이달은 그대로 방에서 나가나 싶더니, 문 앞에서 멈춰 서서 고개를 돌렸다.

"……기억하고 계십니까, 리히토. 당신에게 선택지가 있다고 했던 말을."

리히토는 놀라면서도 고개를 끄덕였다.

"응, 기억하고 있어."

"지금에 와서는 쓸데없는 말이지만, 저는 이렇게 말할 생각이었습니다. 리히토, 당신에게는 선택지가 있습니다. 하나는 제 손으로 부모님이 계시는 고향으로 돌려보내드리는 것. 또 하나는——이 땅에서 새로운 가족과 고향을 만드는 것."

——헛소리군요. 하이달은 마지막에 작은 소리로 말했다.

그리고 다음날, 리히토와 이슈안은 열사의 나라를 향해 출발했다.

***

——모래가 떨어진다. 살랑살랑, 살랑살랑.

우르스라의 머리 위 저 높은 곳에서, 비단실처럼 가늘고 못 미덥고, 그러면서도 끊임없이 모래가 떨어지고 있다.

저건—— 뭐지? 물? 아냐, 저건 모래야 우르스라.

아주 어릴 적에는 저 떨어지는 모래의 의미를 몰랐다.

알고 보니 우르스라가 사는 마을 위쪽에는 광대한 사막이 펼쳐져 있다고 한다.

두 개의 『태양』이 아침을 고하면서 떠오르고, 『바람』이 모래를 날리고, 점점 저물어 가면 하나의 『달』이 밤을 데리고 오는. 그런 신기한 세상이 있다는 것 같다.

한 때는 그 이야기에 빠져서, 진짜 태양이라는 것을 보려고 무모한 짓도 했었다. 모래가 어디서 오는지 확인하러 갔다가『밤』의 종소리까지 돌아오지 못해서 족장인 아버지께 심하게 맞았던 것도 그 무렵이다.

'난…… 나쁜 애였어.'

아픈 볼과 아버지의 차가운 시선이, 지금은 오랜 상처처럼 가슴을 욱신거리게 했다. 아무리 사과해도 아버지는 우르스라를 용서하지 않았고, 등을 돌린 아버지를 보면서 우르스라는 눈물을 흘렸다.

더 이상, 당연히 그런 어리석은 짓을 할 생각은 없다. 저기 있는 모래는 내가 모르는『지상』의 잔재. 본 적도 없는『태양』의 조각. 아무리 동경해도 손이 닿지 않는 꿈만 같은 것. 그걸로 족하다는 걸 알고 있다.

'그래도…… 절 봐주시면 안 될까요. 아버님…….'

——우르스라. 왜 그래?

주위에 떠도는 망령들이 채집용 광주리를 들고 가만히 서 있는 우르스라를 걱정하면서 다가왔다. 빙글빙글 뒤얽혀서, 어떻게든 우르스라의 눈길을 끌어보려고 필사적이다.

"누가……."

우르스라는 귀에 손을 대고 중얼거렸다.

"누가…… 부르는 것 같아."

——사람이? 마수가?

——안 돼. 우르스라를 현혹시키려는 거야.

"그게 아니야. 정말 강하고…… 그러면서 조금 쓸쓸한 사람이."

위쪽 세상에서 들려오는 것 같았다.

하지만 그것은 우르스라와는 아무런 상관도 없는 다른 세상의 이야기. 아무런 상관도 없이 끝나버린다.

'그러니까 부르지 마, 쓸쓸한 사람.'

'난 아무것도 못 해.'

노래는 여전히 하얗고 담백하게 내려오고 있다.

* * *

——사막 한쪽에서 거대한 사력선 한 척이 달려가고 있다.

말 대신 대형 모래 도마뱀이 끌고 있는 그 썰매 배는, 많은 손님들을 태우고서 마치 용처럼 모래 위를 이동하고 있다.

선미 쪽을 보니, 소년 하나가 갑판 위에 앉아 있었다.

머리 위에 햇살을 막기 위한 케이프를 뒤집어썼고, 계속 난간 앞에 앉아 있다. 발밑에서 끝도 없이 흘러가는 모래를 보며, 가끔씩 야생동물 무리가 지나가면 자리에서 일어났다.

"리히토! 슬슬 밥 먹을 때야!"

손실 안에서 소녀의 쾌활한 목소리가 들려왔다.

"저기 이슈안, 저거 뭐 같아?"

"저거라고만 하면 어떻게 알아."

"뭐라고 해야 하지…… 쥐 같은데 벼슬이 달려 있어. 줄지어서 걸어가고."

"잠깐만. 그쪽으로 갈게."

"아, 모래 속으로 숨었다."

조금 지나, 지붕이 있는 방 안에서 금발 소녀가 고개를 내밀었다. 두 사람은 난간 앞에 나란히 서서 낯선 사막 풍경을 손가락으로 가리키며 이런저런 감상을 말했다.

　──이곳은 이엔마르드 북서부, 육상의 바다라고도 하는 하타르트 대사막.

　모래를 머금은 바람은 여전히 강하게 불어오고 있다.

　모든 소원과 탄식을 집어삼키고, 모든 것은 하얀 모래 속으로. 그리고 그 아래에 있는 세상으로.

【2】
DESERT
OCEAN

아이카와 리히토의 잠은, 닭과 말 우는 소리를 더하고 둘로 나눈 건 같은 고함소리 때문에 깨고 말았다.

"……뭐야. 시끄럽게……."

리히토는 침대 위에서 일어났고, 하품을 하면서 둥근 창문 밖을 바라봤다.

——아무리 봐도 익숙해지지 않는다고 할까, 자신이 지금 어디에 있는지 바로 이해하지 못하게 되는 절경이다.

여기는 파나케이아 최대의 사막지대. 하타르트 사막. 남색 어둠이 옅어지고, 동쪽에 어렴풋이 주홍색이 보이기 시작했다. 조금만 더 있으면 첫 번째 태양이 뜨겠지. 구름이 적고 맑은 하늘 아래에 펼쳐진 것은 곱게 쌓인 눈—— 이 아니라, 전부 모래다.

'사막은…… 지구랑 재질이 같으려나.'

궁금하기는 했지만, 친척 결혼식 때 하와이에 간 것 외에는 외국에 나가본 경험이 없다 보니, 화면으로만 본 사막이 어떤지는 확인할 방법이 없었다. 시험 삼아 만져본 모래는 정말로 사락사락하고 고운 게, 마치 싸라눈 같았다.

그 고운 모래가 메마른 바람에 밀려서 기복을

만들고, 융기해 있는 바위들과 함께 복잡한 대비를 그리고 있다. 리히토는 그것들을 보면서 옷을 챙겨 입고 방문을 열었다.

한참 전에 이엔마르드와의 국경을 넘어서, 하타르트 사막과 제일 가까운 도시에서 이 사력선 『여신의 지휘』호로 갈아탔다.

관짝보다 조금 더 나은 크기의 방이라도 개인실을 받은 건 고마운 일이겠지. 복도에서 다른 사람과 마주치면 지나가는 데 고생할 정도로 좁은 복도라도, 물을 쓸 수 있고 식당에서 식사할 수 있으니 그저 쾌적할 뿐이다.

'역시나 귀족이 타는 배라고나 할까…… 하이달이 억지로 끼워 넣을 만도 했네.'

갑판으로 가는 짧은 계단을 올라가서 문을 열었더니 서늘한 냉기가 살갗을 어루만졌다.

이번 여행에서 리히토가 놀란 일 중에 하나다. 낮 동안의 열기가 거짓말이라도 되는 양, 밤의 사막은 너무나도 추웠다. 동이 트려는 이 시간대에도 공기는 아직 쌀쌀하다.

"춥다……."

"──일찍 일어나셨군요, 영웅 님."

열린 문 옆에, 머리에 천을 감은 이엔마르드 사람이 팔짱을 끼고 서 있었다.

하셈 데라. 이 배로 갈아타면서부터 동행하게 된 이엔마르드의 호위 검사── 라는 것 같다.

"경계 근무신가요?"

"그렇습니다. 제 일이니까요."

하셈은 그렇게 말하고 하품을 한 번 크게 했다.

검사『라는 것 같다고』의아하게 생각한 이유는, 이 사람을 처음 만났을 때부터 치금까지 단 한 번도 칼을 찬 모습을 본 적이 없기 때문인지도 모른다. 이렇게 경계하는 상황에도 하셈 데라는 무기도 없이, 두 손은 소매 안에 집어넣은 채로 싱글싱글 웃고 있다.

체형은 날렵하고 전사처럼 보이지만, 어딘가 애매한 사내였다. 군인이라기에는 엄격한 느낌이 부족하고, 용병 치고는 더러운 느낌이 너무 부족하다.

"티마니까지는 아직 한참 남았습니다. 앞으로 닷새는 방 안에 틀어박혀 계셔도 괜찮습니다."

"······그럴 수도 없어서 말이죠."

"아, 그렇군요~"

하셈은 마음이 담기지 않은 목소리로 동의했다.

또다시 미묘한 침묵이 흘렀다.

"······하셈 씨는."

"예?"

"하셈 씨는, 이엔마르드군 소속인가요?"

"예? 제가요? 이거 참, 그렇게 보이나요?"

"아뇨——"

솔직히 제일 어울릴 것 같은 직업은 기둥서방이나 사기꾼이다. 대놓고 말은 못 하지만.

"글쎄요. 뭐, 그쪽이 상정하시는 대로 급료는 엄청나게 짜다고 보시면 됩니다."

내 질문에 대답한 게 맞나.

"그런데 그게 말이죠. 듣자하니 저희 쪽 높으신 분이 진상한 물건에 뭔가 문제가 있다는 것 같은데, 여기서 사람을 찾으려면 꽤 힘들지 않을까요."

"……그렇게 생각하시나요?"

"어라, 그렇게 생각 안 하시나요? 세상에~ 솔직히 찾는 건 열일곱 살 아가씨잖아요? 사막에 있는 나라에 던져져서 말도 안 통하고, 상식도 모르고, 무기도 없이 얼마나 버틸는지. 이미 오래 전에 죽지 않았을까요——"

리히토는 표정을 바꾸지 않고 고개를 끄덕이는 게 고작이었다.

"말은 통할 거예요. 지금 저랑 비슷한 정도는."

"아, 그거 대단하네요. 희망의 빛이군요."

그렇다. 다른 세계로 날아오게 된 인간은 기본적으로 대화를 할 수 있다. 어느 나라 말이건 자동적으로 통역이 된다는 것 같다.

대신에 문자는 전혀 읽을 수 없고, 이엔마르드 말도 월타미아 말도 영문 모를 부족의 방언도 전부 똑같은 일본어로 들리게 된다는 폐해도 있지만, 말이 안 통하는 일만은 없을 것이다.

그래서 『도와줘요』도 『날 죽이지 말아줘요』도 말하면 통할 것이다.

반대로 말하자면 현시점에서 생각할 수 있는 희망은 그것밖에 없었다.

'……내가 왔을 때는 하이달이 근처에 있었지.'

지금부터 6년 전, 물의 신전에 내던져졌고, 아무것도 몰랐기 때문에 느꼈던 공포는 지금도 잊을 수가 없다. 쿄코는 그 상태가 계속 이어지고 있을 것이다. 하셈의 말을 들을 필요도 없이, 힘들거라는 건 알 수 있다.

"아, 죄송합니다. 제가 심각하게 만들면 안 되죠. 괜찮습니다, 틀림 없이 찾을 수 있어요."

단순히 기분을 풀어주려고 하는 말이라는 걸 알 수 있었지만, 리 히토는 어색하게 웃어보였다.

하지만 그 순간, 쿵! 하고 바닥에서 쳐 놀리는 것 같은 충격이 울 렸다.

리히토는 재빨리 난간에 매달렸다. 까딱하면 밖으로 날아갈뻔 했다.

"……으아, 위험해…… 괜찮으십니까."

"전 괜찮…… 지만……."

하셈도 마찬가지로 엎드려 있었다.

갑자기 무슨 일이 일어난 거지——.

"야 토토! 가만히 있어, 떨어진다!"

"으, 으아아아아, 죽어, 죽어, 죽는다고오오오!"

"그러니까 가만히 있으라고!"

다른 곳에서는 소녀의 날카로운 비명 소리가 울렸다.

리히토가 황급히 달려가 봤더니, 뱃머리 쪽에 이슈안이 있었다. 이슈안은 난간에 발을 걸고, 떨어지려는 사람을 필사적으로 끌어올 리는 중이었다.

"이슈안! 괜찮아?!"

"오, 리히토! 마침 잘 왔어. 이 녀석 좀 어떻게 해 줘!"

"안 돼, 안 돼에에에."

리히토는 이슈안 곁으로 가서, 그 소리 질러대는 사람을 같이 끌어올렸다.

'영, 차.'

마치 커다란 배추를 뽑는 것처럼 갑판 위로 끌어올린 것은, 크기가 안 맞는 마술사 로브를 입은 이엔마르드인 소녀였다.

나이는 아직 열 두세 살 정도. 머리카락을 보여주려 하지 않는 이엔마르드 사람답게 머리에는 베일을 써서 가리고 있지만, 지금은 볼륨감 있는 밤색 머리카락이 드러나 있다. 애교 있어 보이는 둥그스름한 얼굴은 반쯤—— 아니, 완전히 울고 있었다.

토토 하르네라. 나이는 젊지만 월타미아 마술학원에 교환 유학 중인 학생이라는 것 같다. 이번에는 일시적으로 귀국하면서, 통역 겸 안내역으로 이번 여행에 참가하게 됐는데——.

"…………무, 무, 무서, 무서웠어요……."

"대체 무슨 짓을 한 거냐고……."

이슈안이 머리를 긁으면서 대답했다.

"그게, 도마뱀들이 아침에 우는 모습을 관찰하고 있었거든. 어제는 엔릴이었으니까 오늘은 어느 쪽이려나~ 싶어서."

"결과는 토우라였어요……."

토토는 훌쩍훌쩍 울면서도 결과를 보고했다.

토우라는 이 『여신의 지휘』호를 끌고 있는 모래 도마뱀 세 마리 중 한 마리다. 사력선은 바다 위에서처럼 바람의 힘으로 나아갈 수가 없기 때문에, 배 밑에 썰매를 달고 도마뱀의 힘을 이용해서 앞으로 나아간다.

이 하타르트 사막에서 가장 큰 생물── 정식 명칭은 하타르트 큰 암석 도마뱀──은, 다 어지간한 민가 지붕 높이보다 더 커진다. 딱딱하고 투박한 외모 때문에 용처럼 보이기도 하지만, 용 같은 마력이나 공격성은 없다. 성격도 아주 온화해서, 최근에 많이 다니고 있는 대형 사력선을 운용하는 데 꼭 필요한 생물이라는 것 같다.

리히토를 깨운 기묘한 큰 소리도 이 모래 도마뱀의 특징 중에 하나라는 것 같다.

"울지만 않으면 최고인데 말이야, 이 녀석들."

"습성만은 바꿀 수가 없으니까요."

호기심이 왕성한 이슈안과 성실한 학생인 토토는 이상한데서 죽이 맞았는지, 국적을 뛰어넘은 우정이 생겨난 것 같다. 리히토가 사력선 여행에 익숙해진 뒤로는, 이런저런 이야기를 나누는 경우가 많아졌다.

그나저나 동이 트기도 전부터 지켜보고 있었다니, 여기까지 오면 이슈안은 여행의 목적과 수단이 완전히 뒤바뀐 게 아닌가 싶다는 생각까지 들었다.

"대체 뭘 하러 온 거냐고……."

뒤쪽에서 조용히, 자기 마음 속 소리가 들려온 것 같았다.

고개를 돌려보니 하셈이 뒤늦게나마 다가와 있었다. 하품을 하는 졸려 보이는 얼굴을 보고, 토토가 눈꼬리를 치켜 들었다.

"이봐요 하셈! 이슈안 님한테 실례잖아요!"

"아 예, 알겠습니다."

"알긴 뭘 알아요! 하나도 모르고 있어요! 이 분은 그 오영웅 중에 한 분, 세상을 구한 구세주시라고요!!"

"아 예, 그랬었죠~ 대단하네요~."

"뭐죠. 그 억양 없는 말투는~."

"됐어 토토. 난 괜찮아."

"안 돼요 이슈안 님. 이 정도는 좀 심하게 하는 게 딱 좋아요. 이 사람은 몰라도 너무 몰라요."

토토는 볼이 퉁퉁 부어가면서 분개하고 있다. 하지만 실제로 그런 기억이 없는 이슈안 입장에서는, 칭찬을 들어도 복잡한 기분인지도 모른다.

"잘 들으세요 하셈 데라. 그 얼빠진 귓구멍을 잘 파고 똑똑히 들으세요. 영웅 님을 숭상하는 것이 윌타미아에게 잘 보이는 길이라는, 그런 한심한 생각은 버리세요. 저도 나라의 위신을 짊어지고 유학 중인 몸입니다만, 세상을 파멸에서 구해주신 영웅께는 경의를 표해야 합니다. 국적 따위는 상관없어요. 윌타미아처럼 매년 축제를 열어야 한다는 건 아니지만, 각자가 감사하는 마음을── 으꺄악!"

또다시 배가 크게 흔들렸다.

정신없이 말하고 있던 토토가 재미있어 보일 정도로 갑판 위를 굴러갔다.

"──괜찮아~ 토토~"

"괜찮아요……."

중간에 통에 부딪쳐서 멈췄고, 물구나무 선 모양이 된 채로 한심한 목소리로 외쳤다.

"그나저나 많이 흔들리네."

리히토는 주위를 둘러봤다. 이렇게 자꾸 흔들리면 배가 부서지지는 않을지 조마조마했다.

"뭐, 아마도 썰매가 돌기둥 같은 걸 넘느라 그럴 겁니다."

"돌기둥?"

하셈은 난간 밖으로 몸을 기울이면서 고개를 끄덕였다.

"영웅님은 혹시 아시려나요. 옛날에 이 일대에 나라가 있었다는 얘기."

"아니, 미안. 그런 건 잘……."

아무것도 모르는 건 오히려 리히토 쪽이다.

"난 들어본 적 있어. 수백 년 전에 도읍까지 깡그리 멸망했지? 아마 이름이—— 베즈나야 왕국."

"정답입니다 도적 님. 지금이나 도시나 요새의 흔적이 여기저기 남아 있거든요. 모래 도마뱀들은 잘 피해갈 수 있지만, 배는 그러지 못하니까요."

리히토 일행은 난간 바깥쪽을 봤다. 지금 있는 곳에서는 아래쪽이 잘 보이지 않았다. 하지만 이야기를 듣고 보니 인공물로 보이는 돌로 된 기둥들이 비스듬히 묻혀 있는 게 보였다. 생각보다 많은 베즈나야 왕국인가 하는 곳의 유적들이, 잔해가 돼서 묻혀 있는 것 같다.

"흐응…… 정말 올라타면 귀찮을 것 같네."

"그런데 이슈안, 베즈나야는 왜 없어진 거지. 마신한테 당하기라도 했나?"

"너 바보야? 수백 년 전이라고 했잖아. 아르고스가 나타난 게 언젠지 말해봐."

"아……."

그 말을 듣고 생각이 났다. 제일 처음 나타난 게 72년 전. 그 뒤로 수십 년 뒤에 두 번째로 강림했고, 오랜 암흑기를 거쳐서 초등학생이었던 리히토가 소환된 게 6년 전. 아무리 계산해도 시대가 맞지 않는다.

"그래서, 왜 멸망한 거야?"

"그, 그건 말이야——"

아무래도 이슈안도 잘 모르는 것 같다.

"일설에 의하면, 베즈냐의 마지막 대왕이 갑자기 미쳐버렸기 때문이라고 합니다."

토토가 베일을 다시 쓰며, 아주 진지한 얼굴로 설명해줬다.

"이상한 명령만 내리게 돼서, 압제 정치에 시달린 각지의 부족들이 단결해서 수도로 쳐들어가서 대왕의 목을 쳤다고 전해져요."

"헤에…… 하극상이구나."

"참고로 이게 우리 이엔마르드 수장국의 시작이기도 합니다. 에헴."

짝짝짝하고 손뼉을 치고 싶어졌다.

마신 아르고스가 강림하기 전의 파케나이아는 상상해본 적도 없었지만, 나름대로 복잡한 역사가 있었던 걸까.

"대왕을 치는 데 중심이 됐던 하지, 세넬, 카야지 세 가문은 지금도 『삼도(三刀)』라고 불리면서 이엔마르드의 요직을 맡고 있습니다. 지금의 수장은 세 가문 중에 하나인 《적사자(赤獅子)》 카야지 출신이

고요."

"귀찮은 대왕님이 지금까지 배를 뒤집어버릴 수도 있는 귀찮은 물건을 남겨뒀다는 건가."

"그렇게 되네요——"

토토가 이슈안의 농담에 동의했다.

""뭐, 그 정도였으면 귀여운 수준이지만"요."

은근슬쩍, 이엔마르드 사람 둘이서 똑같은 말을 했다. 하셈은 빙긋 웃으면서 휘파람을 불었고 토토는 노골적으로 싫다는 표정을 지었다.

"뭔데. 또 뭐가 있어?"

"이, 있다고 해야겠죠……."

"그렇군요. 여기서 정말 무서운 건, 묻혀버린 기둥 위에 올라타는 것보다——"

정말 무서운 건.

"이봐 토토 하르네라! 잠깐 이쪽으로 와보겠나!"

걸걸한 목소리가 끼어들었다.

토토의 눈이 휘둥그레졌다.

이엔마르드 사람 선원이 문 쪽에서 손짓을 하며 부르고 있었다.

"『일』좀 해줘야겠어. 통역이 필요해. 밑에서 선장님하고 기사님이 싸우고 있어."

"아, 예에! 지금 갑니다!"

토토가 스프링 장치라도 된 것처럼 벌떡 일어나서는 선실 쪽으로 뛰어갔다.

이슈안이 리히토의 소매를 붙잡았다.

"저기, 뭐라고 하는 거야?"

"뭐긴……."

들은 대로라고 말하려고 했지만, 자기가 착각했다는 걸 깨달았다. 답답해하는 이슈안의 얼굴. 지금 그 선원은 월타미아어가 아니라 이엔마르드어로 말했겠지.

리히토의 귀에는 전부 똑같은 말로 들리지만.

"……그러니까, 선장님하고 개리 브룬 씨가 싸우고 있다는 것 같아."

"으엑. 그 아저씨가 또."

이슈안이 눈살을 찌푸렸다. 리히토도 같은 심정이었다.

"아무튼 가볼까. 토토한테만 맡겨두는 것도 불쌍하잖아."

"알았어."

아무래도 『그 사람』들 상대는 귀찮은 일이니까. 같은 월타미아 사람으로서 편을 들어주는 사람한테도──.

수도 바젤로 향하는 『여신의 지휘』호에는 현재 4명의 월타미아 사람과 10명의 이엔마르드 사람이 타고 있다.

자세한 내역은 친선대사 로그와이어 경과 그 호위를 맡은 정기사, 나중에 억지로 끼워 넣은 이슈안이 네 명의 월타미아 사람. 통역인 토토와 호위 하셈, 배의 선장 이하 선원들까지 이엔마르드 사람이 열 명이다.

그리고 선실에는 요란한 고함소리가 울리고 있었다.

소리가 제일 크게 나는 식당 안을 들어다봤더니, 안에서는 로그와이어 경과 정기사 개리 브룬이 선장과 선원들을 상대로 트집을 잡고 있었다.

"──잘 들으란 말이다. 우둔한 너희들이 안전관리를 게을리 한 탓에 로드 로그와이어께서 위험한 일을 겪으셨다. 다행이 디저트를 드시던 때라서 다행이지, 빵이었으면 어쩔 뻔 했나. 버터 나이프에 눈이 찔렸을지도 모른다!"

"개리. 나는 빵에 딸기잼을 발라 먹는 파네만."

"그, 그건 알고 있습니다만. 아무튼, 이 책임은 확실히 져줘야 겠다!"

이게 대체 뭐지.

로그와이어 경은 월타미아의 『원탁』 멤버고, 이번에 국왕 대리로 이엔마르드에 가는 대표자다. 키는 작지만 체구가 크고, 자랑하는 수염이 미끈한 얼굴과 어우러져서 달걀 인형처럼 보인다.

인품은…… 『바보와 거만은 종이 한 장 차이』라고 하는 정도고, 세상 물정 모르는 도련님이 그대로 나이만 먹은 것 같은 인상이다. 하이달이 얼간이라고 표현한 것도 이해가 된다.

지금은 그 자랑스런 수염과 멋진 옷에 생크림 같은 것이 잔뜩 모여 있다. 아무래도 지금 배가 크게 흔들린 탓에 경의 옷이 이 꼴이 됐으니 이 책임을 어떻게 질 것이냐는 이야기인 것 같다.

"아, 저, 저기! 일단 진정하세요. 대화로 해결하시죠"

몇 걸음 뒤쪽에서 토토가 쭈뼛쭈뼛 말 했지만, 통하지 않았다.

그리고 선장은 선장대로 월타미아 말을 잘 못하는 것 같다. 개리가 말도 안 되는 이유로 화를 내면 낼수록 곤혹스러워하면서 상대의 불같은 화에 기름을 끼얹고 있다.

"뭐라고 말을 해 봐라. 변명 정도는 들어주마!"

"자, 자, 저기요, 일단 다치지 않았으니 다행이잖아요."

리히토가 억지로 끼어들었다.

《이름 없는 자》── 아이카와 공──"

"저도 들은 이야기지만, 배의 궤도에 이상한 게 없는지 완전히 예측하는 건 힘들다는 것 같거든요."

오랜 수행을 통해서 손에 넣은 붙임성 좋은 미소를 지으면서 상대를 진정시키려고 노력했다.

"흥, 그런 건 변명이 아닌가. 이건 국가의 명예에 관계된 문제다. 다치지 않았다고 넘어갈 수 있는 일이 아니다. 그런 것도 모르나."

"그렇지만요, 왜, 그렇게 흔들렸는데 다치지도 않았다니, 정말 엄청난 일 아닌가요? 전 처음 흔들렸을 때 혀를 깨물었다고요. 그래서 지금도 아프고. 역시 로그와이어 경이네요."

개리 씨는 '그렇다면 말하지 마라'는 것처럼 인상을 썼다. 진심으로 동의하고 싶지만, 그렇다고 그만둘 수도 없었다.

당사자인 로그와이어 경이 이쪽을 슬쩍 봤다.

"……용사 리히토. 너는 나를 칭찬하는 건가?"

"아, 예, 정말 대단하다고 생각합니다, 로그와이어 경."

"흐음. 나쁘지 않군요. 기억해두겠습니다."

"영광입니다."

"로드 로그와이어! 그만 가시죠. 여기 계속 있으면 우둔함이 옮습

니다!"

개리는 거친 소리로 말하고, 수염에 크림이 묻어 있는 로그와이어경을 데리고 식당에서 나갔다.

'……끝났나.'

그러자 선장은 담백하게 "덕분에 살았습니다 나리."라는 한 마디를 남기고 자기 자리로 가버렸다. 조금 마음이 아프다.

"흐아아~"

토토가 그 자리에 주저앉았다. 리히토도 갑자기 피로가 몰려와서 식당 의자에 앉았다.

"고맙습니다 리히토 님…… 이 은혜는 수첩에 잘 적어두고 삼대째 후손까지 잊지 않도록 전하겠습니다……."

"아니, 그렇게까지 할 건 없고……."

"그래, 토토. 이 녀석은 멋져 보이고 싶은 데키스기 군이거든."

리히토는 순간적으로 숨이 막혔다.

깜짝 놀라서, 그 말을 한 이슈안의 얼굴을 쳐다봤다.

이슈안 트롤은 싱글싱글 웃으면서 토토에게 말을 걸고 있다. 그때와 똑같은 얼굴로, 똑같은 말을.

'이슈안'

'넌 역시.'

그 때의 너도 지금의 너도 똑같은 걸까. 똑같다고 생각해도 될까.

"? 뭐야, 리히토 너까지 이상한 얼굴로. 아닌가? 쓸데없는 배려만 많이 늘어가지고 말이야."

"그, 그럴지도 모르겠네……."

"그래, 맞아. 네 생각이나 많이 하라고. 이번엔 뭐야? 쿄코를 찾아서 돌아가는 게 제일 중요하잖아?"

돌아온 칼날이 심장을 찌른 것 같은 기분이 들었다.

이슈안은 역시 웃고 있다. 똑같은 얼굴로 리히토를 격려해줬다. 아무런 망설임도 없이, 아낌도 없이, 진심으로 말하는 것처럼 보였다. 빨리 돌아가라고.

"뭔가를 찾을 때 제일 중요한 건 말이야, 기술도 눈도 아니야. 거기에 반드시 있다고 생각하면서 찾는 강철 같은 의지야. 넌 하루라도 빨리 소중한 쿄코를 찾아서 월타미아로 돌아가는 거야. 그리고 둘이 같이 『지구』로 돌아가고! 그렇게, 진심으로 바라면 되는 거야."

"······응······ 그러, 게······."

"약해지지 마. 이 이슈안 님이 같이 있으니까 안심하라고! 괜찮아!"

밝게 웃어넘기고, 어깨를 두드렸고.

하지만 이슈안 트롤. 난 듣고 싶지 않았어. 다른 누가 말해도 아프지만, 너한테만은 듣고 싶지 않았어!

"──리히토?"

"미안. 이제 괜찮아."

굳이 말하지 않고, 리히토는 자리에서 일어났다. 그대로 빠른 걸음으로 식당에서 나갔다.

"···········뭐야아아, 영문을 모르겠거든, 이 바보 리히토!"

뒤늦게 이슈안이 의자를 차서 넘어트리는 소리가 났지만 돌아보지는 않았다. 그럴 여유가 없었다.

***

개리 브룬은 미칠 듯이 화를 내고 있었다.

──이 놈이고 저놈이고, 바보 투성이다.

"말도 안 돼. 정말 말도 안 된다……."

벌레를 잔뜩 씹은 얼굴로, 빠른 걸음으로 좁은 방 안을 계속 왕복했다.

그가 섬기는 로그와이어 경은 옆에 있는 드레싱 룸에서 옷을 갈아입는 중이다. 선원들의 조타 실수로 옷이 더러워졌기 때문이다.

이 이엔마르드 선적의 『여신의 지휘』호는 최신예 대형 사력선이라고 하지만, 선장을 비롯한 선원들은 교육이 전혀 안 됐다. 이쪽은 월타미아 왕가의 대리이자 3대 전에는 왕비도 배출한 명문 로그와이어 가문이다. 개리도 평범한 시종이나 종자가 아니라, 왕명을 받은 로그와이어 경을 지키는 정기사다. 즉! 온갖 경의를 총동원해도 모자랄 입장인데, 모래밭에 사는 이엔마르드 놈들한테서는 성의가 털 끝만큼도 보이질 않는다.

"야만인 놈들…… 사죄조차 안 하다니, 이 무슨 일인가……."

"개리. 난 목욕한 뒤에는 레몬 팩을 하는 파라네."

"예!"

개리 브룬은 서둘러서 차려 자세를 취했다.

주인인 로그와이어 경은 낙낙한 비단 목욕 가운 차림으로 돌아와서는, 새틴 천을 씌운 소파(월타미아에서 가지고 온 좋아하는 물건이다)에 몸을 기댔다.

그 차림새가 어떻게 보이는지에 대해서는 굳이 언급하지 않았다. 그저 자신의 충성심만을 총동원해서 주군의 말에 담긴 의미를 되새겼다.

"레몬—— 팩—— 레몬—— 로드 로그와이어, 이것 말씀이십니까!"

"그래, 빨리."

개리는 사이드테이블 위에 있던 핑크색 설탕 단지 뚜껑을 열었다. 단지 안에는 통으로 얇게 자른 레몬이 가득 들어 있었다. 소파 옆에 서서 공손히 내밀었더니, 로그와이어 경은 손가락으로 집어서 얼굴에 붙이기 시작했다.

그렇다. 이 또한 기사로서의 숭고한 일이다. 그렇게 생각하면 별일도 아니다——.

"여기 샤워, 어떻게 안 되겠나. 금세 물이 떨어지는군."

"선원에게 전해서 개선하도록 하겠습니다."

"이 방도 말이야, 슬슬 질렸다네. 뭔가 물건이 많아서 좁고 답답한데 말이야."

"그러십니까——"

맞장구를 치면서 생각했다. 나는 대체 언제까지 이 자세로 있어야 하는 걸까.

"……황송하옵니다만 로드 로그와이어——"

"뭔가, 개리."

"좁다는 점에 대해서는, 원래는 화물실로 배정됐던 방에 사람이 들어간 탓도 있다고 생각합니다."

개리는 단지를 들고 있는 자세 그대로 고개를 들었다.

"누가?"

"잘 아시지 않으십니까. 리히토 아이카와와 이슈안 트롤 두 사람입니다."

얇게 자른 레몬을 얼굴에 붙인 로그와이어 경은, 그 틈새로 삐쳐 나온 가느다란 수염을 만지작거렸다.

"음~."

자, 이제 놈들이 창고 구석으로 쫓겨날까, 갑판으로 쫓겨날까.

"그렇다면 어쩔 수 없군. 개리, 내가 참겠네."

개리는 충격을 받았다.

"무, 무, 무슨."

"어쩔 수 없는 일이니까, 개리. 거기 있는 동상 같은 것들은 자네 방에 가져다두게나. 여기 인테리어하고 안 맞으니까."

그래서 여행 준비를 할 때 반인반상(半人半象) 동상은 필요 없다고 조심스레, 세 번이나 말했는데. 그래도 부족했던 건가. 그런 것인가!

개리 브룬은 명문 기사 가문에서 태어났고, 자신도 기사가 되기 위해 많은 수련을 쌓아왔다고 자부하는 자다. 귀인을 지키고 나라를 지키는 것이 영예라고 배워왔다. 마신 토벌의 영예도 원래는 윌타미아 기사단이 차지해야 마땅한 일이었다.

그것을 옆에서 가로챈 것이 저 벼락출세한 애송이들이다.

출정하기도 전에 공을 빼앗겨버린 기사단의 탄식이 지금도 생생하게 떠오른다. 설마 아랫것인 필두 마술사 따위가 그러리라고는 생각도 못 했을 것이다.

　모두가 그들을 비웃고, 눈치만 빠른 좀도둑이라면서 야유하지 않았던가. 그런데 어째서.

　"로드 로그와이어. 어째서 놈들을 그렇게까지……."

　"개리. 그것들은 어쨌거나 오영웅 아닌가? 함부로 대해서는 안 된다고 생각한다네. 여러모로 시끄러워질 수도 있으니까."

　──나는 어찌 해야 좋은가……!

　"그리고 말이야, 얼굴은 상당히 중요하거든? 《이름 없는 자》쪽은 수수하지만 수줍어하는 느낌이라서 나쁘지 않다고 생각한다네. 아주 조금이지만."

　용서할 수 없다. 도저히 용서할 수 없다.

　화가 나서 부들부들 떠는 개리를, 로그와이어 경이 졸려 보이는 눈으로 바라봤다.

　'네 이놈. 오영웅이 다 뭐냐……!'

　개리는 그대로, 시키는 대로 동상을 들고 방에서 나갔다. 바닥에 질질 끌면서, 자기 방 앞을 지나, 굳이 계단을 올라가서 갑판으로 나갔다. 그리고는 배 밖으로,

　"흐아아아아!"

　단숨에 내던져버렸다.

　"……용서 못 한다…… 리히토 아이카와와 이슈안 트롤……."

　모래에 박힌 반인반상 동상이 멀어져간다.

　***

"뭐 하는 거야……."

리히토는 갑판 난간에 기대서, 눈을 가늘게 뜨고 흘러가는 사막의 풍경을 바라봤다.

젠장인지 바보인지, 이슈안의 화가 잔뜩 난 절규가 머릿속에 울리고 있다.

뭐랄까, 그건 안 된다. 절대로 란 된다. 완전히 수상한 사람 그 자체다. 하지만 도저히, 자신은 듣고 싶지 않았다. 『너무 대단하다』고 놀린 그 입으로 『괜찮아, 돌아갈 수 있다』라고 위로해주는 것을 도저히 견딜 수가 없었다.

'……그렇게까지 쫓아내고 싶은 건가.'

같은 생각을. 이슈안 쪽은 그럴 생각이 전혀 없을 텐데, 그렇게 생각해버리는 자신이 너무나 한심하다.

마신의 말을 믿다니, 너무 뻔뻔한 걸까──.

"……화났겠지, 이슈안……."

그야말로 불처럼.

일단 저질러버린 일은 돌이킬 수가 없지만, 어떻게 설명해야 좋을지를 모르겠다.

"이봐 거기 당신! 뭐 하는 거야, 그만두라고!"

리히토는 멍하니 고개를 들었다.

선미 쪽에 왠지 사람들이 모여 있다. 윌타미아의 정기사 개리 브룬이 선원들에게 둘러싸여 있었다. 아까와 정 반대의 구도다. 이엔마르드 사람 선원이 뭐라고 빠르게 쏘아붙이고 있지만, 말을 모르는 개리한테는 통하지 않을 것 같다.

리히토는 그들이 있는 쪽으로 다가갔다.

"무슨 일이 있나요."

"──아, 리히토 씨."

리히토를 알아본 선원이 안심한 것처럼 말했다.

"이 기사 양반이 말입니다, 이러면 안 되는데 말이죠. 여기서 갑자기 짐을 밖으로 던졌거든요. 안 된다고 말했습니다. 정말 위험하다고 말입니다."

──짐을?

리히토는 난간 밖을 내다봤다.

배가 지나간 자국이, 모래 위에 두 줄의 궤적을 그리고 있다.

그 중간에 뭔가 낯선 인공물이 박혀 있었다. 이상한 디자인의── 동상?

"개리 씨……."

"이거 이거──《이름 없는 자》 아이카와 공. 마침 잘 와주셨습니다."

개리도 정중하게 리히토를 맞이했다.

"부디 이 무례한 선원들에게 예의라는 것을 지키라고 말해주겠는가. 귓가에서 소리를 질러대니 기분이 좋지 않군."

"저기, 혹시 뭔가 버리셨나요──?"

리히토가 질문하자 개리는 어깨를 으쓱거렸다.

"흥. 필요 없는 물건을 처분했을 뿐이다. 화물은 조금이라도 가벼운 쪽이 좋지 않겠나."

"개리 씨는 필요 없는 물건을 처분했다고 하는데요."

히리토가 선원들에게 통역해줄 생각으로 말했다. 선원들은 더욱 화를 냈다.

"무슨 소리야. 필요 없게 될 물건을 배에 가지고 타지 말란 말입니다! 화나게 하면 어쩌려고."

이번에는 개리 쪽으로 통역해줬다.

"선원 분들이 화나게 하면 어쩌려는 거냐고 하는데요."

"화를 내? 누가 누구에게 말인가. 설마 선장 따위가 나한테 화낼 자격이 있다는 건가?"

리히토가 선원들에게 물었다.

"누가 화를 내는 거냐고 묻는데요. 선장님이냐고."

"바보 같은 소리 하지 마십쇼. 당연히 사막의 망령들이 화를 내지 않겠습니까."

"사막의 망령?"

"예. 여기에는 베즈냐야 대왕과 같이 죽은 병사들의 원한이 응어리져 있습니다. 마음에 안 드는 일이 있으면 모래 속으로 끌고 들어간다고요. 절대로 함부로 대하면 안 됩니다."

리히토는 선원들이 한 말을 그대로 전했다. 대답은—— 폭소였다.

"하——하하하!"

손뼉을 치며 실컷 웃어댈 정도였다.

"뭐가 우스운데!"

"진정하세요, 제발."

리히토는 화내는 선원들을 필사적으로 말렸다.

"세일리 씨, 그만 웃으세요. 다들 진지하니까."

"도저히 상대해줄 수가 없군. 마신도 해치운 이 세상에, 멸망한 야만족을 두려워하라고? 그런 건 자기들 사이에서나 하라고 해주겠나."

"그렇다고 당신이 한 행동이 칭찬받는 건 아니잖아요——"

리히토는 거기서 입을 다물었다. 개리가 험악한 얼굴로 노려봤기 때문이다.

"……이 사람들은 사막의 프로라고요. 너무 무시하는 건——"

"아이카와 공. 귀공은 정말로 윌타미아를 무시하고 이엔마르드 편을 드는 것이 좋은 것 같군."

"무슨——"

의미를 알 수가 없었다. 그런 문제인가?"

"알현실에서 왕께 맹세한 충성은 거짓이었나. 나라를 떠나면 본심이 나온다는 말을 많이 들었지만, 이렇게까지 노골적이면 뭐라 대답해야 좋을지 모르겠군."

"아, 아니에요. 저는 그저, 냉정하게 생각해서"

"냉정! 그거 참 듣기 좋은 말이군. 일개 기사인 내게는 박정이나 무정이라는 말처럼 들리는데, 아쉽게도 귀공에게는 그런 뜻이겠지. 오영웅인 귀공에게는."

"개리 브룬 씨."

"아, 뭔가. 하고 싶은 말이 있으면 해 보게나. 얼마든지 듣도록 하겠네《이름 없는 자》용사."

"당신이 절 싫어하는 건 상관없어요. 하지만 저는 하얀 것을 검다고 하는 게 충성심이라고는 생각하지 않습니다. 에셀바하 1세는 저한테 그런 것까지 바라지 않았으니까요."

"닥쳐라! 그 입으로 왕의 뜻을 말하지 말라!"

개리는 화를 내고, 목에 매고 있던 타이를 풀어서 뒤로 던졌다.

타이는 사막의 바람을 타고 배 밖으로 흘러갔다.

개리는 분노에 불타오르는 것 같은 눈으로 리히토를 노려봤다.

"——왜 그러나 리히토 아이카와. 아무리 귀공이 믿는 것도 없는 범속이라고 해도, 이게 무슨 의미인지 이해하지 못하는 것은 아닐 텐데."

이해는, 하고 있다. 일단 소문과 얻어들은 정도의 지식이지만.

소위 말하는 월타미아 상류계급—— 기사 계급 이상의 인간이 목을 보호하는 타이를 풀고 어깨 너머로 던지는 데는 큰 의미가 있다. 최근에는 민중들 사이에서도 재미삼아 전해지고 있다는 그 행위가 뜻하는 것은 단 하나. 리히토네 세계에서 『장갑을 땅바닥에 던진다』와 같은——

실감이 들기도 전에, 개리가 소리쳤다.

"월타미아 정기사의 이름을 걸고, 귀공에게 결투를 신청한다!"

——대체 어쩌다 이렇게 됐을까.

아까부터 그런 생각만 하고 있다.

"거기 너, 이 통을 옆으로 치워. 조금이라도 넓은 게 좋으니까."

"토토! 멍하니 있지 말고 걸은 돈이나 걷어! 빼돌리면 가만 안 둔다!"

"아, 예!"

"누구 한가한 놈 더 없어!"

배 안이 약간 정신없어졌다.

이 모든 것들은 지금부터 시작될 리히토와 개리의 결투 구경 때문이다.

강한 햇살이 내리쬐는 갑판 위에, 많은 사람들이 오가고 있다. 이 엔마르드 선원들은 결투장을 준비했고, 통역인 토토 하르네라는 동전이 들어 있는 냄비를 안고서 우왕좌왕하고 있다.

'어째서 이렇게 된 거냐고.'

이젠 리히토의 생각 따위는 아무데도 없는 것만 같았다.

"이거 참, 일이 재미있어졌군요."

갑자기 뒤쪽에서 말을 건 사람은 하셈 데라였다.

입가에 애매한 미소까지 짓고서, 정말로 이 상황을 즐기고 있는 것처럼 보이는 건 리히토의 피해망상일까.

"이번 신성한 결투의 입회인을 지원했습니다. 잘 부탁드리겠습니다."

"……예, 잘 부탁합니다……."

"정말 기대되네요."

역시 이 사람하고는 잘 안 맞는 것 같다는 리히토의 속내를 들여다본 건 아닌지, 그는 리히토 옆에 와서 섰다.

"윌타미아 기사에게 일대 일 결투는 가장 중요한 사항이겠죠. 아마도 진심이 담긴 검을 볼 수 있겠군요."

"진심?"

"당신 말입니다, 영웅님."

하셈이 이를 드러내며 웃었다.

"이엔마르드는 가난한, 여러 부족들이 모인 국가죠. 대왕을 쓰러트리고 나라를 세운 뒤로 진정한 의미에서 하나로 뭉친 적이 단 한 번도 없거든요. 『삼도』의 위광도 중앙에서나 약발이 있고. 지방에는 거기에 따르지 않는 부족들이 반항하고 있는 상황입니다. 아아, 윌타미아가 정말 부럽네요. 그냥 부모처럼 모시기만 해서는 따라갈 수가 없죠. 그렇다고 반항기 어린애처럼 하나부터 열까지 반항하는 것도 꼴사납고. 그렇다면 실제로 이 눈으로 보고 납득하고 싶습니다. 그 유명한 마신을 정벌한 오영웅. 파마의 성검을 휘두르는 《이름 없는 자》가 얼마나 대단한지. 세상을 구한 검이라는 게 대체 얼마나 대단한지."

리히토는 뭐라 말로 표현할 수 없는 떨떠름한 기분을 맛봤다.

"……실망해도 전 몰라요."

"하하하. 겸손도 심하면 되레 손해 보는 법입니다. 이 배에도 여러 부족 사람들이 타고 있는데, 다들 당신이 이길 거라고 기대하면서 적지 않은 돈을 걸었으니까요. 이거 보세요, 이 내기 배율."

하셈이 말했다. 배 기둥에 붙어 있는 선원들의 내기 배율표는 정말로 리히토의 독주였다.

"하지만 뭐, 그러네요. 좀 일방적인 것 같군요. 이대로 가면 내기가 성립이 안 돼서 그냥 환불해주려나."

"이봐. 난 개리 브룬한테 걸겠어."

이슈안 트롤이 우아한 고양이 같은 걸음걸이로 선원들 사이를 걸어왔다.

"돈은 누구한테 주면 돼? 아, 토토 너야?"

"아…… 예. 제가 맡고 있는…… 데요."

"응, 좋아. 자, 여기. 윌타미아 은화가 안 된다면 다른 걸로 줄게. 어느 쪽이 좋아."

"아뇨…… 딱히 상관은 없는데요…… 저기."

"왜?"

"괘, 괜찮겠어요. 브룬 씨한테……."

"뭐야. 내가 이긴다고 생각한 녀석한테 거는 거잖아. 무슨 문제야."

그 말을 듣고, 주위 사람들이 갑자기 술렁거리기 시작했다.

"……야, 뭐야?" "용사가 아니라 기사 쪽에 건다는데." "뭐야, 같은 오영웅이잖아? 집안싸움이라도 난 건가?" "몰라. 사실은 엄청 약한 거 아냐." "이름만 용사라든지?" "뭐야, 그런 거였어."

──그런 말도 오갈 정도로.

"이봐 토토, 역시 나도 기사 쪽으로 바꾸자!"

"나도!"

결국에는 돈을 거는 대상을 바꾸기 시작했다.

태풍의 눈처럼 주목을 받은 이슈안은 리히토 쪽을 보면서 씩 웃었다.

"왜. 내가 무조건 편을 들어줄 거라고 생각했어?"

아까 화가 났던 앙금이 아직 남아 있는 걸까. 말문이 막힌 리히토에게, 이슈안이 말했다.

"분명히 말해두는데, 기사단의 검술은 우습게보지 말라고. 수백 년 동안 연마해온 『정통파』라는 거야. 용병 출신들이 쓰는 마구잡이 검술하고 전혀 다르다고 생각하는 게 좋을 걸."

——아니면.

스승인 라나 에른의 기술을 대놓고 무시당했으니, 리히토도 억지로나마 웃어 보일 수밖에 없었다.

"그래, 알았어. 용돈 다 날렸다고 울어도 난 몰라."

"할 수 있으면 해보라고."

조용히 마주보고 있었더니 하셈이 말했다.

"자, 두 분은 이제 그쯤 해두시죠. 상대가 등장했으니까."

고개를 돌려보니 개리 브룬이 거창한 무장을 하고 갑판 위에 등장했다.

햇빛에 빛나는 백은색 갑옷과 방패를 장비했고, 등에는 어린애 키 정도 되는 장검을 메고 있다. 갑판 위를 한 걸음 걸을 때마다 판금 갑옷이 쩔렁이는 소리가 난다.

"개리. 난 햇볕에 타는 건 싫은데 말이야."

"예. 알고 있습니다. 경을 위한 자리를 준비했습니다."

개리의 에스코트를 받은 로그와이어 경은, 햇살을 막는 텐트 아래에 설치한 특제 덱 체어에 앉았다. 미리 준비한 와인 뚜껑까지 따고, 완전히 관전할 준비를 갖췄다.

"자, 자! 여러분, 오늘의 주인공들이 모였습니다! 다치고 싶지 않으면, 관계없는 분들은 뒤로 물러나 주세요."

입회인인 하셈이 소매 속에 감추고 있던 두 손을 들어 올려서 사람들을 뒤로 물리기 시작했다.

이슈안이 토토와 함께 뒤로 물러났다. 주위 사람들이 리히토와 개리만 남겨서, 일대 일로 싸울 자리를 만들었다.

개리가 입꼬리를 일그러트리며 웃었다.

"도망치지 않은 건 칭찬해주마."

"이런 사막을 달리는 배에서 어떻게 도망치겠어요."

"건방진 소리를."

어떻게 해도 심기가 불편해지는 것 같다. 개리가 칼자루를 잡고 장검을 뽑았다. 파케나이아의 두 개의 태양 아래, 잘 갈아놓은 칼날이 빛났다.

이쪽의 장비는 평소와 똑같다. 하이달에게서 받은 롱코트와 마신을 봉인할 때 썼던 장검 『파마의 성검』이다.

칼집에서 뽑았더니 자루에 있는 보주가 살짝 진동했다. 주위에서 "오오." 하는 술렁이는 소리가 났다.

"오~ 저게 그 성검인가."

"난 처음 보네──"

개리가 그 전설의 검을 보면서 짜증난다는 것처럼 혀를 찼다.

"⋯⋯로드 로그와이어. 부디 저라는 인간의 가치는 이 결투가 끝난 뒤에 생각해 주십시오. 오영웅인 《이름 없는 자》과 윌타미아 성당 기사단의 정기사. 어느 쪽이 영광스런 호위 임무에 적합한지!"

개시! 라고 하셈이 선언하자, 양쪽은 자유롭게 움직였다.

개리가 방패를 앞에 들고 반원형으로 이동하기 시작했다. 리히토는 공격 범위에 들어가지 않도록 경계하면서 상대가 움직이기를 기다렸다.

"하앗!"

개리가 소리치고, 날카로운 찌르기를 날렸다.

리히토는 상체를 움직여서 그 공격을 피했다. 그리고 상대 가까이 파고들려고 했지만, 개리의 방패가 그것을 막았다.

놀란 기색이 상대에게도 전해진 것 같다. 개리는 방패 너머에서 입이 찢어져라 미소를 지었다.

얕보면 큰 코 다친다── 사실이었다.

'이것이 윌타미아 전통의, 기사의 검인가.'

간발의 틈도 없이 펼치는 검을, 리히토는 신중하게 보면서 흘려냈다.

어설픈 생각으로 시작했다면 첫 공격을 그대로 맞았을 것이다. 힘찬 정통파 검이다. 방어에 사용하는 방패와 일체가 돼서 틈을 주지 않는다.

"뭐 하나 《이름 없는 자》, 도망치기만 해서는 쓰러트릴 수 없다!"

도발을 해도 말없이 참았지만, 무너트릴 구석이 없는 건 아니다.

리히토는 몸을 살짝 숙였다. 장검이 머리 위로 스치고 지나갔다. 탁! 지면을 힘차게 박찼다. 상대의 품으로 파고들겠다는 의도를 파악한 것처럼, 칼자루의 보주가 깜박거린다. 묵직한 진동이 울린다.

칼날의 색이 바뀐다──.

"?!"

리히토는 베려던 성검을, 작전에서 멈췄다. 기세를 완전히 죽이지 못해서 몸이 바닥에서 앞으로 굴렀다.

간신히 한쪽 무릎을 바닥에 대고 자세를 바로잡았다.

"——하, 하, 하."

보는 사람에 따라서는 이쪽이 베기 직전에 발이 걸려서 넘어진 것처럼 보일 수도 있다. 주위에서는 실소하는 소리도 들려왔다.

"이봐, 괜찮은 거야 용사님!"

"정신 차리라고!"

——차라리 그런 소리를 듣는 쪽이 낫다.

'큰일이다.'

'위력이 이상해.'

파마의 성검이 이상했다.

상태가 나쁜 게 아니다. 그 반대다.

'너무 세잖아.'

성검이 리히토의 『베겠다』는 의지를 받아들이고 확대해석이라도 한 것처럼, 위력이 무제한으로 강해지려는 것 같았다. 도저히 제어할 수가 없다.

"너무 실망하게 하지 마라, 리히토 아이카와. 수습 기사라도 자네보다는 좀 더 버틴다."

리히토는 입술을 꽉 깨물었다.

이상한 위력의 증거로, 개리 브룬이 들고 있는 강철 방패는 버너로 태워버린 것처럼 아래쪽이 떨어져 나갔다. 개리 자신이 그 사실을 전혀 알아차리지 못한 게 무엇보다 무섭다.

'제대로 맞으면, 어떻게 될까.'

아마도, 힘을 제대로 조절하지 못해서, 개리는, 죽는다. 한 방에.

개리가 더 가까이 다가오면서 검을 휘둘렀다. 리히토는 먼저 공격할 수가 없어서 막기에 바빴다.

생각해보면 마신과 싸운 이후로, 실전에서 성검을 제대로 써본 적이 단 한 번도 없었다.『사용자를 인식한다』『의지에 응한다』는 라나의 설명이 틀리지는 않은 것 같지만, 그것이 어떤 의미인지 깊이 생각할 기회가 없었다.

리히토가 쥐고 있는 성검이 개리의 맹공을 계속 막아내고 있다. 하지만 틈만 있으면 상대에게 치명상을 입히려고 움직였다. 한 순간이라도 마음을 놓기라도 하면,

"호오, 지금 건 위험했어! 하지만 아직 부족해!"

아냐, 그게 아니라고!

이건, 내가 휘두르는 검이 아니다.

자신의 의지도 희망도 아무것도 없다. 마치 빨간 구두를 신고 죽을 때까지 춤을 췄던 발레리나 같은 꼴이다. 발목이 아니라 손목을 잘라내야 멈추는 걸까.

"——젠장."

리히토는 이를 악물고, 그러면서도 계속 상대의 검을 막아냈다.

"빠, 빠르다."

"저거 대체 무슨 일이 벌어진 거야."

"저 용사도 정말 잘 막아내고 있네……."

외야의 목소리도 점점 귀에 들어오지 않는다. 그저 상대의 검이 움직이는 궤도를 보는 것이 전부. 한 순간이라도 마음을 놓으면『상대』가 죽는다는 걸 알고 있다.

공격을 거듭하는 개리의 얼굴이 점점 일그러졌다. 전혀 공격하지 않고 도망만 다니는 리히토가 마음에 안 들었는 지도 모른다.

그래도, 이쪽이 공격할 수는——.

"——윽!"

개리의 몸이 크게 기울었다. 검을 쥔 채로 갑판에 손을 짚었다.

잔뜩 떨어진 땀에 발이 미끄러진 것 같다. 호흡도 거칠고, 무거운 갑옷과 방패를 유지할 체력이 떨어진 것 같다.

절망에 일그러진 개리의 얼굴. 객관적으로 봤을 때, 이 상태에서 일격을 날리면 이긴다는 건 알고 있다.

공격해야 하나. 공격해도 될까.

망설인 것은, 아주 짧은 순간.

하지만 다음 순간, 기묘한 『울음소리』가 주위 일대에 울려 퍼졌다.

'뭐지?'

리히토는 주위를 둘러봤다. 바람이 울부짖는 것 같은, 땅이 우는 것 같은, 낮고 귀에 거슬리는 노이즈였다. 모래 도마뱀의 아침 울음소리하고 또 다른——.

제일 먼저 반응한 것은 구경하던 선원들이었다.

"큰일 났다!"

"배를 멈춰!"

구경하고 있던 자세에서 곧바로 일어나서는 거미 새끼들이 흩어지는 것처럼 갑판 위를 뛰어갔다.

더 이상 결투의 행방을 주목하는 선원은 아무도 없었다. 개리가 멍하니 무릎을 꿇고 있다. 그 직후, 배가 말도 안 되는 각도로 들어 올려졌다.

"어!"

선미가 45도 이상의 각도로 들어 올려졌다.

갑판에 쌓여 있던 짐들이 차례차례 미끄러져 떨어진다. 굴러 떨어진 커다란 통에 제대로 부딪칠 뻔 했고, 황급히 난간 쪽으로 피했다. 바로 뒤에 있던 개리의 방패가 그것을 막아내는 모양이 됐고, 같이 뱃머리 쪽으로 미끄러져갔다.

"개리 씨!"

이 사력선만이 아니다. 사막이, 격렬하게 흔들리고 있었다.

마치 폭풍우가 부는 외양 같았다. 모래가 큰 파도처럼 꿈틀거린다. 물보라가 아닌 모래보라가 휘몰아쳐서, 시야가 평소의 절반도 안된다. 울타리를 붙잡고 올려다봤더니 하늘이 기분 나쁜 적갈색으로 물들어 있었다.

순간적으로 뇌리에 떠오른 것은 초등학교 5학년 때의 마신 봉인 싸움이었다. 마치 세상의 종말이라도 찾아온 것 같았던 그 하늘——.

"모래 도마뱀의 고삐를 풀어!"

선장이 호령하자, 꿈틀거리는 지면과 선체 사이에서 미친 듯이 날뛰고 있던 모래 도마뱀의 고삐가 풀렸다. 자유로워진 세 마리는 모래 먼지 너머로, 엄청난 속도로 달려갔다.

사력선 『여신의 지휘』호는 그 뒤로 한참동안 파도 위의 조각배처럼 흔들렸다.

운이 좋은 자는 선실로 도망쳤고, 어떤 이는 기둥이나 난간을 붙잡고 버텼다.

그 어떤 것도 못한 자는 짐들과 함께 밖으로 떨어지는 수밖에 없었다——.

'——아.'

리히토는 그 때, 본 것 같은 기분이 들었다.

뭉게뭉게 피어오르는 모래 연기 속에서, 로그와이어 경의 화려한 의상이, 배 밖으로 사라지는 모습을.

"로드 로그와이어! 로그와이어 님!"

개리 브룬의 절규가 들려왔다.

"떨어졌다! 경이 떨어졌다! 누가!"

하지만 그의 말은 윌타미아 말을 모르는 선원들에게는 전해지지 않았다. 미친 듯이 사납게 날뛰는 모래 속으로 따라가는 사람도 없었다.

"로그와이어 님!"

하지만—— 그렇기 때문에—— 리히토의 몸이 움직였다. 어느새 바닥을 박차고, 울타리 너머로 뛰쳐나갔다.

떨어지는 사람을 손도 쓰지 못하고 지켜보는 것.

그것은 더 이상, 리히토에게는, 무엇보다 견디기 힘든 일이었————.

"이봐, 잠깐만. 영웅님?! 무슨 짓이야!"

하셈인 것 같은 남자의 고함소리가, 너무나 멀리서 들려오는 것 같았다.

***

──시간은 인간에게 무엇을 가져다주는 것일까.

0세에서 3세. 기억이 전혀 없다. 그저 갓난아기로서, 움직일 몸을 필사적으로 만들어가던 시기다.

4세에서 8세. 트롤 가문의 외동딸로서 시골의 산과 들을 마음껏 뛰어다녔다. 그것을 잃으리라는 것은 생각지도 못했다.

9세에서 11세. 부모님이 돌아가시고 도적 수업이 시작됐다. 미궁에 들어가고 보물을 찾아서 매일같이 사는지 죽는지. 최후에는 가장 흉악하고 가장 강한 동료들과 마신을 봉인하기 위한 모험을 했다.

그리고── 그 때부터 이슈안의 시간은 갑자기 끊어져 버렸다.

마치 하나로 이어진 시간의 흐름을 옆에서 억지로 뜯어내버린 것처럼, 찢겨져 나간 시간축의 조각 속에서 떠돌며, 이슈안은 17세의 소녀가 돼서 내던져졌다.

어쩌다 이렇게 됐는지, 설명을 들었지만 납득할 수 없었다.

단 한 가지 확실한 것이라면, 이슈안을 신경 써주고 돌봐주려고 하는 『파트너』를 보고 있으면 너무나 답답한 기분이 든다는 점이다.

이제는 필요 없는 말일지도 모르지만, 그래도 해주고 싶다.

울지 말라고, 리히토. 네가 우는 모습을 보는 건 싫단 말이야──.

흔들림이 멎은 것은 언제였을까.

이슈안 트롤은 겨우 악물고 있던 이에서 힘을 뺐다.

"아야…… 살아, 있나……?"

배가 크게 흔들리기 시작했을 때 제일 먼저 안으로 피난했는데,

그래도 정말 큰일이었다. 어쨌거나 좁기로 유명한 복도에 자리 잡고, 날아가지 않게 허리와 다리에 힘을 주고 버텼다. 다리에서 힘을 뺐더니 굳어져 있던 온 몸이 삐걱거렸다.

'으아~ 죽는 줄 알았네……'

한때는 《벌레 구멍》에 떨어져서 죽을 뻔 했다는데, 역시 죽을 것 같은 때는 죽을 것 같은 기분이 든다. 인류의 보편적인 진리다.

주위에는 어디 것인지도 모를 짐들이 어지럽게 널려 있었다.

어깨를 풀면서 주위를 둘러보니 자기가 잡아 끌어서 같이 피난했던 토토가 막다른 곳에 쓰러져 있었다.

"이봐, 토토. 괜찮아?"

"……아으…… 흐아…… 빙글빙글…… 어질어질…… 더는…… 못 돌아요……."

일단 눈에 띄는 상처는 없는 것 같다. 그래서 그냥 두기로 했다.

'마술사는 『부유』 스킬이 있지 않았나?'

아니면, 그건 하이달 정도 레벨이 돼야 습득할 수 있는 걸까.

이슈안은 어지럽게 늘려 있는 장애물을 넘어서 갑판으로 가는 문을 열었다.

바깥은 생각했던 대로 엉망이었다.

해를 가리던 천막은 날아갔고, 통은 여기저기 굴러다니고, 온 몸에 모래를 뒤집어쓰고 축 늘어진 선원과 정기사가 갑판 위에 주저앉았다. 그 이상한 귀족님이 쓰던 접이식 의자는 다리가 부러졌다.

선장과 하셈 데라가 둘이서 이야기하고 있다.

"이봐, 하셈!"

이슈안이 부르자 두 사람 모두 이쪽을 봤다.

"토토는 선실 쪽에 있어. 다친 덴 없고."

"──그렇습니까."

"응. 선장님한테 그렇게 전해줘."

하셈은 잠시 이슈안을 보고 있더니, 갑자기 뭔가가 생각난 것처럼 현지어로 선장과 이야기하기 시작했다. 평소의 장난기 많고 실실 웃는 남자라는 걸 믿을 수 없을 정도로 딱딱한 말투로. 마치 그럴 상황이 아니라는 것처럼.

"무슨 일 있어?"

"──뭐, 그냥 좀."

하셈이 말끝을 흐렸다.

시간이 지나면서 움직일 수 있는 사람들도 늘어났다. 그러나 이슈안이 알고 있는 검은 머리 소년의 모습은 보이지 않았다.

이슈안은 어쩔 수 없이 물었다.

"저기 이봐, 하셈."

"무슨 일이시죠."

"리히토 못 봤어?"

그 질문에 대해, 이안마르드인 호위 검사의 답은.

"봤지만, 없어졌습니다."

"뭐?"

"폭풍이 불 때 말이죠, 여기서 바로 밑으로 뛰어내렸습니다."

세게 얻어맞은 것 같은 충격을 받으며 자기 귀를 의심했다.

"뭐, 뭐라고──"

"떨어진 로그와이어 경을 구하려고. 결국 두 사람 모두 올라오지 않았습니다."

이슈안은 벌벌 떨리려는 몸을 질타하면서, 하셈이 말한 아래쪽을 봤다.

아래쪽은 어디까지나 모래뿐이고, 파트너의 모습은 어디에도 보이지 않았다.

여기서?

그 폭풍이 부는 데?

너무나 어지러워서, 참을 수가 없다.

──결국. 배에 있는 사람 모두가 배 안을 샅샅이 뒤져봤지만, 행방불명자의 숫자는 달라지지 않았다.

월타미아 국왕 대리이자 고위 귀족인 로드 로그와이어와 《이름 없는 자》라는 별명의 용사 리히토 아이카와. 이 두 사람만이 사력선 『여왕의 지휘』호에서 떨어져 홀연히 사라져버리고 말았다.

"어쩔 것인가! 왕의 대리가!"

"개리 님도 진정하세요. 제발 부탁드려요!"

같은 소식을 들은 개리 브룬이, 토토가 말리는데도 듣지 않고 선장에게 따지고 들었다.

나는── 어떻게 해야 좋을까.

이슈안은 입술을 꽉 깨물었다.

'야.'

'리히토.'

'그── 바보가!'

【3】

UNDERGROUND

——다이아론 평원, 【불꽃과 어둠의 미궁】 제일 아래층.

돌로 만든 넓은 공간은 축축하면서 어둡고, 젖은 짐승 냄새가 가득 고여 있었다.

이 층의 수호자는 소머리를 가진 거인. 잘 단련된 육체에 거대한 도끼를 들고, 미궁에 도전하는 침입자를 물리친다.

"그리로 갔다 리히토!"

소리친 사람은 《여검사》 라나 에른. 그녀가 한 방 먹인 거인이 더욱 흉포해져서 리히토를 덮친다.

——으어어어어엉!

'와, 왔다!'

맞서는 상대는 급조한 초등학생 용사. 두 손으로 잡는 검을 꽉 쥐고, 도망치지 않고 버티는 게 고작. 그래도 용기를 짜내서,

"이 자식!"

몬스터의 도끼와 리히토의 검이 정면으로 부딪쳤다. 흐릿한 어둠 속에 요란한 불꽃이 터졌다.

"좋았어, 막았다!"

"잘 했어 리히토, 이번엔 눈을 안 감았네!"

《마술사》하이달 윔과 《도적》이슈안 트롤의 환호성이 들려왔다. 하지만 정작 리히토한테는 대답할 여유가 없었다. 그저 눈앞에서 침을 흘리며 덤벼오는 괴물이 너무나 무서울 뿐이어싸.

"뭐든 좋으니까, 어떻게든 해 봐! 이거!"

"그래 알았어. 잘 들어 하이달, 이놈의 약점은 전격이야!"

"알겠습니다!"

하이달이 마술을 영창하기 시작했다.

"총운(叢雲)의 빛이여!"

들어 올린 지팡이에 안개가 끼고, 다음 순간에 번갯불이 작렬했다. 날카로운 전격이 거인의 몸을 꿰뚫었다.

"지금이야 영감!"

"허어어어!"

바로 《승려》하기리의 지르기가 작렬. 몬스터의 강인한 거구가 천천히 바닥에 쓰러졌다.

그리고 어떤 상황이건, 자신의 신을 믿는 노승은 마지막에 기도하는 것을 잊지 않는다.

"여기에, 파나티아의 빛이 있으라."

혼자서 기도문을 읊고 있다.

아무튼── 하나의 위기를 넘겼다. 꼼짝도 않는 몬스터 앞에서, 리히토는 칼을 내리고 승리의 기쁨을 터트렸다.

"해냈다!"

장장 세 번째 도전이었다. 이걸로 마지막 문을 열 조건이 갖춰졌고, 불꽃의 오브를 손에 넣을 수 있다.

"이슈안, 해냈어! 클리어야!"

"그래 리히토! 너 치고는 잘 했네."

"헤헤헤."

리히토와 이슈안은 웃으면서 하이터치를 했다. 너무나 상쾌한 기분이었다.

"아, 저기 봐, 문이 열린다."

"이봐, 잠깐 기다리라고."

"내가 일등!"

리히토는 들뜬 기분으로, 이슈안이 말렸지만 듣지도 않고 열린 문을 향해 뛰어갔다. 미션을 클리어했다는 신나는 기분 때문에, 겁이 없어졌던 것 같다.

그렇게 용감하게 문 안쪽으로 들어갔더니, 멋진 돌 받침대 위에 머스크멜론 만 한 크기의 오브가 놓여 있었다. 리히토는 활짝 웃는 얼굴로 오브를 들어 올리고는,

"짜잔!"

동료들 쪽을 봤다.

──쿠구구구구구구……..

"──어라?"

동시에 뭔가 벽 너머에서 묵직한 소리가 울리기 시작했다.

다음 순간, 리히토가 서 있던 바닥의 돌이 통째로 빠져버렸다.

"이 멍청이가──!"

"으아아아아아아!"

이슈안의 목소리가 점점, 빛의 속도로 멀어졌다.

──그리고 눈을 슬쩍 떠보니, 리히토는 혼자였다.

'큰일 났다……'

아아, 난 정말 바보야. 그렇게 경솔한 짓 하지 말라는 소리를 들었으면서. 또 혼나겠다.

옆으로 누워 있는 리히토의 머리 위에서 사락사락, 끊임없이 모래가 쏟아졌다. 아무래도 리히토는 고운 모래 위에 누워 있던 것 같다. 차갑고 조용한 모래의 감촉이 기분 좋아서, 그냥 이대로 자버릴까 하고 눈을 감았다. 어차피 이슈안이 걷어찰 테니까. 라나한테 꿀밤을 맞을 테니까. 하지만── 모래가 입 있는 곳까지 올라오자, 생명의 위기를 느끼고 벌떡 일어났다.

"푸하!"

입에 있는 모래를 토해내고 산소를 들이쉬었다.

'……. 위, 위험했다…… 진짜로 질식사할 뻔 했어……'

덕분에 이상한 꿈까지 꿨잖아.

지금의 리히토는 급조한 초등학생 용사가 아니다. 그건 틀림없이 과거의 기억── 지금부터 6년 전, 아르고스를 봉인하기 위해 여행하던 시절의 기억이다. 라나도 하이달도 하기리도, 여기에 없다. 정신 차리자, 잠에서 깨자고.

천천히, 주위를 둘러봤다.

예전에 미궁을 헤매던 머나먼 기억이 떠오르게 만드는 어렴풋이 어두운 넓은 공간 한 쪽, 리히토는 그곳에 있다. 벽과 기둥에 빛이 나는 이끼가 붙어 있는 덕분에, 최소한의 시야는 확보할 수 있었다.

아까부터 계속 쏟아지는 모래가 어디서 오는지 찾아봤더니, 높이가 30미터는 돼 보이는 높은 천장의 갈라진 틈에서 모래시계처럼 내려오고 있었다. 설마 저기에서 떨어진 걸까.

분명히 사력선에서 떨어진 로그와이어 경을 구하려고 난간을 뛰어넘었고——.

"맞다, 로그와이어 경!"

정신이 번쩍 들었다. 하지만 주위를 둘러봐도 로그와이어 경의 둥그스름한 몸은 보이지 않았다.

혹시 잘못 본 게 아닐까. 그렇다면 다행이지만——.

'뭐라고 할까……'

이슈안을 구하지 못했던 마신과의 싸움 때와 달리, 가만히 구경만 하다가 끝나지 않은 건 일단 됐다고 치자. 하지만 아이카와 리히토. 기왕이면 제대로 구했어야지. 또 미수로 끝난 거냐고.

너무나 한심한 자신 때문에 한숨을 쉬고, 리히토는 자리에서 일어났다. 옷자락에서 소매에서, 모래가 줄줄이 떨어졌다.

어른 세 명이 모여서 둘러싸야 겨우 손이 닿을 것 같은 커다란 기둥은 반 이상 무너져 있다. 이끼에 뒤덮이지 않은 벽에는 이국적인 정서가 넘쳐나는 섬세한 부조가 새겨져 있고.

"……대단한데…… 여행 가이드북에는—— 있을 리가 없지……."

혼자서 중얼거리는 목소리도 몇 겹으로 울려서 들려온다. 설마 사막 지하에 이런 인공 구조물이 펼쳐져 있을 줄은 몰랐다.

조각에 새겨진 것은 이 지역의 신화나 영웅담이 아닌가 싶다. 자신은 없지만, 벽 오른쪽 위에 창조의 여신 파나티아로 보이는 여성이 새겨져 있다. 리히토가 아는 한 이런 곳에 새겨진 여성은 파나티아뿐이다. 하지만 너무나 신기한 도안이었다.

여신이 있는 하늘 위에서 어떤 『돌』이 떨어졌고, 아래에 있는 사람들이 서로 싸워서 빼앗으려고 한다. 최종적으로 싸워서 이긴 남자가 그 돌이 박힌 왕관을 썼다. 하지만 그것을 지켜보는 여신의 눈에서는 눈물이 한 줄기 떨어지고 있다──.

앞뒤 그림이 열화돼서 깨졌기 때문에 어째서 이렇게 됐는지, 이 뒤에 어떻게 됐는지는 모른다. 그래서 더 불안해 보이는 건지도 모른다.

여신이 울고 있는 그림은, 와이트 사원에서도 교회에서도 본 적이 없었다.

'어째서……'

모래밭을 넘어서 벽화 쪽으로 다가가려고 한 그 때.

'──뭔가가── 있다.'

다음 순간, 리히토는 칼을 들고 경계 자세를 잡았다.

낮은── 짐승이 으르렁대는 것 같은 소리와 함께 강렬한 살기가 전해져왔다.

당황하지 않고, 가만히 기다렸다. 빛이 닿지 않는 어둠 저편에서 빨간 두 눈이 번쩍 빛났다. 상상했던 것보다 높은 위치에서.

마침내, 묵직한 발소리와 함께 나타난 것은 지상의 모래 도마뱀보다 더 거대한 크기의 괴물.

──기이이이이이이이!

벼락이 떨어지는 것 같은 포효 소리가 리피토의 고막을 울렸다. 딱딱한 비늘에 뒤덮인 긴 꼬리도, 근육이 드러난 뒤죽박죽처럼 보이는 몸. 그 괴물은, 망설이지도 않고 이쪽으로 돌진해왔다.

리히토는 있는 힘껏 옆으로 뛰었다.

상대는 자신이 있던 곳의 파편을 짓밟고, 재빨리 선회하면서 리히토를 쫓았다. 입에서는 검은 연기 같은 브레스를 내뿜었다.

'사기(邪氣)인가?!'

리히토는 기둥 쪽으로 펄쩍 뛰어서, 아슬아슬하게 그것을 피했다.

——뭐야 저건. 저런 얘기는 못 들었는데, 못 들었다고.

평범한 모래 도마뱀이라고 하기에는 크기도 너무 크고 공격성도 너무 강하다. 무엇보다 마지막 공격. 저건 야생 육식동물이 아니라, 아르고스의 마수가 내뿜던 그거잖아?

마신 아르고스가 이계에서 보내온 마수들은 일반적인 짐승보다 흉포하고, 특수한 사기를 지니고 있었다. 아르고스를 다시 봉인하면서 그대로 모습을 감췄을 것이다.

'하지만.'

괴물은 지금도 긴 꼬리를 흔들고, 징그러운 머리를 낮게 내리고 리히토를 똑바로 보고 있다. 찢어진 입에서는 시커먼 안개가 흘러 떨어진다.

'역시, 마수다.'

——그렇게 생각할 수밖에 없다.

괴물이 숨어 있는 리히토를 쫓아왔고, 리히토는 다시 기둥 뒤에서 뛰쳐나왔다.

쓸데없이 사기가 듣지 않는 체질이라서 저 숨결이 진짜인지 아닌지, 효과가 어느 정도인지 실감할 수 없는 점이 답답하기도 했다. 하지만 언제까지 생각만 하고 있을 수는 없다.

리히토는 성검을 뽑고 각오를 다졌다. 맞서 싸우지 않으면 당할 뿐이다.

하지만, 또. 성검에 의식을 보내자마자 다시 『그 감각』이 리히토를 덮쳤다.

"으, 아."

두근, 온 몸이 격렬하게 맥박치고, 성검에서 뻗어온 시냅스가 자신의 몸을 멋대로 스캔하는 것 같은 불쾌감. 억지로 침입해온다. 침식당한다. 생리적인 혐오감에 검을 던져버리고 싶다는 생각이 들 정도로.

갑자기 굳어진 리히토를 노리고, 괴물이 계속 돌진해왔다.

리히토는 마음대로 다룰 수 없는 성검을 쥔 채, 고육지책으로 보주를 때렸다. 붉게 빛나던 보주가 자루 구멍에서 빠지고 색을 잃었다.

'——사라졌다.'

온 몸을 지배하고 있던 기묘한 저린 느낌도 같이 사라졌다.

그 대신 두 배 정도의 무게가 손에 덮쳐왔지만, 많은 걸 바랄 상황이 아니다. 지금은 자기 의지로 필요한 만큼 칼을 휘두르는 쪽이 몇 배나 중요하다.

리히토는 단순한 철검이 돼버린 성검으로 반격에 나섰다.

"——강(剛)·속(速)·선(先)·신(迅)."

빠른 속도로 괴물의 발밑으로 지나갔다. 가속해서 넓은 공간의 벽까지 뛰어 올라갔고, 천장 근처까지 뛰어올라갔다.

"베어버려라!"

훨씬 높은 곳에 있었던 상대의 머리를 정수리에서부터 두 쪽을 내버렸다.

피 대신 검은 사기를 뿌려대며, 마수 같은 괴물이 쓰러져갔다. 땅이 울리는 소리와 함께 지면에 쌓여 있던 모래가 날아올랐다.

리히토는 칼을 든 채로 깊이, 깊이 숨을 들이쉬었다. 눈앞에 있는 적을 물리쳤다는 안도감과 검의 지배에서 해방됐다는 안도, 두 가지가 섞여 있었다.

검을 다시 칼집에 집어넣고 쓰러진 괴물을 봤다.

실루엣은 모래 도마뱀과 비슷하지만 역시 모래 도마뱀이 아니다.

"……마수…… 맞지…….."

이상하게 늘어난 흉포성과 근육, 특수능력. 마수를 만들어내는 마신 아르고스는 리히토가 자기 손으로 봉인했는데.

이대로 두면 마수처럼 사라지는 걸까.

"어째서……."

"뭐야, 주, 죽어 있잖아!"

리히토는 펄쩍 뛰어오를 뻔했다.

——사람이다. 뭔가 허술한 무구로 무장한 남자들이 넓은 공간에 나타났다.

머리에 감은 천과 독특한 얼굴 생김새를 보면 전부 이엔마르드 사람인 것 같다.

"거기 너! 네가 이 용을 죽였냐!"

리히토는 조용히 칼자루에 손을 얹었다. 충분히 경계하면서, 남자들의 언동에 주목했다.

적일까, 아닐까.

적어도 저 사람들은 이 마수를 본 적이 있는 것 같다——.

"말을 하란 말이야!"

"——그렇다면, 어쩔 겁니까?"

"바보 자식이! 무슨 짓을 한 거야!"

엄청나게 화를 내면서 소리를 질렀다.

"이걸 어떻게 할 거야. 멋대로 해치우다니…… 이래선…… 이래서는…… 결판을 낼 수가 없잖아!"

"예?"

엉뚱한 대답에 얼빠진 소리를 냈다.

"그러니까 말이야, 이 용은 내가 쓰러트릴 놈이었다고!"

"그건 아니지, 나야!"

"무슨 소리야, 당연히 나라고!"

"뭐야 인마?!"

어째선지 나야, 나야 하면서 자기들끼리 말다툼을 시작했다.

'……어, 어떻게 된 거야?'

아무래도 쓰러트리면 안 되는 부류의 몬스터였던 것 같다. 그리고 이 사람들은 프로 용병이나 모험자라고 보기에는 왠지 하나로 뭉치지 않고 제각각인 것 같고. 평소에 본 적이 없는 외부인 앞에서 싸우는 일은 없으니까.

가능하다면 좀 더 정보를 물어보고 싶지만—— 어떻게 다가가야 좋을까. 아직까지 말다툼을 계속하고 있다.

"그래 좋다, 그럼 이렇게 하자! 내 말 들어봐!"

결국 선두에 있던 남자가 격론 끝에 손가락으로 리히토를 가리켰다.

"이 외지인을 죽이면 용을 죽였다는 증거가 없어진다. 승부는 다시 처음으로 돌아가고!"

"뭐요?!"

리히토는 소리를 지르고 말았다.

이봐요 당신, 지금 뭐라고 했나요.

"누가 이겨도 원망하기 없다. 이 녀석 목을 날린 사람이 시련의 용을 쓰러트린 걸로 하자. 어때!"

"좋다. 하디!"

"그렇게 하자. 하디!"

동의하는 목소리가 동시에 터져 나왔다. 하나도 안 좋다고 하디.

그들은 제각기 무기—— 오래 된 도끼와 검을 들고 리히토 쪽으로 슬금슬금 다가왔다. 파티를 짠 모험자로 보이지는 않지만—— 살기 하나는 충분했다. 귀찮다는 말 밖에 표현할 길이 없다.

"덤벼!"

결국 그러는 거야!

차례로 무기를 휘둘렀다. 리히토는 당황해서 보옥도 없는 성검을 뽑아서 막아냈다.

"왜, 갑자기, 이런——"

"도망치지 마! 얌전히 있어!"

내가 왜!

한 사람을 피하면 다음 공격이 온다. 피해도, 피해도 끝이 없다. 제발 부탁이니까 내 얘기를 들어줬으면 싶다.

"난, 죽이고 싶어서 죽인 게 아니야! 어쩔 수 없었다고!"

"변명은 죽은 다음에 해!"

그건 무리지!

"아, 진짜, 그만 좀——"

하란 말이야, 젠장! 전부 베어버린다!

"——그만하세요."

이성을 잃기 직전.

리히토와 남자들은 칼을 주고받는 자세 그대로 멈춰버렸다. 넓은 공간 안, 무너진 기둥 위에 젊은 소녀가 서 있는 모습이 보였다.

'여자——?'

얇은 천으로 만든 베일로 머리카락을 가리고, 장식이 없는 하얀 로브를 허리끈으로 정리한 간소한 의상을 입고 있었다. 허리에는 덩굴로 짠 바구니를 달았고, 발에는 가죽 샌들을 신었다. 오른손에 들고 있는 지팡에 끝에는 어렴풋이 파란 색으로 빛나는 랜턴을 매달아 놨다.

"우, 우르스라——!"

남자들이 일제히 당황한 목소리를 냈다.

옅은 빛이 소녀의 너무나 아름다운 몸을 비춘다.

남쪽나라 이엔마르드 사람치고는 신기할 정도로 하얀 피부. 높고 예쁜 콧줄기와 어깨와 무릎의 모양 하나하나까지, 명장이 만든 조각상 같다. 특히 보라색 눈동자는 자수정도 울고 갈 정도. 아름다운 동시에 딱딱하고 온기가 느껴지지 않는, 차가운 눈빛의 소유자이기도 했다.

"뭐야 너, 누워 있던 게 아니었어."

우르스라라고 하는 소녀는 그 보석처럼 차가운 눈을 반쯤 뜬 채로 말했다.

"당신들이 자격이 없는 자라는 것은 오나스 아르칸의 딸 우르스라가 확인했습니다. 당장 칼을 내려놓으세요."

"아니, 잠깐만 기다려봐. 이건 아니잖아 우르스라. 우린 말이야, 제대로 싸우려고 했다고. 그런데 이 외지인 꼬맹이가 멋대로 튀어나와서 가로챘단 말이야!"

하디는 침까지 튀어가면서 변명하기 시작했다.

"너도 알잖아. 우리가 뭘 하려고 여기까지 왔는지. 너도 인정이라는 게 있으면 말이야."

"허나, 규정은 규정입니다."

"그럼 역시 이놈을 죽이는 수밖에 없겠네! 그러면 되지! 시련의 용을 죽인 자를 죽이면, 최소한 제일 강한 자는 정해지니까!"

칼끝을 이쪽으로 겨둔 상태에서 말한 탓에, 리히토는 움직일 수가 없었다.

일단 저 우르스라라는 사람은 하디 일행과 아는 사이인 것 같다. 딱히 사이가 좋아 보이지는 않는데, 경우에 따라서는 우르스라도 같이 상대해야 하는 걸까.

딱히 무기를 가진 것 같지는 않은데——.

"우르스라!"

"그렇군요—— 알겠습니다. 그렇다면 저 남자의 신병은 제가 맡도록 하겠습니다."

뭐?

무슨 말인지 이해하지 못했다.

우르스라는 허리에 찬 바구니 뚜껑을 열고, 안에서 짧은 밧줄을 꺼냈다. 그랬더니 그 밧줄이 커지더니 리히토의 손목에 감겼다.

'뭐야 이거?!'

평범한 밧줄인가 싶었는데, 아니었다. 살아 있다. 뱀이다.

"잠깐——"

"가만히 계세요. 그 뱀의 독은 바로 듣습니다. 마비당하는 정도가 아니라 호흡까지 멈춰서 죽게 됩니다."

차가운 목소리로 말하자, 리히토는 이번에야말로 말문이 막히고 입이 떡 벌어졌다.

구속된 손목 사이에, 정말로 살아 있는 뱀의 머리가 보인다. 리히토 쪽을 쳐다보면서, 머리 크기에 비해 커다란 입을 벌렸다. 가느다란 혀와 젖어 있는 이빨이 번들번들 빛났다.

말 그대로 그 자리에서 한 발짝도 움직이지 못하게 됐다.

"——이상입니다. 여러분, 더 이상의 이의는 마을의 오나스 아르칸에게 직접 제기하세요."

하디 일행도 그녀의 조정에 반론하지 못하는 것 같다.

"……쳇. 알았다고, 젠장."

혀를 차고. 다른 남자들과 함께 온 길로 되돌아갔다.

"잘 들어 우르스라! 은혜를 잊지 말라고!"

리히토는 여전히 독사를 몸에 감은 채, 사라져가는 그들을 멍하니 바라봤다. 그것 말고는 할 수 있는 게 없었다.

우르스라가 다시 이쪽을 봤다. 자기도 모르게 우물거릴 정도로 딱딱하고 너무나 맑은, 상대를 다가오지 못하게 만드는 눈동자였다.

"당신은, 누구십니까."

"저는…… 리히토 아이카와. 순서는 바꿔도 되고."

"리히, 토?"

우르스라는 보라색 눈을 깜박거렸다. 마치 처음 듣는 말이라는 것처럼.

'모르는 건가.'

구국의 오영웅들의 이름이 그다지 알려지지 않은 걸까. 아르고스를 쓰러트리기 전에는 보통 이런 반응이었지만.

"사람 이름이 아닌 것 같겠지. 하지만 이런 이름도 있어."

"그렇습니까. 그렇다면 리히토, 당신은 어째서 여기에 있는 건가요."

"나도 몰라. 정신을 차려보니 사막에서 여기로 떨어져 있었어."

"길 잃은 사람이었군요. 알겠습니다. 그럼 가도록 하죠."

"……어디로 가는데?"

"마을입니다. 데라 노르드. 아침이 오지 않는 노르드 마을이라는 의미가 있습니다."

이쪽도 전혀 들어본 적이 없는 지명이었다.

우르스라가 파편 위에서 이쪽으로 뛰어내렸다. 그 몸놀림은 어린 사슴처럼 너무나 가벼웠다. 체격 차이가 있는 리히토를 무서워하지도 않고 똑바로 바라봤다.

"당신이 쓰러트린 마수는 시련의 용이라고 불리던 것입니다. 마을의 오나스가 그 목을 친 자에게 영예와 상을 내릴 예정이었습니다. 당신은 그것을 방해했고. 무시할 수 없는 일입니다."

"그러니까, 그건 불가항력이었어."

"할 말이 있으면 마을에서 해주세요. 당신을 어떻게 할지, 마을로 돌아가서 지시를 듣도록 하겠습니다."

"싫다고 하면?"

"당신은 죽습니다. 그 뱀의 독 때문에."

글자를 읽는 것처럼, 억양이 없고 담담한 말투였다.

얼굴이 너무 무표정해서 속내를 읽을 수가 없다.

"……알았어. 시키는 대로 할게."

체념하고 고개를 끄덕였다.

모험에는 세심한 주의가 필요. 떨어진 다음에는 조심해라. 정말 맞는 말이라고 생각했다.

'미안해, 이슈안——'

***

사력선 안은 무겁고 답답한 분위기가 감돌고 있다.

——행방불명자 2명.

게다가 폭풍 때문에 견인용 모래 도마뱀이 도망갔기 때문에, 도마뱀들이 다시 돌아올 때까지는 꼼짝도 할 수가 없다. 정말 엄청난 함정이다.

바람도 불지 않는 갑판 위에서 보이는 지평선 어디에도 목적지로 삼을만한 것이 보이지 않는다. 토토랑 같이 계속 관찰했던 모래 도마뱀의 꼬리. 또는—— 아이카와 리히토의 짱구머리.

빨리 도와주러 가고 싶은데, 준비가 끝날 때까지는 멋대로 나가지 말라는 말을 듣고 말았다. 성질이 급한 이슈안은 너무 답답해서 속이 타들어갈 지경이었다.

"언제까지 기다리라는 거야, 빌어먹을——!"

"머리에 뭐라도 쓰지 않으면 쓰러집니다, 도적 님."

"퓹."

난간에 기대 있는 이슈안의 머리에 햇살을 막기 위한 케이프가 날아왔다.

하셈 데라의 짓이었다.

"……그 말투, 짜증나니까 하지 마."

"그럼 이슈안 양."

"콧구멍에 검지랑 중지 박아서 던져버린다."

케이프 속에서 꾸물꾸물 얼굴을 밖으로 내밀었더니, 하셈의 뻔뻔한 얼굴이 바로 옆에 와 있었다.

이번 여행에 있어 이엔마르드 쪽이 파견한 호위용 검사라는 것 같다.

호위라고는 하지만 항상 무기도 들지 않고 실실 웃기만 하는 사내. 항상 너무 배려하는 리히토와 또 다른 의미로 검사답지 않은 사내였다.

"일사병이라는 말, 윌타미아에도 있나요."

"……그게 뭔데."

"너무 강한 햇살을 몸이 견디지 못하는 거죠. 당신처럼 하얀 사람은 제대로 쓰러집니다."

"……나약해서 미안하네."

"미인이고 멋지다는 얘기입니다. 어라, 멋진 팔찌군요."

"건드리지 마, 패버린다."

케이프를 제대로 고쳐 쓰려고 하는데, 하셈이 위팔에 찬 『추억의 부적』에 관심을 보였다. 정말로 건드려서 확 날려버리고 싶다고 생각했지만, 그런 일은 일어나지 않았다.

정말이지, 아무리 잡으려고 해도 잡히지 않는 연기 같은 자식이다. 원래 이런 광대 같은 인간은 무시해야 하지만,

"당신이 후회하는 건 알겠지만 말이죠, 지금은 어쩔 도리가 없다고 생각합니다."

망할 자식이라고 해주고 싶어졌다.

그런 것까지—— 알고 있다.

개리 브룬과의 결투 이야기를 들은 시점에서 리히토 편에 붙어서는 안 된다고 생각했다. 기사와의 결투라는 말에 겁을 먹고 적당히 하려고 들었다간, 큰 코 다치는 건 리히토 쪽이다. 그래서 내깃돈도 개리 쪽에 걸고 잔뜩 부추겼다. 그러면 그 쓸데없이 배려하는 인간도 제대로 싸울 거라고 생각했는데, 이렇게 헤어지게 되리라고는 생각

도 못 했다.

'애교 부리면서 응원했어야 하나?'

바보같이. 무엇보다 자신은 그 때 화가 나 있었다. 너무 화가 나서 마칠 지경이었다.

그러니까 아무리 생각해봤자 지금 상황은 달라지지 않는다──.

"그나저나, 그게 말이죠. 댁의 영웅님은 항상 그러나요?"

"……뭐라고?"

"리히토 아이카와 씨말입니다. 금세 박살낼 수 있는 하수가 상대인데, 중간에 갑자기 손을 뺐다고 할까, 일부러 공격을 안 하는 것 같은 냄새가 풀풀 났거든요. 아주 간단히 잡을 수 있는 기회를 전부 그냥 보내고 있으니, 이런 말 하기는 그렇지만 상당히 교활한 전법 같아서 말이죠."

"──너야말로, 지금 시비 거는 거야?"

"이렇게 뜨겁지 않습니까. 햇님은 번쩍, 기온은 상승. 상대는 바보같이 커다란 방패와 갑옷을 입은 만큼 체력이 빨리 소모되죠. 지구전으로 끌고 가서 알아서 쓰러지기를 기다렸다면, 그게 잘못 된 건 아니지만 전설의 《용사》 치고는 환멸하게 된다고 할까요. 실제로 어땠나요? 눈치가 생명인 《도적》으로서, 리히토 아이카와의 그 싸움을 어떻게 설명할 겁니까?"

대놓고 묻자 이슈안도 말문이 막혔다.

하긴, 이 광대 자식 말도 일리가 있다.

그 때 리히토는 그저 개리의 검을 막기만 했고, 결코 자기가 먼저 공격하지는 않았다. 원래 성격 때문인지도 모른다. 답답할 정도로 싸우는데서 기쁨을 찾아내지 못하는 게 『지금』의 아이카와 리히토다. 하지만 한편으로 상대가 자멸하기를 기다렸던 게 아니냐는 말을 들으니까, 그건 아니라는 생각도 들었다.

그렇게 번거로운 짓을 할 인간이 아니다. 아무리 적이라고 해도 상대가 고통을 피할 수만 있다면 단번에 적을 해치우는 쪽을 선택할 타입이니까. 그리고 혼자서 책임을 짊어지고.

이슈안이 6년이나 정신을 잃고 있었던 사이에 그렇게 변해버리고 말았다——.

안타까움과 답답함을 억누르려는 것처럼, 이슈안은 주먹을 꽉 쥐었다.

"……그 녀석이 무슨 생각인지, 다 아는 건 아니지만. 그래도 그 바보는, 1분 1초라도 빨리 끝내는 게 좋다고 생각할 녀석이야. 그건 절대로 변하지 않았고, 그 때도 똑같았어. 뭔가 그러지 못할 이유가 있었어."

"그게 뭐죠?"

"그건——"

몸이 안 좋았을까, 무기가 문제였을까, 아니면 둘 다일까.

'이 바보 리히토.'

'괜찮기는 한 건지.'

어느 쪽이 됐건, 행방불명이 돼버린 이 상황에서는 불안 요소일 뿐——.

"아, 이런. 오빠가 불안하게 만들어버렸네. 실수했어."

"야, 누가 불안해한다고! 애 취급 하지 마!"

"왠지 어린애처럼 보이는 때가 있어서 말이지. 얼굴은 안 그런데."

"이슈안 님! 하셈!"

토토가 달려왔다. 이슈안은 황급히 콧물을 들이켰다.

"죄송합니다만 아래쪽 식당으로 와주시겠어요. 선장님이 할 이야기가 있다는 것 같아요."

"이야기?"

드디어 수색할 준비가 갖춰진 걸가. 이슈안은 선내 식당으로 내려갔다.

문제의 선장은 이슈안 일행이 오자 이야기를 시작했다.

이엔마르드 말로 이야기하는 내용을, 토토가 순차적으로 윌타미아 말로 통역해줬다.

"일단 기본 전제로—— 모래 도마뱀을 놓아줬기 때문에 이 배는 움직일 수 없는 상태입니다."

그건 알고 있다. 빨리 리히토를 찾으러 가고 싶은데.

"배가 뒤집히지 않도록 하기 위해서 필요한 조치였습니다. 언젠가 돌아올 테니까, 그 때까지 여기서 대기하겠습니다."

"그게 어쨌다는 거야. 변명 따위는 듣고 싶지 않다!"

거칠게 말한 사람은 기사 개리 브룬이다.

"이 대가를 어떻게 치를 셈인가. 윌타미아의 대리인에 대한 이 실태, 살아서 고향에 돌아갈 생각은 하지도 마라 이 사기꾼 놈들!"

그 격앙된 말도 토토가 꼼꼼하게 통역해서 선장에게 전해줬다.

선장의 미간에 새겨진 주름이 깊어졌다. 뭔가 말을 했는데, 그 말을 들은 토토가 노골적으로 난처하다는 표정을 지었다.

"이봐, 계집. 뭐라고 한 거냐."

토토는 역시나 떨떠름해 하면서 통역하기를 망설였다. 하지만 선장이 가만히 있는 것을 보고는 어쩔 수 없다는 것처럼 입을 열었다.

"……이 폭풍은 저주 때문에 일어난 거라고, 선장님은 그렇게 말씀하셨습니다."

"뭐?"

"베즈냐야 대왕의 저주입니다. 이 사막에서 쓰러진 왕과 전사들의 망령이 지금도 잔뜩 잠들어 있습니다. 잠을 발해하면 화를 내서, 이번 같은 폭풍이 일어나죠. 예를 들자면…… 못된 자가 사막에 짐을 버린다든지 했을 때."

이슈안은 깜짝 놀랐다. 은근슬쩍 개리의 행동을 비난한 것이다. 너 때문에 이렇게 됐다고.

다른 선원들의 시선도 선장처럼 차가웠다. 집중포화를 받은 개리의 얼굴이 빨간색을 넘어 보라색에 가깝게 변해버렸다.

"우리는 배를 몰아서 목적지에 도달하는 것만이 유일하고 절대적인 사명. 하지만 사막에 경의를 품지 않은 인간의 상식을 벗어난 행위까지는 예측할 수 없다."

"이 놈이, 한마디로 내 탓이라는 것이냐……."

"아저씨, 그만둬!"

개리가 덤벼들려고 했고, 이슈안은 그걸 말릴 수밖에 없었다. 하지만 그 직전에 개리는—— 얼굴에 손을 얹고 웃기 시작했다.

"아, 아저씨……?"

"하핫! 그래, 그렇군…… 그런 것인가. 하마터면 속을 뻔했다."

개리는 한 걸음 뒤로 물러나서는 빈정대는 것처럼 입 꼬리를 끌어 올렸다.

"──다 이해했다. 이것이 이엔마르드 수장국의 수법인가. 일부러 배를 거친 곳으로 지나가게 하고, 그 책임을 윌타미아 쪽에 떠넘긴다. 왕궁에서 요구를 받아들이지 않은 것에 대한 보복인가? 이런 짓을 해도 원탁의 결정은 바뀌지 않는다."

선장과 선원, 그리고 토토와 하셈까지 이글거리는 눈으로 쏘아 봤다.

"부정해봤자 소용없다. 나는 모든 것을 간파했다! 이 건은 윌타미아로 돌아가서, 윌타미아 왕의 이름하에 심의하도록 하겠다. 각오해라. 전부 사형이다! 결정이다!"

"그렇게 트집 잡아서 약소국을 괴롭히는 게 윌타미아의 방식. 뭐, 흔한 일이죠."

"뭐라고?!"

완전히 엉망진창이 됐다.

"야만족에 고용된 검사 나부랭이가 기사를 우롱하겠다는 것이냐!"

"그렇습니다. 이 배에는 고용된 검사 나부랭이와 유학중인 어린애와 고용된 선원들밖에 없습니다. 그런 놈들이 그런 일을 저지를 거라고, 정말로 그렇게 생각하는 겁니까? 머리는 괜찮은 겁니까?"

"이 놈이!"

이슈안은 조용히 빈 통을 확보해서 테이블 위로 올라갔다. 그리고 드잡이질을 시작하려는 두 사람의 머리 위에, 똑바로 떨어트려줬다.

"작작 좀 하라고 이 인간들아!"

약간 『풀어져』있던 통은, 충격 때문에 멋지게 부서지면서 자재들이 이리저리 날아갔다.

바로 눈앞에서 그 꼴을 목격하게 된 토토가 "히익."하고 눈이 휘둥그레졌다.

문제의 두 사람도 멍하니 이쪽을 쳐다봤다. 이슈안은 둘이 제정신을 차리기 전에 선수 필승이라는 생각으로 큰 소리를 질렀다.

"난 말이야, 빨리 찾으러 가고 싶다고. 1초라도 빨리 가고 싶어. 누구 때문에 어떻게 됐는지 따위는 일단 미뤄두라고. 일단 찾고 보는 게 우선이잖아. 싸우고 있을 때야?!"

그리고 또 한 사람, 하셈 데라에게도 마찬가지로.

"들은 대로야. 일단은 협력해달라고. 화가 날 지도 모르겠지만, 나도 이쪽 아저씨도 소중한 사람이 위험한 상황이야. 잔뜩, 잔뜩 도움이 필요해."

테이블에서 내려와 고개를 깊이 숙였다.

여기는 사막이고, 이슈안 트롤의 모험 지식은 거의 도움이 안 된다.

"뭔가를 찾을 때는 틀림없이 있다고 찾아야 한다고, 내…… 가 아니라, 내가 그 녀석에게 말했어. 이런 데서 죽어도 될 녀석이 아니야. 기다리는 사람이 있어. 만나게 해줘야 한단 말이야, 꼭."

미치바 코코를 구해내고 지구에 있는 집에 돌아가기 전에는, 아이카와 리히토의 두 번째 모험은 끝나지 않는다.

'그래, 끝나지 않아.'

그것만은 이슈안이 어떤 생각을 하건 간데 바뀌서는 안 되는 일이니까——.

"……당신을 지지합니다, 이슈안 트롤."

그렇게 말한 사람은 선장이었다.

서툰 월타미아 말로.

그는 그 뒤에도 계속 이엔마르드 말로 뭐라고 말을 했는데, 이슈안은 알아들을 수가 없었다. 그래서 토토한테 물었더니 미소를 지으면서 대답해줬다.

"역시 오영웅이라고."

"선장님……."

"저도 같은 생각이에요."

그런 말을 해도 기억은 하나도 없지만.

하지만 태양이 더 이상 움직이기 전에, 배 전체를 동원해서 수색하기는 것이 결정됐다.

***

기분은 감옥으로 끌려가는 범죄자였다. 또는 팔려버린 소.

지팡이 끝에 랜턴을 달고 있는 우르스라가, 계속 지하 갱도를 걸어간다.

리히토는 손목에 독사를 감은 채, 마찬가지로 계속 걸어갔다.

지금까지 거의 미궁이 아닌가 싶을 정도로 복잡한 길을 걸어왔기 때문에, 이제 와서 처음에 그 시련의 방으로 돌아가라고 해도 찾아갈 자신이 없다.

대체 어디까지 가야 하는 건지, 상상도 할 수 없었다.

"저기. 얼마나 더 걸어가야 하는 거야."

"거의 다 왔습니다."

한참 전에도 똑같은 말을 들은 것 같은데.

"얼마나 더?"

"다 왔습니다."

틀렸다. 마을은 고사하고, 아직까지도 지하를 벗어나지도 못 했는데.

"……대체 얼마나 넓은 거야, 이 미궁……."

우르스라가 투덜거리는 리히토에게 대답했다.

"이곳은 원래 5백 년 전의 베즈나야 왕국 시대에 만든 지하 신전입니다. 삼대 째 대왕, 미르심 1세 시대에 착공했고, 공사가 끝났을 때는 오대 째가 됐다고 전해집니다."

"우와, 진짜 오래 걸렸네……."

"파나티아께 오곡이 풍성하게 맺히고 국가가 안녕하기를 기원하기 위한 사업이었지만, 그 다음 육대 째에서 전부 헛것이 돼버렸지요. 『광왕(狂王)』의 시대에."

배에서 토토가 했던 이야기가 생각났다. 미쳐버린 대왕의 악정 때문에 각지의 부족들이 쳐들어와서 멸망했다는 그 얘기인가.

"대왕은 호족들에게 몰려서 방황하던 중에 이 신전에도 들렀다고 합니다. 그 탓에 많은 무녀와 신관들이 죽었습니다. 병사와 위병들도. 살려달라고 빌었지만 듣지 않았고, 많은 이들이 목이 잘리고 불에 태워져서 억울하게 죽고 말았습니다. 슬프고 괴롭게."

휘이이잉.

갱도 안에 부는 바람이 으스스한 분위기를 더 강조해줬다.

마치 그녀가 처형 현장을 직접 본 것처럼 말하는 게 문제다. 틀림없이.

"저, 정말 무섭네…… 여신의 자비도 한계가 있으니까……."

"이곳의 마을의 중심부입니다. 발밑을 조심하세요."

"뭐?"

갑자기 우르스라가 랜턴을 높이 들어 올렸다.

지금까지는 좁은 통로였는데, 그 앞에는 댐처럼 거대한 공간이 펼쳐져 있었다.

'우와…….'

막자사발 모양의 경사면 내부에 집이 있는지, 규칙적으로 불빛이 흘러나오는 창이 있다. 벽에는 일정한 간격으로 램프가 걸려 있고, 그 아래에 있는 통로에 마을 사람으로 보이는 사람들이 오가는 것이 보인다.

──도시다.

리히토와 우르스라는 막자사발의 제일 위쪽 테두리에 있는 상태였다. 아래쪽으로 벽을 따라 나선형 계단이 뻗어 있다.

바닥 쪽에는 돌로 만든 커다란 건물이 있다. 그 주위에 작은 수로가 있는데 거기에 맑은 물이 흐르고, 건물을 비추는 화톳불이 수면에도 미쳐서 흔들리고 있다.

너무 놀라서 잠시 동안 말문이 막혔다.

이건 신전이라기보다는 완전히 도시다. 몇 백 년이나 전에 이런 커다란 도시를 만들었다는 건가. 사막 지하에.

"여기가…… 너희 마을이야?"

"예. 조상들의 빈집을 빌려서 사는 상태입니다만. 이제 됐습니까? 가시죠."

우르스라가 계단을 내려가기 시작했다. 리히토는 황급히 그 뒤를 따라갔다.

"빈 집을 빌리다니?"

"저희는 노드르족. 거슬러 올라가면 베즈나야의 핏줄로 이어진다는 것 같습니다만, 계속 지상의 산촌에서 살았습니다. 마수를 피하기 위해서 이 지하 신전으로 이주했죠. 대부분의 건물들이 지금과 같은 상태로 남아 있었던 덕분에 간단했다고 합니다."

"아, 그렇구나. 그래도 꽤 오래 됐네."

"아버지 대의 일이라고 들었습니다. 이곳은 지상과 비교하면 안전하니까요."

피난소에 들어왔다고 생각하면 되려나.

그나저나 너무 훌륭한 마을이다. 사람은 정말 대단하네. 파나케이아의 판타지는 정말 대단하다.

자꾸만 낯선 거리의 북적이는 사람들 쪽으로 눈이 갔다.

"저기, 우르스라. 저거 말이야, 벽에 달려 있는 외등(外燈)이지. 불도 이끼도 아닌 것 같은데 어떻게 만든 거지? 마술?"

"등석(燈石)을 부숴서 넣었습니다. 깨져도 몇 시간 동안은 공기에 반응해서 빛납니다. 이 랜턴도 마찬가지고요."

"헤에. 먹을 건? 지상으로 구하러 가는 거야?"

"아니요. 그런 일은 없습니다."

"뭐야, 그럼 자급자족? 지하에서 그게 가능한가."

계단을 내려가던 우르스라가 뒤를 돌아봤다.

정말. 너무나 차가운 눈이었다. 입을 다물게 만드는 데 충분하고도 남을 힘이 담겨 있었다. 손에 있는 뱀보다 더 강력한 건지도 모르겠다.

"……미, 미안. 이제, 조용히 있을 게……."

죄수 같은 입장에서는 주제넘은 질문이었던 것 같다.

"그렇게 신기한가요. 여기가."

"응. 엄청나게—— 사실은, 그냥 내가 뭘 몰라서 그럴 뿐이야. 정말 먼 데서 왔거든."

"그렇다면 됐습니다."

우르스라는 다시 걸음을 옮겼다. 리히토는 마음속으로 가슴을 쓸어내리면서 따라갔다.

계단은 거주지 벽을 따라 이어졌고, 안에 사람이 있을 때는 깜짝 놀랐다. 옷을 갈아입던 할아버지와 창 너머로 눈이 마주쳤고, 노인이 "꺄악" 하고 여자애 같은 비명을 지르면서 옷장 뒤로 숨었다. 리히토가 사과할 틈도 없이, 우르스라는 계속 앞으로 나아갔다. 쫓아가는 자신의 손에는 살아 있는 독사가 감겨 있고. 꽤나 이상한 광경이겠지.

"우르스라!"

그 때, 계단 저편에서 물동이를 든 여자가 올라왔다.

비쩍 마른 중년 여성이고, 우르스라처럼 베일로 머리를 가리고 있다. 눈만 커다란 여성이 이쪽을 올려다보며 물었다.

"너, 아파서 누워있다더니."

"오늘은, 입회하는 날이라서."

"아, 그렇구나. 아주 편한 몸이네. 뭐, 나야 상관없지만. 그건 그렇다 치고, 하디 일행이 엄청 화를 내던데 무슨 일이 있었어? 설마 그놈들이 전부 실패했나."

"그렇군요. 목을 치지 못했습니다."

"어이구! 그거 참 불쌍하네. 그렇게 큰 소리를 치고 다녔는데. 실패했구나. 그랬구나."

"예. 그렇습니다."

"……저기 우르스라. 그렇게 남의 일처럼 말하면 어떻게 해. 좀 아쉬워하지 그래."

"제가 말입니까?"

조용한 질문에, 중년 여성의 미간에 주름이 새겨졌다.

"……정말 뱀처럼 귀여운 구석이라고는 없는 아이네."

내뱉는 목소리가 리히토한테까지 들려왔고, 리히토는 자기 일이라도 되는 양 식은땀을 흘렸다.

"너무 비싸게 굴지 말라고."

하지만 정작 우르스라는 크게 신경 쓰지 않는 것 같았다.

"걱정해주셔서 감사합니다. 그럼, 실례하겠습니다."

"잠깐만, 네 뒤에 있는 거 뭐야. 외지인이잖아!"

리히토는 가슴이 덜컥 내려앉았다. 우르스라는 이 질문에도 담담하게 대답했다.

"길을 잃었다는 것 같습니다. 구속해서 아버님 계신 곳으로 데려가고 있습니다."

"길을 잃었다니, 혹시 위에서……?"

"예."

어째선지 깜짝 놀란 아주머니를 두고, 우르스라가 다시 걸음을 옮겼다. 아주머니는 정체 모를 괴물이라도 보는 눈으로 리히토를 응시했다.

"괘, 괜찮은 거야."

"뭐가 말입니까?"

──아주머니가 생각하는 정도는 아니지만, 우르스라가 상당히 차갑고 동요하지 않는 사람이라는 건 사실인지도 모른다. 결코 부서지지 않는 파워 스톤.

나 같으면 이런 말을 듣고 꿈쩍도 안 하는 건 무리일지도 모른다.

마침내 리히토 일행은 사발의 바닥 부분에 도착했다. 계단 위에서 봤을 때도 눈에 띄던 커다란 건물이 바로 눈앞에 있다.

리히토가 궁금해 하는 걸 눈치 챘는지, 우르스라가 고개를 돌렸다.

"여기는 원래 신관들이 있던 기도소입니다. 여신께 기도를 바치기 위한 성당이라고 들었습니다. 지금은 아버지가 치료원으로 사용하고 있습니다."

"그 아버지라는 분이…… 오나스 씨?"

"그렇습니다. 노르드의 족장, 삼대 째 오나스 아르칸이라고 합니다."

한마디로 우르스라는 족장 딸이다.

"만족하셨습니까?"

"마, 만족이라고 할까…… 뭐, 그럭저럭……."

"그럼 가시죠. 아버지가 안에 계십니다."

우르스라는 담담하게 말을 맺고, 눈앞에 있는 문을 밀어서 열었다.

자, 울건 웃건 지금부터가 진짜다. 좋은 일이 있을까 나쁜 일이 있을까. 아무래도 리히토의 운명은 이 안에 있는 사람에게 달려 있는 것 같다.

원래는 기도소였다는 건물 안에는 바깥과 마찬가지로 등석 불빛이 비치고 있고, 약초 달이는 냄새 같은 것이 복도까지 고여 있었다.

조수로 보이는 여성이 우르스라를 보고 인사했다.

"아버님은?"

"안에 계십니다."

그리고 그 아버지는 막다른 곳에 있는 진료실 같은 방 안에 있었다.

목소리가 문 밖까지 흘러 나왔다.

"……그럼 오나스 님. 저는 이만."

"음. 당분간은 무거운 것을 들지 말도록."

"고맙습니다. 정말 감사합니다."

문이 열리고 팔에 붕대를 감은 노인이 나왔다. 우르스라는 노인에게도 인사를 하고 방 안으로 들어갔다.

"족장 오나스. 지금 돌아왔습니다."

우르스라의 어깨 너머로 안을 엿본 리히토는 숨이 턱 막혔다.

'이거, 엄청난 박력이네.'

어디를 봐도 색이 옅은 우르스라와 대조적으로 거무스름한 피부와 짙은 수염을 가진, 전형적인 이엔마르드 사람 남성이었다. 길게 자란 수염에 흰 털이 섞여 있기는 했지만, 체형도 곰처럼 큼지막하다. 이 사람이 아버지라면 어머니는 미인이고, 상당히 늦게 얻은 딸일지도 모른다.

오나스는 우르스라가 말을 건 뒤에도 앞에 있는 파트에 뭔가를 열심히 적고 있었는데, 겨우 생각이 났다는 것처럼 리히토와 우르스라 쪽을 슬쩍 봤다.

"우르스라."

"예, 족장 오나스."

"……그 뒤에 있는 것은 뭐냐."

깜짝 놀랐다. 그건 틀림없이 리히토를 뜻하는 것이다.

우르스라는 조용하게 대답했다.

"그는── 제가 신병을 맡아서 데리고 왔습니다. 이름은 리히토 아이카와. 길을 잃고 시련의 방으로 들어왔고, 먼저 용을 쓰러트리고 말았습니다."

"이 자가? 도저히 그럴 것 같지가 않은데."

"심판으로서 틀림없이 봤습니다. 어찌 처우해야 좋을지, 오나스의 재가를 얻기 위해서 이렇게 데리고 왔습니다."

오나스의 흰자가 많은 삼백안이 다시 한 번 리히토 쪽을 봤다.

불신이 가득 담긴 시선을 보고, 역시 틀렸다 싶어서 식은땀이 났다. 어쩌지. 상당히 위험한 전개인 것 같은 기분이 된다.

"본인은, 아주 먼 곳에서 왔다고 합니다. 이 땅의 사정에 대해서도 밝지 못합니다."

"멀리…… 위쪽 사막에서 떨어졌나……."

"예, 그렇습니다! 아무것도 몰라요!"

리히토는 보충 설명을 하려는 것처럼 호소했다.

"정말이에요. 정신을 차려보니 거기에 있었어요. 돌아가는 길만 알면 당장이라도 지상으로 돌아가겠습니다. 부탁입니다. 믿어주세요."

필사적으로 자신이 무해하다고 주장했다.

오나스는 입을 꾹 다문 채로 잠시 생각에 남겼다.

그 침묵을 얼마나 오래 견뎠을까. 거의 고문 받는 것 같은 시간이 흐른 뒤에,

"……우르스라."

"예, 족장 오나스."

"그는, 이 마을의 손님이다. 예를 갖춰야 마땅하다. 밧줄을 풀어라."

아주 위엄 있는 목소리였다.

그 말이 끝나자마자 리히토의 손에 감겨 있던 독사가 떨어졌다. 뱀은 그대로 바닥을 기어서 우르스라에게로 돌아갔고, 마지막에는 허리에 있는 바구니 안에 들어갔다.

리히토는 진심으로 안도했다.

'살았다……'

하지만 오나스는 여전히 굳은 표정이었다. 미간에 깊은 주름을 새긴 채 입을 다물고 있다. 부녀가 하나같이 붙임성이 없는 것 같다.

"아이카와 공이라고 했나."

"아, 예."

"운이 없고 강인한 손님이여. 귀공에게 전해야 할 말이 있네. 돌아가는 길을 모른다고 했는데, 이 마을에 그런 것은 없다네."

"뭐——"

리히토는 자기 귀를 의심했다.

"어, 없다고요?"

"그래. 존재하지 않는다. 사람이 지날 수 있는 길은 없다."

"하지만, 말도 안 돼. 여러분은 대체 어떻게 들어온 거죠."

피난하려고 지하 신전으로 내려왔다고 했는데. 길이 없을 리가.

오나스는 납득하지 못한 리히토를 앞에 둔 채, 진료용 의자를 움직여서 몸을 돌렸다.

"그래…… 그것은 우르스라가 태어나기 전의 일이다. 분명히 그 전까지, 우리는 지상에 있는 집락에서 살았다. 산촌에서 짐승을 사냥하고 산양 젖을 짜고, 수백 년이나 변함없는 삶을 살아왔다. 거기에 나타난 것이 그 마신 아르고스다."

"알고 있습니다."

"귀공도 알고 있겠지. 아르고스의 마수는 나라의 크고 작음에 상관없이, 지상의 온갖 곳에 출현해서 한껏 유린했다. 우리의 땅도 예외가 아니었다. 정말로 괴로운 날들이었지."

그의 머릿속에는 당시의 괴로운 기억이 떠오르고 있겠지. 리히토가 모험하러 뛰어다녔던 월타미아에서 멀리 떨어진 사막의 땅에도, 당연히 마수가 나타났을 것이다.

이렇게 파케나이아 사람들한테서 마신과 마수에 의한 피해 이야기를 들을 때마다, 리히토는 복잡한 기분이 들었다. 리히토가 실제로 본 적이 없는, 파나케이아 전체가 어둠 속에 빠져 있던 암흑기다.

"나라의 피폐는 아마도 월타미아보다 더했을 것이다. 부족으로서의 결과가 우선시되고, 나라로서의 단결이 약했으니까. 노르드 중에서도 조상 대대로 살아온 마을을 버려서는 안 된다고 주장하는 자도 있었지만, 우리는 한계였다. 전해지는 말로 들었던 이 지하신전에서 희망을 찾는 자들 만이라도 살기 위해, 유지들을 모아서 이곳으로 도망쳤다. 피난에 사용한 길은 봉인하고 막아버렸지. 마수들이 바로 뒤까지 쫓아왔었기 때문에."

그리고 그들은 이 지하 신전을 아침이 오지 않는 노르드의 마을, 데라 노르드라고 이름지었다고 한다.

"……계속, 여기에? 한 번도 밖에 나가지 않고?"

"그래, 계속."

"지상에 나가고 싶다고 생각한 적은 없었나요?"

"어째서? 이 데라 노르드는 간신히 얻은 안식의 땅이다. 모두 이곳에 와서 안심하고 잘 수 있다고 기뻐하고 있다. 지상 세계는 마수들의 천하. 도저히 돌아갈 수 있는 곳이 아니다."

"아니, 예전에는 그랬겠지만 지금은 괜찮을 텐데요. 마신은 이미 봉인했으니까."

그 순간, 오나스가 눈을 부릅떴다. 벌떡 일어나서는 리히토 앞으로 다가왔다.

"해낸 것인가. 누가."

"그, 그건——"

항상 약을 접하고 있는 탓인지, 오나스의 몸에서는 향초를 달인 것 같은 독한 냄새가 났다.

"월타미아 왕인가! 그 성당 기사단인가! 아니면 이엔마르드의 수장인가? 베즈나야의 광양을 몰아냈을 때처럼, 삼도가 사막 민족 전체를 이끌고 맞섰단 말인가."

"전데요."

말해버렸다.

"……귀, 귀공이?"

"예. 일단은. 본체는 6년 전에."

정직하게 대답하기는 했는데, 잘 한 일인지 아닌지.

다음 순간, 족장 오나스 씨의 볼이 다람쥐처럼 부풀어 올랐고, 폭풍처럼 웃기 시작했다.

"푸하—— 하하하! 으하하하하! 이거 재미있군!"

"아뇨, 정말이거든요. 오영웅 중에 한 사람, 《이름 없는 자》 용사라고 하면 어느 정도——"

거기까지 말했을 때, 생각이 미쳤다.

이 마을에 있는 사람들은 마신과 마수가 제일 맹위를 떨치던—— 그렇다, 최소한 20년도 전에 지상의 산골 마을을 버리고 지하 신전으로 들어왔다고 했다. 그 뒤로 단 한 번도 지상으로 나가지 않았고,

마신이 봉인됐다는 것도 모르고 있었다면, 마신을 쓰러트린 오영웅의 이름을 알 리가 없다. 당연한 일이다.

머리를 세게 얻어맞은 것 같은 충격이었다.

"사람 웃기지 말게나 『용사』공. 그 아르고스를 봉인했다고? 그것도 6년 전에, 귀공이? 그렇다면 시련의 방에서 봤던 용은 어떻게 설명할 건가."

"그건."

"그것이 그 무시무시한 마수가 아니라면 뭐라는 건가? 우리가 이 지하에 왔을 때부터 지금까지 계속 거기에 자리 잡고 있었다."

나야말로 묻고 싶다── 고 하면 안 되겠지.

마수처럼 생기기는 했지만 사실은 일종의 도마뱀이라든지? 그건 아니겠지. 그렇다면 대체 뭐냐고 묻는다면, 단언할 수는 없다. 이슈안의 《도적》의 눈이 있으면 좋겠다고, 진심으로 생각했다.

어떻게 대답해야 좋을지 망설이는 모습을, 오나스는 항복으로 받아들인 것 같다.

"핫, 뭐 됐네. 귀공이 지상에서 뭘 했는지 같은, 그런 쓸데없는 일은 물을 생각 없다. 하지만 나도 백성들을 위험하게 만들 수는 없으니까."

그 배려하는 것 같은 말투가 너무나 답답했다.

"오나스 씨. 저는."

"귀공이 대체 누가 됐건, 귀공이 이 마을에 와서 시련의 용을 쓰러트린 것은 사실이다. 약속된 상은 귀공이 사양 말고 받도록 하게── 우르스라."

"예, 족장 오나스."

"뒷일을 부탁한다."

"알겠습니다."

"오나스 씨!"

우르스라가 고개를 깊이 숙였다. 오나스는 치료하는 데 쓰던 도구들을 정리하기 시작했다. 리히토는 당황했다.

'······말도 안 돼······.'

출구가 없다. 한 번도 지상에 올라가본 적이 없는 일족. 이런 일이 있을 수 있을까.

"리히토. 식사를 준비하는 동안 목욕이라도 하는 게 어떻겠습니까."

"아니, 전 됐어요."

도저히 그럴 기분이 아니었다.

하지만 우르스라는 의외로 고집에 셌다.

"당신에게는 휴식이 필요할 것 같습니다. 피곤하면 아무것도 못 합니다."

그 말을 듣고, 그제야 자기가 배가 고프다는 걸 깨달았다.

복잡하게 뒤얽힌 머릿속을 정리하고 싶은 기분이기도 했다. 우르스라의 딱딱하고 맑은 눈동자가 보인다. 리히토는 그 말을 받아들이기로 했다.

"알았어. 부탁할게······."

"알겠습니다, 리히토."

우르스라가 조용히 고개를 끄덕였다.

──정말로, 머리가 아파오기 시작했다.

"저기가 목욕탕입니다."

건물 뒤쪽으로 돌아가면서, 우르스라가 말했다. 벽돌로 만든 건물에서 가느다란 연기가 피어 오르고 있다. 뭔가 연료를 태우고 있는 것 같다.

'장작……? 아냐, 지하엔 나무가 없는데.'

사막 지하에 목욕탕이라고 해서 큰 기대는 안했는데, 실제로 보고 나니 기쁜 오산이었다. 완전히 전세 낸 수준이었고, 욕조는 없지만 넓은 석조 방 한가득 증기가 가득 차 있는, 증기탕 같은 모양이었다.

"그럼 리히토, 이따가 뵙겠습니다."

"아, 으, 응. 고마워 우르스라."

우르스라가 재빨리 목욕탕에서 나갔다. 잔뜩 질문하려는 낌새를 눈치 챈 건지도 모른다. 리히토는 어쩔 수 없이 탈의실에서 모래가 잔뜩 묻은 옷을 벗었다.

'그나저나 정말 대단하네.'

목욕탕 한쪽에는 몸 씻는 곳이 있어서 거기서 몸을 씻고(세상에, 더운 물이 나온다~), 비치된 의자에 걸터앉았더니 수증기 때문에 눈앞이 흐릿해졌는데, 그게 정말 기분이 좋았다.

"──좋다……."

목욕탕 안에 채워진 증기가 너무나 따뜻해서, 온 몸이 적당히 편안해진다. 그야말로 천국이다. 그냥 아무것도 생각하고 싶지 않다. 수증기 최고. 증기탕 만세. 이제 여기서 나가서 우유를 마시고, 유카

타로 갈아입은 다음에 탁구한 판하고 자면 좋겠다. 그럴 수 있다면.

"뭐, 그건 무리겠지만……."

아직 완전히 도피하는 건 허락되지 않는 것 같다. 아쉽게도.

리히토는 벽에 등을 기대고 천장을 올려다봤다.

욕실 안을 비추는 램프의 흐릿한 불빛이 천장의 정밀한 세공을 비추고 있다.

물은 풍부하고, 그것을 데울 연료도 있고, 많은 사람들이 살고 있다. 햇빛도 비치지 않는 지하 신전 안에서 20년.

도저히 믿을 수 없는 일이지만, 지구에서의 상식을 그대로 대입하려고 하는 쪽이 잘못된 일이려나.

무엇보다 비상식적인 것은 자기 자신이다. 개리 브룬이나 마수와 싸우면서 입었던 상처들이 벌써 찾아볼 수도 없게 사라져버렸다. 거친 생활을 하는 것 치고는 몸에 상처가 거의 업다. 자동 회복 스테이터스 보조. 게다가 사기의 영향도 받지 않는 어빌리티 포함. 지구에서 살던 때가 반창고 신세를 더 많이 졌었다.

이런 인간이 『보통』『상식』을 논하는 쪽이 이상하지 않느냐고 따지면 대답할 말이 없다.

"그나저나…… 출구가 없다니…… 대체 뭐냐고……."

지상에 있는 배에서는 지금도 파트너가 애타게 기다리고 있을 텐데.

거기까지 생각하고, 리히토는 혼자서 쓸쓸하게 웃었다.

멋대로 울고 있는 이슈안을 상상했지만, 그거야말로 멋대로 하는 망상일지도 모른다. 그 직전에 엄청나게 화나게 만든 사람이 대체 누군데.

'바로 나였지.'

역시 나는 얌전히 지구로 돌아가는 쪽이 좋을 지도 모르겠다——.

흠뻑 젖은 머리를 푹 숙였더니, 사람 발소리가 들려오는 것 같았다.

리히토는 별 생각 없이 고개를 들었고—— 절규할 뻔 했다.

'뭐——'

증기 너머에 나타난 사람은 세상에, 그 우르스라였다.

게다가 옷을 벗고 머리의 베일과 목걸이만 걸친, 거의 알몸에 가까운 차림이다.

"뭐야?!"

"목욕 시중을 들러 왔습니다."

시중이라니? 대체 뭘 하려는 거야.

전혀 부끄러워하지도 않고 몸 씻는 곳에 서 있는 우르스라의 너무나 하얀 피부가 자꾸만 눈에 들어온다.

마치 조각상 같은—— 표현으로 어떻게 할 수 있는 수준이 아니었다. 여자답게 잘록한 허리. 매끈한 복부. 그리고 옷을 입었을 때는 알아차리지 못했던, 의외일 정도로 풍만한 가슴 봉오리.

"아, 아, 아니, 그런 건 됐어!"

"당신은 사양할 필요 없습니다. 아내가 남편의 시중을 드는 것은 당연한 일이니까요."

뭐?

리히토는 또다시 우르스라를 응시하고 말았다. 우르스라가 그런 리히토 앞에서 무릎을 꿇었다. 부드러운 몸과 대조적으로 딱딱하고 맑은 돌처럼 투명한 눈이 리히토를 똑바로 쳐다봤다.

"족장 오나스가 『상을 받으라』고 하지 않았습니까. 시련의 용을 쓰러트린 자와 혼인 하겠다고, 오래전부터 그렇게 정해져 있었습니다. 그러니 저는 당신 것입니다. 리히토 아이카와."

내가 대체 무슨 짓을 저지른 거야.

한마디로 그건가. 상이라는 게, 우르스라를 말하는 것이었나!

머리가 어질어질한 건 목욕을 너무 오래 했기 때문일까 동요한 탓일까, 아니면 뭔가 다른 이유 때문일까.

우르스라의 몸에서는 아까는 없었던 달콤한 향유 냄새가 났다. 같이 있으면서 숨을 들이쉬기도 힘들 정도였다.

알몸의 남녀. 일대 일.

아무튼 여기 있으면 냉정한 판단을 못 할 것 같다. 그것만은 확실하다.

"……우르스라, 씨."

억지로, 할 말을 진흙처럼 짜냈다.

"뭔가요, 리히토."

"부탁이 있어."

"예."

"지금 바로 여기서 나가서 옷을 입어주면 안 될까."

그 말을 들은 우르스라의 눈이 살짝 휘둥그레졌다.

"……역시, 저 같은 것은 마음에 안 드시는 건가요."

"아니, 그게! 그쪽 잘못이 아니고. 아무튼 너무 갑작스런 일이라서 깜짝 놀랐다고 할까, 마음의 준비가 전혀 안 됐다고나 할까."

"알겠습니다. 그렇다면 나가도록 하겠습니다."

우르스라는 정말로 담담했다. 당황한 리히토와 정 반대로, 바로 등을 돌리고 욕실에서 나갔다. 여자답게 둥그스름한 뒷모습이 수증기 너머로 사라졌다.

10초가 지나고. 20초가 지나고.

'까, 깜짝 놀랐네……'

살았다. 그렇게 생각해도 될까.

리히토는 너무나 무방비한 자기 몸을 내려다보고 머리를 쥐어뜯었다. 아무리 그래도, 신경을 안 쓰는 것도 정도가 있지.

마수를 쓰러트린 상으로 자기를 가지라니, 리히토가 이해할 수 있는 범주를 완전히 넘어버렸다. 그걸 저렇게 간단히.

눈을 감으면 머릿속에 엄청난 영상이 또렷하게 재생돼버려서, 어떻게 처리해야 좋을지 아주 곤란했다.

그리고 아무리 어색하고 나가기 힘들다고 해도, 혼자서 증기탕 안에 계속 틀어박혀 있는 데도 한계가 있다.

'좋았어, 아무도 없지.'

리히토는 쓰러지기 직전까지 참았다가, 큰 결심을 하고 탈의실로 이동. 쭈뼛쭈뼛 옷을 갈아입기 시작했다.

"——아, 리히토 님! 여기 계셨군요."

간신히 옷을 걸친 상태였다. 리히토는 당황해서 고개를 돌렸다.

마을 여자들로 보이는 집단이 떠들썩하게 나타났다.

"자, 이쪽으로 오시지요. 잔치 준비가 다 됐습니다."

"여, 여러분은?"

양쪽에 여자들이 달라붙었다.

"아, 인사가 늦었습니다. 저는 오나스의 아내입니다."

"저도 오나스의 아내입니다."

"저도."

"저도 오나스의 아내입니다."

제각기 다른 얼굴로 똑같은 소리를 한다. 숨이 막힐 정도로, 달콤한 향수 냄새가 가슴을 찔렀다.

그 곰 같은 얼굴로 부인이 네 명——?

생각해 보니 이쪽 세계의 혼인 관련 법률을 제대로 알아본 적이 없었던 것도 같다. 일부다처제를 인정하는 곳도 있다는 건가.

"그런데 리히토 님, 우르스라는 어디 있죠?"

"어."

도피하려고 했지만 제 위치로 돌아와 버렸다.

오나스 씨의 부인중에 한 명이 이상하다는 것처럼 주위를 둘러봐서, 이상한 소리가 나올 뻔 했다.

"그, 그게, 우르스라는…… 여기에는 없다고나 할까……."

"어머나! 그렇게 성의를 다 하라고 했는데! 도망쳤군요!"

부인들이 일제히 눈살을 찌푸렸다.

"대체 왜 그러는 걸까, 정말 귀여운 구석이 없다니까."

"부디 용서해 주세요, 리히토 님. 그 아이는 항상 이런답니다. 멍하고 박정하다고나 할까……."

"하다못해 뱀이라도 그만 뒀으면 좋은데."

"아뇨, 우르스라 때문이 아니라 제가 부탁했거든요."

"어머나, 더더욱 안 되는데! 서방님이 먼저 비키라고 하다니!"

무덤이라는 두 글자가 머릿속에 떠올랐다.

"정말 죄송해요. 일단 저희가 사죄하겠습니다. 자, 이쪽으로 오시죠."

"외투와 검을 들겠습니다── 꺄악."

벽에 기대뒀던 성검을 집으려다가, 부인중에 한 사람이 비명을 질렀다.

검은 요란한 소리를 내면서 바닥에 떨어졌다.

"유리스, 너까지 뭐 하는 거야!"

"죄, 죄송합니다……."

비교적 젊은 부인은 마치 불에 데기라도 한 것처럼 손을 문지르고 있다.

리히토는 그 부인이 떨어트린 검을 집어 들었다.

보주가 없는 성검은 어지간한 철검보다 무거웠다. 아마도 그래서 놀랐겠지. 보통 여성의 감각으로는 깜짝 놀랄지도 모른다.

"이게 조금 특수한 검이거든요. 깜짝 놀라셨죠."

"리히토 님은, 그걸로 시련의 용을 쓰러트리신 건가요?"

"뭐, 대충 그래요."

"어머나 세상에……."

답을 들은 부인은 감탄한 것처럼 눈을 깜박거렸다.

"자, 아무튼 가시죠!"

"아니, 저는."

"정말로 사양하지 마시고! 부디 저희 얼굴을 봐서!"

귀기가 서렸다는 게, 이런 얼굴을 말하는 게 아닐까. 결국 리히토는 이상한 사명감에 불타는 네 부인한테 둘러싸여서, 그대로 별채 저택으로 끌려갔다.

그리고 저택 안에서는 이미 잔치 같은 것이 시작돼 있었다.

두꺼운 융단이 깔린 넓은 방에서, 남자들이 바닥에 앉아서 술잔을 주고받고 있었다.

하석에서 여자들이 음악을 연주하고, 상 위에는 음식들이 잔뜩 놓여 있었다. 뭔가 가루를 반죽해서 구운 납작한 빵과 고기와 버섯을 볶은 것들이 많은 것처럼 보였다.

"──오오, 왔는가. 용을 죽인 영웅님이 등장하셨다!"

제일 안쪽 자리로 안내하더니, 바로 액체가 가득 들어 있는 잔을 줬다.

너무나 압도당해서 가만히 있었더니,

"저는 마을의 시중을 맡고 있는 조우라라고 합니다. 잘 부탁드리겠습니다."

"윽."

갑자기 눈앞에, 사람 좋은 할아버지 같은 분위기의 노인이 다가와 있었다.

"아, 예……."

"앞으로 잘 부탁드리겠습니다. 젊은 분과 마시는 건 오랜만이 군요."

적당히 넘겼더니, 또 새로운 사람이 나타났다. "저는 ××의——라고 합니다." "저는——" "이 몸은——" ——그렇게 계속 나타나서, 머리가 완전히 포화상태가 돼버렸다. 그렇게 한 번에 소개하면 어떻게 기억하라고.

"이거 참, 경사스런 일이야! 이걸로 다음 마수 사냥은 편해지겠어."

"그러게 말이야! 백 사람의 힘을 가진 전사가 들어왔으니까."

뭔가 이야기가 점점 이상한 쪽으로 흘러가는 것 같은데.

리히토가 웃는 얼굴인 채로 굳어져 있었더니, 족장 오나스가 옆에 와서 앉았다.

"오나스 씨."

"상은 받았는가, 아이카와 공."

"그게, 받았다고 해야 할까……."

믿을 수가 없다. 정말로 아버지가 인정한 일이었나.

"무슨 문제라도."

"제발 그러지 말아주세요. 그러려고 쓰러트린 게 아니라고요. 정말 곤란해요……."

"하지만 여기서 살려면 아내는 필요하다. 그런 딸이지만 도움은 될 테니까. 취향이 아니라고 한다면 할 말이 없지만."

골치가 아파오기 시작했다.

쓸데없는 말을 하는 대신에 접시에 있던 음식을 입에 넣었더니, 소금 간은 약하지만 괜찮게 먹을 만 했다. 하지만 채소나 과일이 전혀 없는 건, 여기에 태양이 없기 때문인지도 모른다.

오나스는 한 손에 술잔을 들고서 진지하게 말했다.

"분명 그 녀석은 연약하고 애교도 없다. 무슨 생각을 하는 건지 전혀 모를 때도 있지. 그래도 그나마 많이 좋아진 편이다. 앞으로는 아이카와 공이 잘 길들이면── 아이카와 공?"

"죄송합니다, 잠깐 화장실 좀······."

리히토는 자리에서 일어나 밖으로 나갔다.

──안 된다. 여기 있으면 안 된다. 그것만은 확실했다.

"어머나, 리히토 님? 왜 그러세요?"

새로운 음식을 가지고 오던 오나스의 두 번째인가 세 번째 부인에게 애교가 듬뿍 담긴 미소를 지어 보이고, 복도를 지나서 저택 밖으로 나갔다.

'색시로 삼으라고 해도 무리란 말이야!'

'난 돌아가야만 한다고!'

여기 눌러앉는다는 걸 전제로 얘기해도 곤란할 뿐이다.

화톳불에 비친 길을 발견하고, 밖으로 나가는 계단을 향해 뛰어갔다.

어쨌거나 처음에 온 곳까지 돌아가자. 그 방법뿐이다. 사발 바닥에 있는 저택이 점점 멀어진다.

'돌아갈 거야.'

긴 계단을 뛰어오르다 보니 숨이 턱까지 차올랐지만, 그래도 멈추지 않고 계속 뛰었다. 창에서 흘러나오는 불빛 속에서는 아직도 잔치가 계속되고 있는 것 같다.

마을 바깥쪽을 몇 바퀴나 뛰어서, 겨우 제일 위에 있는 출구 앞에

도착했다.

"죽겠다……."

무릎에 손을 짚고, 어깨를 들썩이며 거칠게 숨을 쉬었다.

"어디로 가시려는 겁니까, 서방님."

"!"

리히토는 뒤도 돌아보지 않고 앞으로 굴렀다. 예감이 적중했다. 우르스라가 던진 독사는 리히토를 덮치지 못하고 바닥에 떨어졌다.

우르스라가, 계단 중간에서 허리에 찬 바구니를 연 채로 서 있었다.

차가운 자수정 같은 눈동자가 사정없이 이쪽을 쏘아봤다.

"다시 오겠다고 말씀드렸을 텐데요. 도망치시려는 겁니까."

"그건!"

"혼자서 도망치다니, 너무하십니다."

우르스라는 또다시, 바구니에서 거미를 몇 마리 꺼냈다. 칠흑에 붉은 반점이 있는 흉악한 생김새다. 그 거미들을 손가락 사이에 끼우더니, 이쪽을 향해 두 손을 뻗었다.

"──포박."

그 순간, 모든 거미가 대량의 실을 뿜었다.

'뭐.'

실이 자신을 휘감아버릴 기세로 날아온다. 리히토는 재빨리 뒤로 뛰어서 실을 피했다.

우르스라는 똑바로 쳐다보며, 긴 실을 내뿜는 거미를 내민 채로,

"너무하십니다. 제가, 얼마나 용기를 냈는지 아십니까."

그 목소리는 살짝 떨리고 있었다.

거기서 리히토는 자신이 크게 착각했다는 걸 알았다.

"거미여!"

"잠깐만, 내 얘기 좀 들어봐!"

어떤 일에도 동요하지 않은 돌 같은 소녀. 무뚝뚝한 소녀. 말도 안 된다. 우르스라도 다른 사람만큼의 감정을 지녔다. 리히토 같은 알지도 못하는 남자 앞에 알몸으로 나서는 것에 엄청난 갈등이 있었고, 배신당했다고 화도 내고 있다. 머리카락이 곤두설 정도로 화도 내고 있다. 그래, 딱 지금처럼.

"무슨 일이 있어도 데리고 돌아가겠습니다. 반드시."

우르스라가 소리치고, 또다시 거미가 실을 내뿜었다. 리히토가 도망칠 거라고 예상했는지, 직전에 팔을 크게 치켜 들었다. 거대한 꼭두각시 인형을 조작하는 것처럼, 실이 복잡하게 움직이기 시작했다.

'이런.'

잡힌다──!

실 일부가 이쪽의 오른쪽 손목과 발목에 감겼다.

"윽."

"──자, 돌아가시죠. 이 실은 끊을 수 없습니다."

의연한 선언에, 등줄기가 오싹해졌다.

하지만 아무리 그렇게 말해도, 이쪽도 할 말이 있다.

우르스라가 실을 끌어들이려고 한다. 리히토에게 감긴 실에 무게가 실린다. 시험 삼아 검으로 베어버리려고 했지만, 정말 어떤 구조인 건지 전혀 잘리지 않았다.

무표정한 우르스라가 '말 했잖아요?'라는 것처럼, 말없이 의기양양한 표정을 지은 것 같았다.

"……알았어. 그렇다면—— 내가 간다."

"?"

리히토는 보주를 뺀 검을 들고, 단숨에 우르스라를 향해 가속했다.

펑! 공기를 때리는 것 같은 소리가 고막을 울렸다.

'빠르게, 빠르게, 빠르게, 빠르게, 빠르게!'

빠르게, 빠르게, 더 빠르게. 강하게, 모던 것을 찢어버리려는 것처럼, 손목에 쇠줄처럼 감긴 실이 살에 파고 들어서 피가 뿜어져 나왔지만 신경 쓰지 않는다. 그저 빠르게.

"이야아아아!"

외치면서 계단에서 뛰어, 피를 뿌리면서 우르스라가 있는 곳으로 육박. 혼신의 힘을 다 해서 추켜올린 칼날 끝을 그녀의 미간에——.

"……이제, 알았으려나."

내리치기 전에, 우르스라가 땅바닥에 주저앉았다.

베일을 고정하고 있던 장식 끝만이 두 쪽으로 잘려서 베일과 함께 떨어졌다. 완전히 움직임에 압도당해서 굳어져 버린 것만 같았다.

떨어진 베일 속에서 나타난 것은 빛나는 이끼와 등석밖에 없는 흐릿한 어둠 속에서도 또렷하게 알 수 있는, 달과도 같은 은색 머리카락.

리히토는 그런 우르스라 앞에 섰다.

"……상처……."

"괜찮아. 금방 나을 테니까."

정말이다. 내 상처는 전부 인대까지 가기 전에 멈췄다. 이 정도라면 바로 상처가 아물고 피도 멈추겠지. 그걸 알기에 할 수 있는 짓이었다.

"그렇게…… 제가 싫은가요."

"그런 문제가 아니야. 위에 기다리는 사람이 있어."

"그렇습니까. 저는…… 남편이 도망친 여자라고, 사람들의 놀림거리가 되겠군요……."

그렇게 말하면—— 마음이 약해진다.

눈앞에는 풀이 죽어서 고개를 숙인 여자. 아마도 보기보다 30% 정도 더.

자, 이걸 어떻게 해야 좋을지 하늘을 올려다본 그 때였다.

——딸랑, 딸랑, 딸랑, 딸랑——.

어디선가 종소리 같은 것이 울렸다.

리히토는 주위를 둘러봤다. 상당히 큰 소리다. 마을 중심에서 들려오는 걸까.

"뭐야, 이거……."

우르스라 쪽을 봤더니 어째선지 눈이 엄청나게 휘둥그레져 있었다.

"……우르스라?"

"어쩌죠."

순간, 잘못 들은 게 아닌가 싶었다.

"뭐?"

"돌아가야 해요."

우르스라는 갑자기 일어나더니 떨어진 거미들을 바구니 안에 집어넣기 시작했다. 서두르는 탓인지 손이 떨려서 마음대로 움직이지 않는 것 같았다. 숨이 막힌 것 같은 기침까지 시작했다.

"괘, 괜찮아?"

"빨리 가서, 자야 해요. 또 아버님한테."

"뭐, 잔다고? 지금?"

우르스라는 신음 같은 소리를 내며 고개를 끄덕였다.

"그래요. 좋은 『밤』이 시작된다는 신호. 종소리가 끝나기 전에 방에 돌아가서, 창문을 닫고 잠드는 것이 규정입니다——"

그런 말도 안 되는 소리가.

하지만 우르스라가 말하는 사이에도, 아래쪽에 보이는 마을의 불빛이 점점 꺼져가고 있었다.

정말로 마을 전체가 잠드는 것처럼.

"……이 종소리, 앞으로 얼마나 더 울리는 거야."

"아마, 200번도 안 남았어요——"

"3분도 안 남았다는 뜻인가……."

"그만 떠들고 움직이세요! 아무튼 돌아가야만 해요."

겨우 그것 때문에 제일 아래에 있는 저 건물까지 돌아간다고?

우르스라가 겨우 거미들을 다 회수하고 계단을 뛰어 내려갔다. 천식 같은 발작도 계속되고 있는 건지, 벌써 숨이 찬 것처럼 보인다.

제한 시간은 약 3분. 우르스라도 서두르기는 하겠지만, 역시——제 때 도착하기는 힘들 것 같다.

절박한 뒷모습이 묘하게 머릿속에 남아서 떨어지질 않는다.

"우르스라! 잠깐만!"

"무슨——"

리히토는 생각한 끝에 우르스라를 따라갔다. 그 몸을, 어깨에 짊어졌다.

"잠깐, 리히토!"

"가만히 있어. 서두를게."

리히토는 그대로, 나선 모양으로 돌아가는 계단이 아니라 경사가 급한 벽면을 따라서 단숨에 뛰어가기 시작했다.

"가자————!"

"꺄아아아!!"

"3분 엄수!"

귓가에서 요란한 바람소리가 난다. 사발 밑바닥까지 최단거리로 달려갔다.

중간에 지붕 처마에 닿았을 때는, 점프대처럼 이용해서 더 밑으로 뛰어내렸다.

"어느 방으로 가면 돼?!"

"제, 제일, 끝. 1층."

"알았어, 이제 입 다물고!"

혀라도 깨물면 위험하니까.

외등 불빛이 눈에 띌 정도로 줄어들었다. 전부 꺼지기 전에 바닥에 도착하고 싶다.

'어디지?'

뛰어가는 중에도 종은 계속 울리고 있다. 지하의 밀폐적인 공간에서 이상한 반향을 남기며.

'저긴가?'

우르스라가 말한 방 같은 창문이 보였다. 그 창문만 덧창이 열리고 유리가 드러나 있다. 경사를 뛰어 내려가서 제일 밑에 도착하자, 우르스라가 리히토의 어깨에서 뛰어내렸다. 뛰어가는 우르스라와 함께, 리히토도 뛰어갔다.

문을 열고, 실내의 복도를 뛰어가서, 제일 안쪽 방으로 뛰어 들었다.

"창! 덧창!"

우르스라의 날카로운 목소리가 시키는 대로, 둘이서 창문 두 개를 닫았다. 좁은 방 안에 완전한 어둠이 찾아왔다.

"침대! 자요!"

영문도 모르고, 중앙에 있는 침대로 뛰어들었다.

동시에, 그렇게 크게 울리던 종소리가 딱 끊겼다.

『낮』이 끝나고. 그리고 새롭게, 『밤』의 시간이 찾아온다——.

***

그리고 리히토는 꿈을 꿨다.

마을 사람들이 전부 잠든 데라 노르드를, 제2의 주민들이 돌아다니는 꿈이다.

그들은 『밤』 시간의 주인이다.

마을을 높은 곳에서 내려다보는 리히토는, 어째선지 그것만은 알수 있었다. 어떤 이는 가슴에 창에 찔린 구멍이 있고, 어떤 이는 머리가 없다. 그래도 평범하게 잡담을 나누고, 우물가에서는 집안일을 하고, 떠들썩하게 웃고 떠든다. 때로는 이 세계의 여신에게 기도를 바치기도 하고. 죽었다는 사실 따위는 전혀 상관도 없다는 것처럼.

'어째서?'

그들은 죽었는데 살아 있다. 살아 있는데 죽어 있다.

그렇게 한나절이 지날 무렵, 그들은 다시 집안으로 들어갔다. 마을 안에 종소리가 울리는 속에서, 그것이 당연하다는 것처럼.

──그런 너무나 부조리한 정경에서 눈을 떠보니, 우르스라가 이미 일어나서 덧창을 열고 있었다.

"안녕히 주무셨습니까, 리히토. 잘 주무시더군요."

"……벌써, 아침……?"

"예. 『낮』의 종이 울렸으니까요."

창틀 너머로 보이는 집집마다 석등과 횃불로 불을 밝혔고, 나선 모양의 큰 계단을 오가는 마을 사람들이 보인다. 『낮』이라고 해도 태양의 빛은 전혀 없다. 하지만 팔다리가 떨어져 나간 사람은 없고, 피도 흘리지 않는다.

어젯밤에 들은 것과 똑같은 종소리만이 또다시 요란하게 울리고 있다.

'꿈, 인가.'

……그냥 꿈. 아마 그렇겠지. 그렇게 생각할 수밖에 없다.

이상할 정도로 선명하고 강렬한 그 이미지를 되새기면서, 리히토는 기지개를 켰다.

그 때 우르스라가 다가왔다.

"어제는 정말 고마웠습니다. 덕분에 살았습니다."

"아니 뭘, 그런 걸 가지고."

갑자기 정색하고 고맙다는 인사를 해서 당황했다.

"……대단한 일도 아닌데."

"아니요, 당신 덕분입니다. 덕분에 규칙을 어기지 않았습니다. 아버님께서 두 번은 용서치 않는다고 하셨습니다."

어제 우르스라가 당황하던 모습이 떠올랐다. 어둠 속에서도 알 수 있을 정도로 핏기가 가셨던 얼굴도. 마치 무인도에 홀로 남겨진 사람 같은 얼굴이었다.

하지만, 그렇게 엄한 규정인 줄은 몰랐다.

우르스라는 보라색 눈을 가늘게 떴다.

"늦지 않았다면, 다행이네."

"예. 정말로."

지금 우르스라가 살짝, 웃었는지도 모르겠다. 눈가의 표정이 약간 부드러워진 것 같다.

"지상으로 가시겠다면, 더 이상 말리지 않겠습니다. 저도 돕겠습니다."

"뭐── 정말로?"

"예."

우르스라는 확실하게 고개를 끄덕였다.

"고마워. 정말 고마워!"

이제 배로 돌아갈 수 있다. 이슈안이 있는 곳으로 돌아갈 수 있다.

"그리고── 리히토."

"예?"

"잠꼬대로 말했습니다만."

──자.

──내가, 자는 동안에 대체 무슨 소리를 했을까.

"……뭐, 뭔데? 무슨 소리를 했는데?"

"아니── 아무것도 아닙니다. 아침 식사를 가지고 오겠습니다."

그건 아니지.

"저기 우르스라."

"실례하겠습니다."

우르스라는 안 그래도 희박한 표정을 지우고 방에서 나갔다.

하지만 뭐랄까, 두근거릴 정도로 심장에 좋지 않다고나 할까.

'그러니까…… 딱히, 이상한 소리는 안 했…… 겠지. 아마도.'

계속 자문자답만 할 수밖에 없었다.

【4】
VESNAYA

——가도 가도 모래뿐.

이슈안 트롤은 배에서 내려 행방불명자를 찾아다니고 있다.

"빌어먹을."

장비는 모래를 막는 고글과 두툼한 케이프. 모래에 반쯤 파묻힌 오른발 부츠를 간신히 뽑았더니 이번엔 왼발이.

"영차."

고운 모래가 바람에 날려서 문양을 그리는 하타르트의 지표는, 남쪽 나라인데도 눈길을 걷는 것처럼 인내심이 필요했다. 곳곳에 있는 커다란 바위 때문에 시야가 가려지는 것도 답답하다.

양쪽 옆에 있는 바위 사이로 바람이 세차게 휘몰아친다.

그게 또 왠지 사람 울음소리와 비슷해서 듣는 사람의 기분을 우울하게 만든다.

"아~ 진짜!"

결국 이슈안은 화가 폭발했고, 머리 위를 향해서 앵커 건을 사출했다.

와이어가 달린 앵커는 똑바로 올라가서 바위 정상 부근에 꽂혔다. 이슈안은 그것을 감으면서 바위 위로 뛰어 올라갔다.

"——정말이지. 처음부터 이럴 걸 그랬네."

고글을 위로 치켜 올리고 다시 한 번 주위를 둘러봤다.

새하얀 모래와, 오랜 세월 바람을 맞아서 마모된 거대한 바위와, 사라져버린 왕궁(베즈나야)의 잔해가 드문드문 보이는 풍경. 저쪽 구석에 있는 커다란 그림자는 아마도 사력선『여신의 지휘』호겠지.

6년이나 되는 시간을 잃어버렸지만 손도 있고 발도 있다. 내용물이 따라가지 못한다고 해도 어떻게든 방법은 있다.

'대체 어디로 간 거냐고, 그 코찔찔이!'

당장 하고 싶은 일—— 행방불명자들의 수색을 시작한지 이틀 째. 수색 범위도 점점 넓어지고, 배까지 왕복하는데 시간이 많이 걸리게 됐다.

하지만 여전히 이상한 풍경 속에 사람 모습은 보이지 않는다. 기분 나쁜 바람만이 귀를 자극한다.

——리히토 아이카와. 있으면 당장 나와. 화 안 낼 테니까. 어서.

현재 모래 도마뱀을 잃고 움직이지 못하게 된 사력선이 수색 캠프 역할을 하고 있다.

배 밑으로 돌아갔더니 마침 하셈 데라가 줄사다리를 타고 갑판으로 올라가는 중이었다.

"안녕."

"——안녕하십니까 도적님. 고생이 많으시군요."

"그쪽은 어때. 호위 님."

"그게 말이요, 글렀습니다. 어디로 가도 모래밖에 없어요. 이미 모래에 묻혀버린 건 아닐까━━ 죄송합니다. 농담입니다."

"농담이란 말이지. 할 맘이 없으면 가서 쉬어도 돼. 기왕이면 통이 나 뒤집어쓰고, 평생."

허리에 찬 단검을 슬쩍 보여주면서 말했더니, 하셈이 바로 저자세로 나왔다.

"……그냥 농담 좀 해본 건데 말이죠."

"그 조금이 장난이 아니게 들린단 말이야. 약한 소리는 입 밖으로 내면 사실이 되거든?"

"윌타미아의 격언인가요."

"아니. 내 룰이야."

딱 잘라서 말했다. 그 말을 들은 하셈은 '그렇군요'라는 소리를 했고, 비위를 맞추려는 건지 굳이 줄사다리를 양보하려고 했지만, 이슈안은 앵커 건을 꺼내서는 자기 힘으로 갑판까지 올라갔다.

"아, 이봐!"

무시하고 와이어를 감고 있는데, 토토가 다가왔다.

"어떠세요, 누군가 찾았━━ 아, 아직인가보네요."

이슈안의 얼굴을 보고 뭔가를 눈치 챈 것 같다. 이쪽은 분위기 파악을 잘 해서 참 장하다. 역시 훌륭해, 토토.

"내가 마지막인가?"

"아뇨, 선원 한 분하고 하셈 씨가 아직이에요."

"아, 하셈 말이지. 그 놈은 밑에 있어. 평생."

이슈안은 지금 당사자가 올라오고 있는 줄사다리를 배 밖으로 던져버렸다. 그러자 사다리와 하셈의 비명소리가 같이 멀어져갔다. 만족. 후련하다.

"그래서, 그쪽은 어땠어?"

"……죄송합니다."

토토는 슬픈 표정으로 고개를 저었다. 성과는 없나.

움직일 수 있는 사람들이 흩어져서 사라진 두 사람을 찾고 있는데, 아무래도 사막이 너무 넓다.

같이 아래층 식당으로 갔더니 이미 돌아온 선장 일행이 지도 앞에 모여 있었다.

토토한테 부탁해서 지금까지의 상황에 대해 보고해달라고 부탁했다. 제일 큰 테이블에는 배를 중심에 둔 사막 지도가 펼쳐져 있는데, 그쪽에서 기다리기로 했다.

이미 찾아본 지역에는 지도 위에 ×표시를 해뒀다. 없는 부분이 압도적으로 많다.

하다못해 뭔가 유류품이나 단서라도 있으면 범위를 좀 더 좁힐 수 있을 텐데——.

"이슈안 님."

이를 뿌드득 갈면서 지도를 노려보고 있는데, 토토가 돌아왔다.

"어떻게 됐대?"

"아, 예. 좀 더 남쪽으로 범위를 넓혀야겠다고 하셨어요."

——너무 오래 걸리는 건 아닐까. 벌써 이틀째인데.

직접 의문을 던지고 싶어도, 이슈안은 선원들이 쓰는 현지어를 거의 알아듣지 못한다. 배에 탄 뒤로 조금씩 배우고는 있지만, 간단한 단어를 알아듣는 게 고작이다.

알아들을 수 있는 말은 『베즈나야』『귀신』『저주』라는 단어 정도.

"……저기, 토토."

"왜 그러세요?"

"물어볼 게 있는데, 베즈나야 대왕의 저주가 그렇게 위험한 거야?"

그 질문에 토토가 난처하다는 표정을 지었다.

"……윌타미아 분은 실감을 못 하실 수도 있겠지만, 위험, 해요."

"모래 폭풍이 저주 때문이라는 건 결정된 거야?"

"…………다른 이유가 없다고 봐요."

"흥, 한심하군."

콧방귀 소리가 들렸다.

윌타미아 정기사, 개리 브룬이 뒤쪽에 있는 테이블에서 와인을 마시고 있었다.

대체 언제부터 마시고 있었는지, 꽤 취한 것처럼 보였다.

"변명이나 늘어놓을 틈이 있으면 하나라도 성과를 보이란 말이다. 그게 도적이 할 일이 아닌가."

너도 도움이 안 되는 건 마찬가지잖아 이 살덩어리야, 라는 말이 튀어나올 뻔 했다. 게다가 이 인간은 모든 일의 근원이다.

리히토. 넌 이런 상황에서도 『어른스런 대응』을 하겠지?

"역부족이라서, 죄송합니다."

"보물찾기는 못 한다는 건가. 그 개코를 제대로 써먹어줬으면 싶은데."

이슈안은 다 귀찮아져서 어깨를 으쓱거렸다.

"맞아요. 돈 되는 일이면 냄새를 잘 맡는 데 말이죠. 아쉽게도 궁상맞게 생기셔서."

"뭐── 네 이놈!"

"옷에 달린 보석은 전부 가짜일지도 모르겠네요~ 정말 아쉽다~."

결국 개리는 너무 화가 나서 말도 제대로 못 하게 돼버렸다.

"이, 이슈안 님……."

"냅둬, 토토. 저 아저씨가 걱정이 돼서 그럴 테니까. 술이나 마셔서 도망치지 않게 발산시켜 주는 것도 중요하잖아."

그럴듯한 말을 하고 토토한테 등을 돌렸다. 자신은 리히토처럼 할 수는 없는 것 같다.

"……나중에 두고 보자…… 윌타미아로 돌아가면 네 놈들 전부……."

"무슨 좋은 생각이라도 있어? 그러면 좀 더 장소를 좁힐 수 있겠는데."

아무 일도 없었던 것처럼 테이블 위에 있는 지도를 가리켰다.

하지만 보면 볼수록, 하타르트 대사막은 끝도 없이 넓은 것처럼 보였다.

"어때? 뭐든 좋은데?"

"그러니까…… 생각, 말인가요……."

못 미더운 토토의 목소리. 너무 심한 요구였나 싶었다.

하지만 문득 생각해보니, 그 토토가 이슈안보다 진지하게 지도를 들여다보고 있었다.

매일 아침, 같이 모래 도마뱀과 동물들을 관찰하던 때의 그 눈이다.

"토토?"

시험삼아 눈앞에서 손을 흔들어봤지만 반응이 없다.

"토토!"

"으아── 왜, 왜 그러세요!"

"알았다. 그 눈은 그거야. 뭔가 짚이는 게 있다는 눈이야!"

"마, 마, 말도 안 돼요! 없어요, 그런 거 없어요!"

"토막상식이든 뭐든 좋으니까 말해봐. 마술학원 엘리트잖아."

토토는 뇌진탕이 일어날 것 같은 기세로 고개를 저어댔다. 열심히 흔들었다.

"저 같은 게 괜히 끼어들면 선장님한테 엄청 혼나요. 이런 건 전문가 분들한테 맡겨야 한다고요."

"맡겨둘 수가 없으니까 하는 말이잖아. 리히토를 구해야 한다고."

"괜히 조난자만 늘릴 거라고요."

"이 근성도 없는 녀석이!"

그 때, 선장이 주목하라는 것처럼 손뼉을 쳤다.

"자, 이슈안 님. 소집이에요. 선장님이 할 말이 있나 봐요."

노골적으로 안심한 표정을 지어서 왠지 한 번 걷어차 주고 싶어졌다.

"뭐라고 말을 해도 난 하나도 모르거든."

"다 모였냐고 하셨어요."

"아니, 아직이잖아. 하셈이랑──"

말하는 중에 하셈 데라가 식당으로 들어왔다. 누구 때문에 머리부터 모래를 뒤집어쓴 것 같은 꼴인데, 이슈안은 그냥 무시했다.

하지만 마지막 선원 한 사람이 한참이 지나도록 돌아오지 않았다.

"이상하네⋯⋯."

처음에 예정했던 시간이 한참 지났는데도 나타나지 않았고, 결국에는 첫 번째 태양이 지평선 너머로 가라앉았다.

모든 사람들이 안달복달하면서, 하늘에 남아 있는 태양만 쳐다봤다.

"저기 토토. 그 자식, 어디로 갔다고 했지? 이름은?"

"에데 마우리카. 이상하네요. 상당한 베테랑 선원인데⋯⋯."

토토도 고개를 갸웃거렸다.

결국 선장의 판단으로 그 선원을 찾으러 가기로 했다. 어디선가 길을 잃었거나 다리라도 다쳤을지도 모르는 일이니까.

이슈안 일행은 투덜대면서 오늘 두 번째로 사막에 내려갔다.

"2차 조난이라는 건가⋯⋯?"

"너희들도 조심하라고."

서로 그런 말을 주고받으면서 마우리카 씨가 갔다고 하는 포인트 쪽으로 걸어갔다.

수색 장소는 배에서 한 시간 정도 떨어진 곳이었다. 왕조 시대의 유적이 밀집해 있는, 아주 복잡한 지형이다. 거기서 더 여럿으로 갈라져서 안쪽으로 들어갔다.

남은 태양도 시시각각 저물어가는 중에, 이슈안은 작은 등불을 한 손에 들고 무너진 돌기둥 사이를 걸어갔다.

다른 동료들도 제각기 마우리카의 이름을 부르고 있다.

"——마우리카! 에데 마우리카!"

크기는 작은 주제에 묘하게 또렷하게 들리는 저 목소리는 아마 하셈이다.

"마우리카 씨~. 마우리카 씨~. 마우——"

제일 톤이 높은 목소리는 토토.

하지만 다음 순간, 토토의 목소리가 찢어지는 비명소리로 바뀌었다.

"꺄아아아아악!"

이슈안은 바로 소리가 들려온 쪽으로 뛰어갔다. 바위라는 바위는 모조리 앵커 건의 와이어로 뛰어넘고, 최단거리를 가장 빠르게 달려서 토토가 있는 곳에 도착했다.

"토토! 무슨 일이야!"

"……마, 마우리카 씨, 뭐야, 이거, 어째서……."

"정신 차리라고!"

비스듬하게 기울어진 여신상 앞에 토토가 주저앉아 있다. 토토는 소리도 없이 뒤를 돌아보고, 부들부들 떨리는 손으로 앞쪽을 가리켰다.

이슈안은 그 손이 가리키는 것을 보고 눈이 휘둥그레졌다.

뒤늦게 따라온 남자들도 깜짝 놀라서 소리도 못 내고 가만히 서 있을 뿐. 그것 말고는 어쩔 도리가 없다는 것처럼.

'어째서.'

겨우 몇 시간 전까지 현지어로 웃고 떠들었던 이엔마르드 사람 선원 『에데 마우리카』는, 여신상의 손에 꿰뚫린 모양으로 죽어 있었다.

거꾸로 매달려 있는 모양인 몸은, 움직이지 않는다. 피와 혼이 빠져나가서 시체가 돼버렸다.

"──들개라든지, 짓이……."

"그렇게 죽은 모양이 아니잖아 도적님."

"나도 알아. 솔직히 말해도 돼? 사람 손에 죽었다고!"

썩어도 《도적》이다. 그 정도는 구분할 수 있다.

문제는, 누구한테 당했는지. 이렇게 사람이라고는 찾아볼 수도 없는 사막 한복판에서.

"망령이다……."

동료 선원이 이슈안도 알아들을 수 있는 단어를 입에 담았다. 그 자리의 분위기가 순식간에 얼어붙었다.

"망령이다. 베즈나야의 저주다! 으아아아아!"

정신을 잃은 사람처럼 소리를 지르면서 뛰쳐나갔다.

현장에는 울먹이는 것 같은 바람소리가 언제까지고, 언제까지고 울리고 있었다.

이 자리에 있으면, 저주가 끝도 없이 계속될 거라고 말하는 것처럼.

***

"어머나, 리히토 님이시잖아요!"

우르스라와 같이 밖으로 나왔더니, 오나스의 아내 네 명이 말을 걸어왔다.

아내들은 제각기 집안일을 하던 중이었는지, 광주리나 천을 든 채로 다가왔다.

"어디 가셨나 싶었어요. 우르스라랑 같이 계셨군요."

"예, 뭐……."

"우르스라, 다시는 도망치려고 하면 안 돼."

기분 좋은 것처럼 말하자, 우르스라는 얌전히 고개를 끄덕였다.

"예, 큰어머니."

"서방님을 잘 모시라고."

"예, 둘째 어머니."

"리히토 님이 관대한 분이라서 다행인 줄 알아."

"예, 셋째 어머니."

"정숙, 정숙하게. 몸은 괜찮지?"

"예, 막내 어머니."

담담하게 받아들이는 우르스라에게, 네 사람이 간곡히 타일렀다.

"그런데 우르스라, 너 지금부터 뭐 하려고 하니?"

"마을을 안내해드릴까 해요."

"안내 말이지…… 그래 좋네. 실례되는 짓은 하지 말고. 그리고 웃어. 자, 웃어봐."

하지만 정작 우르스라는 웃는 것만은 못 했다. 완성된 조각품처럼 무표정해서, 네 명은 실망한 것처럼 한숨을 쉬었다.

"정말이지 얘는."

"죄송합니다, 어머니."

"우르스라, 가자."

도와줄 생각으로 말했더니, 우르스라는 아내들에게 떠밀리는 것처럼 이쪽으로 다가왔다. 아내들의 얼굴은 우르스라와 대조적으로 활짝 웃는 표정이었다.

하지만 현실은 이대로 도망칠 속셈이다.

그대로 둘이서 안내하는 쪽과 안내받은 쪽인 척을 하면서, 마을 밖으로 나가기 위해 계단을 올라가기 시작했다. 그러는 동안에도 마을 사람들의 시선이 계속 쏟아졌다.

바깥쪽을 가득 채우고 있는 거주구의 창문에서. 계단이나 통로에서 지나치면서. 소곤소곤 말하는 소리까지 들려온다.

"——봐, 저 사람이야. 시련의 용을 쓰러트린 검사님."

"글쎄, 겉보기엔 비쩍 말랐는데 말이야."

"하디 일행이 엄청 원통해하던데. 발을 동동 굴렀다고 하더라고."

아무래도 이미 소문이 날 대로 난 것 같다.

낯선 다른 나라 소년과 그 소년과 혼인 했다는 족장의 딸. 우르스라와 나란히 걸어가며, 리히토는 엄청나게 사과하고 싶다는 기분이 들었다.

이대로 자신이 지상으로 나가버리면, 우르스라는 정말로 힘들어지는 게 아닐까. 그런 생각도 하면서.

"……왠지, 미안하네."

우르스라가 슬쩍 이쪽을 봤다.

"무슨 말씀이십니까."

"힘들게 만드는 것 같아서."

하지만 우르스라의 대답은 너무나 담담했다.

"분명히 그럴지도 모르겠습니다만—— 딱히, 상관없습니다."

"정말로? 괜찮아?"

"생각해보면 저는 원래 평가받을 가치 자체가 없습니다."

"아니, 그건 아닌 것 같은데……."

"아닙니다. 아마도 대책 없는 녀석이라고 여겨지겠지만, 그건 예전부터 그랬습니다. 다들 금세 익숙해지겠죠. 그러니 당신은 전혀 신경 쓸 필요 없습니다, 리히토."

맑은 보라색 눈동자가 날 쳐다봤다.

"이런 제게, 당신은 정을 베풀어 주셨습니까. 당신은 강하고 상냥한 사람입니다. 아마도 위쪽 세계에도 필요로 하는 사람이겠지요. 나약하고 빈말도 한 마디 못 하는 저와는 다릅니다."

"……우르스라……."

리히토는 뭐라고 대답해야 좋을지 곤란했다.

칭찬을 해도 솔직하게 받아들이지 못하는 것은, 우르스라가 냉철해 보이면서도 솔직한 사람이기 때문인지도 모른다.

진심으로 하는 말이다. 자신에게는 아무런 가치도 없다고.

"언젠가 또 새로운 남자에게 시집가라고 분부를 하시겠죠. 아무것도 달라질 게 없습니다. 다음에는 좀 더 웃을 수 있도록 해볼까 합니다."

싫은 감정을 감추고, 필사적으로 냉정한 척 하면서?

그래도 되는 걸까, 라는 생각이 리히토의 입을 움직이게 만들었다.

왜냐하면 우르스라의 마음속에는 분명히 희로애락이 있으니까.

"하지만, 우르스라도 사람이야."

우르스라의, 한 걸음 앞에서 걸어가는 등을 보며 말했다.

"싫은 건 싫다고 말해도 되지 않을까. 넌 물건이 아니니까. 부모님도 오해하고 계신 게 아닌가 싶어."

"……그런 말을 들은 건, 처음입니다."

"그런가. 하지만 우르스라처럼 예쁜 사람이라면, 정말 좋아하는 사람이랑 결혼할 수 있을 텐데, 절대로."

하지만 분명히 이야기를 듣고 있을 우르스라는 뒤를 돌아보지도 않았고, 긍정도 부정도 하지 않았다.

아무래도 너무 주제넘은 소리를 했던 것 같다.

침묵이 어색해서, 자신의 발밑을 봤다. 꽤 마을 위쪽까지 올라왔다. 그런데도 다음에 무슨 이야기를 할지, 도무지 생각이 나지 않았다.

마을 중심부에서 벗어나자, 다시 지상으로 가는 출구를 찾기 시작했다.

"……저기 우르스라. 봉인됐다는 출입구가 어디 있는지 알아"

"자세한 것은 모릅니다. 가르쳐주시지 않았기에."

"그렇구나…… 그럼 일단 시작 지점으로 돌아가 볼까."

"알겠습니다. 그럼 그쪽으로 가겠습니다."

"부탁할게."

우르스라의 안내를 받아서 좁은 갱도를 걸어갔다.

그리고 도착한 곳은 내가 떨어졌던 『시련의 방』이었다.

무너진 벽과 기둥에 빛을 내는 이끼가 자라 있어서, 모래 덩어리를 희미하게 비추고 있다. 고개를 뒤로 젖혀야 할 정도로 높은 천장의 갈라진 틈에서는 지금도 하얀 모래가 떨어지고 있다.

"저기서 떨어졌구나…… 올라갈 수 있을까."

"글쎄요. 힘들 것도 같습니다만."

"잠깐 시험해볼게."

리히토는 팔을 걷어붙이고, 그 여신의 부조가 새겨진 벽에 매달렸다. 그리고 천장을 향해 기어 올라가기 시작했다.

"괜찮으세요? 발밑을 조심하세요."

"괜찮아. 나도 아니까."

"전갈이 있으니까요."

뿜어버릴 뻔 했다.

깜짝 놀라서 내 발을 봤다. 지금까지 본 적이 없는, 무시무시한 색의 전갈이 여신의 코언저리를 기어갔다.

이런 곳이다 보니 도망치지도 못하고 굳어 있는 리히토를, 지상의 우르스라가 변함없이 담담한 표정으로 올려다봤다.

"저기. 우르스라. 이 전갈……."

"예, 밟으면 독이 나옵니다. 이쪽으로 가지고 오시면 키울 수도 있습니다만."

아니, 무리야. 무리. 무리야. 절대로 무리. 사양하겠사옵니다.

바구니 안에 이런저런 것들을 넣어두고 있는 우르스라는 진심으로 한 말일 수도 있지만, 실행할 생각은 들지 않았다.

어떻게든 지나갈 때까지 기다렸다가, 다른 튀어나온 곳을 붙잡았다.

"!"

그 때── 갑자기 커다란 벽이 무너졌다.

정신을 차려보니 리히토의 몸은 바닥에 떨어져 있었다.

"⋯⋯괜찮으십니까."

"⋯⋯⋯⋯뭐, 그럭저럭."

바닥에 처박힌 자세로 신음했다. 스테이터스 자동 회복 기능이 없었다면 한 번쯤 죽었을지도 모른다.

"표면의 돌이 약해져 있습니다. 마을 남자들도 시험해봤지만, 성공한 적은 없습니다."

"귀중한 조언, 고마워⋯⋯."

가능하다면 올라가기 전에 말해주지 그랬어.

리히토는 다시 한 번 벽을 올려다봤다. 여신 파나티아는 리히토 때문에 이마의 장식 일부가 떨어져서, 울고 있는 모습이 더욱 가슴 아프게 보이는 것 같았다.

"⋯⋯저 여신, 왜 울고 있는 걸까."

"뭐가 말씀이십니까?"

"저거, 창조신 파나티아 맞지. 울고 있는 여신은 본 적이 거의 없어서."

우르스라가 리히토처럼 벽화를 바라봤다.

"저것은⋯⋯ 『현자의 돌』 탄생이라고 생각합니다."

"현자의 돌?"

"창조의 여신 파나티아가, 만들어진 세계의 문제를 알아차리고 보수하기 위해 떨어트린 매직 아이템입니다. 모든 이가 그 돌에 소원을 빌어서, 자비가 미치지 않는 세계를 다듬려 했지만, 실제로는『현자의 돌』을 독점하기 위해서 싸움이 벌어졌을 뿐이었죠……."

벽화 속에서도 인간들은 피를 흘리며 싸우고 있다.

"자신의 과오를 알아차린 여신은 돌을 회수했고, 다시는 지상에 뭔가를 맡기지 않았다고 합니다."

"그런 전설도 있구나. 처음 듣는 얘기네."

"마을 사람들도 모를 겁니다. 이 벽화도 베즈냐야 왕조 시절의 것이고, 이엔마르드의 광왕 사냥 때문에 완전히 끊겨져버린『이담(異譚)』이니까요."

"헤에── 어라, 그럼 우르스라는 어떻게 알고 있는 거지."

소박한 의문이었는데, 우르스라는 갑자기 입을 다물어버렸다.

"우르스라?"

"……그건, 그러니까, 조금 가르쳐준 사람이 있어서……."

뭔가 애매한 대답이 돌아왔다.

아무래도 더 이상 묻지 않아줬으면 하는 것 같아서 그냥 넘어가기로 했다.

"알았어. 그럼 여기까지만 하고 본론으로 돌아갈까."

리히토의 머리 위 저 멀리에 있는 구멍에서는 여전히 지상의 모래가 떨어지고 있다.

마치 모래시계의 잘록한 구멍을 아래쪽에서 올려다보는 기분이다. 이렇게 보고 있어도 자신이 저기서 떨어졌다는 걸 믿을 수가 없다.

"올라가는 게 무리라도——"

"리히토?"

"도전!"

포기하긴 이르다. 자신에게는 아직 『이게』 있으니까.

리히토는 허리에 찬 성검을 뽑아서는, 빼뒀던 보주를 제위치에 돌려놨다.

"검, 인가요."

"보고 있어, 우르스라."

그대로 신중하게 『날아라』라고 생각했다.

——발밑에서, 단숨에 부력이 덮쳐왔다. 곧장 상승한다.

"으, 으아——!"

겨우 1초 만에 지금까지 올라가지 못했던 천장에 도달했다. 그리고 떨어지는 모래에 머리를 처박았지만, 더 이상은 올라가지 못했다. 아무리 힘을 써도 떨어지는 모래를 돌파할 수가 없었다.

'무리다!'

그렇게 생각한 순간, 검의 방향이 달라졌다. 이번에는 같은 속도로, 아래로——.

"리히토!"

"우르스라, 오지 마!"

하지만 성실한 소녀는 결코 도망치지 않았다. 우르스라와 부딪치는 것만은 피하기 위해서 부딪치기 직전에 몸을 틀었지만, 빠른 속도로 바닥에 격돌했다. 굉음이 울리고, 잠시 눈앞이 새카매졌다.

——그리고, 눈을 떠보니 우르스라가 리히토의 얼굴을 들여다보

고 있었다.

"괜찮으신가요."

"……그쪽이야말로……."

"일단, 떨어졌어요. 같이."

일어나보니 『시련의 방』보다 훨씬 어두웠다. 주위에는 파편으로 보이는 돌들이 쌓여 있고, 우르스라의 랜턴이 두 사람을 비춰주고 있다. 리히토도 우르스라도 먼지투성이다.

위를 올려다보니 전보다 훨씬 높은 곳에 목표로 삼았던 모래가 떨어지는 틈이 보였다.

"바닥을 뚫고 떨어졌다는 거야……?"

"그렇습니다. 조금 놀랐어요."

"미, 미안해! 나 때문이야!"

그 자리에서 엎드려 빌고 싶은 심정이었다.

"설마 날아오를 줄은 몰랐습니다."

"그렇긴 한데. 잘 조절이 안 돼서…… 정말 미안해."

리히토는 먼지를 털면서 일어났다.

중간에 놓쳐버린 성검은 약간 떨어진 곳에 빛을 잃은 채로 떨어져 있었다. 다행이 부러지지는 않은 것 같다. 집어 들면서 한숨을 쉬었다.

'더 쓰기 힘들어졌네.'

만악의 근원이다. 얼굴을 찌푸리면서 칼날을 튕기다가, 뭔가를 알아차렸다.

"왜 그러세요?"

"탁구공 만한…… 이라고 하면 모르겠지. 작은, 오렌지색 구슬 못 봤어?"

파편 틈새에 얼굴을 들이 밀면서 물었다. 자루에 있던 보주가 사라졌다.

"구슬, 말인가요."

"응. 그게 없으면 큰일이거든……."

어두워서 잘 보이지 않다보니 힘들다. 어디에 떨어져 있으면 좋겠는데.

"알겠습니다. 저도 찾아보겠습니다."

"정말 미안해."

구멍 밑바닥에서 뒤적뒤적, 보주 한 알을 찾아다니는 꼴이 됐다.

미묘한 침묵이 이어졌다.

"있어?"

"아니요."

또 뒤적뒤적, 시간만 흘러간다.

"──신기한 검이군요. 정말로."

우르스라가 작은 소리로 말했다.

"어, 아, 응. 이거, 파마의 성검이라고 하거든."

"성검── 그 전설의?"

"알아? 뭐, 절반만 믿어주면 돼."

어차피 여기서는 증명할 방법도 없으니까.

리히토는 또 돌을 들어 올리는 작업을 시작했다.

"하긴, 어려운 일은 잘 모르겠습니다. 하지만 그것이 힘이 있는 검이라는 정도는 알 수 있습니다. 거칠고 신성하고…… 다른 이들이 아직도 나오지 않고 있습니다."

"다른?"

"그들은, 항상 가까이에 있습니다. 당신에게도 보이려나요──다들 듣고 있나요? 이제 괜찮으니까."

그렇게 말하고, 친근감까지 느껴지는 말투로 "나와요."라고 말했다.

우르스라가 평소에 하던 것 때문에 기껏해야 뱀이나 개구리가 나올 거라고 생각했다. 하지만, 실제로 리히토의 눈앞에 나타난 것은 머리가 없고 피범벅이 된 사내였다.

"으아아아아!"

자기도 모르게 뒤로 펄쩍 뛰었다.

오른손에 부러진 창을 들고, 간소한 홑옷과 정강이 보호대만 입은 병사다. 왼손에는 아무래도 자기 것으로 보이는 머리를 들고 있다.

공허한 표정을 보고 얼떨결에 칼을 뽑으려고 했지만,

"겁먹을 것 없습니다. 이 사람들에게는 실체가 없습니다."

"없다고……?"

"예, 그렇습니다. 유령입니다."

병사 옆에, 이번에는 시녀 같은 여자가 나타났다. 하지만 반투명해서 반대쪽에 있는 랜턴 불빛이 다 보인다. 복장도 지금 시대와 비교하면 오래된 것처럼 보인다. 몇백 년이나 된 것 같다고 할까.

이야기를 들어보니──.

"이 사람들은 이 지하 신전의 원래 주인. 진짜 베즈나야 사람들입니다.”

“진짜라니…… 미쳐버린 대왕하고 같이 죽었다는 사람들?”

“예. 오백년 전에 이 신전에서 살았던 무녀와 신관, 병사들입니다. 지금은 영혼만이 여기에 남아 있습니다.”

죽은 이들의 혼에 둘러싸여서, 우르스라는 자랑스러워하는 것처럼 말했다.

“저희 노르드의 수호자였다고 합니다. 마을 사람들에게는 안 보이는 것 같은데, 종종 당시의 이야기나 오래된 전설을 가르쳐주고 있습니다.”

어디선가 본 것 같다 싶었더니, 꿈에 나왔던 걸어 다니는 시체들이었다.

하지만, 그건 그냥 꿈이었을 텐데──.

──우르스라. 무슨 일이야? 무서운 일은 없고?

“이 사람은 내 서방님이야. 지금뿐이지만.”

우르스라의 대답에 베즈나야의 유령들이 일제히 날 쳐다봤다. 상당히 장관이었다.

“……아, 안녕하세요.”

리히토는 성검을 한 손에 든 채, 용기내서 인사를 했다. 하지만 망령들은 순식간에, 소리도 없이 사라져버렸다.

“──아.”

“미움을 받았군요, 리히토.”

담담하게 말하는 소리를 들었더니 살짝 화가 났다.

“좋고 싫고는 있구나…….”

"있습니다. 그리고 아주 겁이 많습니다."

"아무리 그래도 말이야……."

너무하잖아. 머리도 없고 피투성이인 그쪽이 훨씬 무서운데. 아니, 머리가 없는 피투성이가 돼버렸으니까 겁이 많아진 걸까.

기분 탓인지 우르스라가 왠지 즐거워하는 것처럼 보인다.

"자, 리히토. 계속 찾아볼까요."

"응……."

그런데 그 순간, 꼬르르륵, 리히토의 배에서 소리가 났다.

"……."

"……."

"……."

"……."

단 둘밖에 없다보니 어떻게 얼버무릴 방법도 없었다. 가능하다면 모른 척 하주면 좋겠다, 그냥 됐으면 좋겠다고 생각했는데,

"식사를 하실까요?"

"정말 미안해! 진짜로 미안해!"

우르스라가 아무 일도 없다는 것처럼 등에 멘 짐을 내려놔서, 두 배로 사과했다.

그리고 중간지점에 내려놨던 램프를 다시 근처로 가져오더니, 등에 메고 있던 보따리에서 먹을 것들을 꺼냈다.

"정말 준비성이 좋네."

"아직은 아니니까요."

눈물이 날 것 같은 말을 다 해주네.

지하신전 제일 깊은 곳에서 갑자기 나타난 목가적인 피크닉 런치 타임. 식욕에 넘어가는 건 좀 그렇지만, 감사히 먹기로 했다.

　　"드세요, 리히토. 조금 눌렸습니다만."

　　"……괜찮아. 고마워 우르스라."

　　우르스라가 살짝 고개를 끄덕였다.

　　식사 자체는 역시나 간소한 것이었다. 부풀지 않은 납작한 빵 같은 것 사이에 뭔가의 알을 곁들인 버섯이 끼워져 있다. 간도 상당히 싱겁다. 하지만, 그래도 상관없다.

　　"엄청 맛있다."

　　"……그렇습니까."

　　"정말이야. 진짜 맛있어."

　　배가 너무 고팠던 탓인지, 오장육부에 스며드는 맛이었다. 우르스라는 항상 그랬던 것처럼 무표정한 얼굴인데, 조금이나마 이 감동이 전해졌으면 좋겠다.

　　순식간에 하나를 먹어치우자, 겨우 살 것 같은 기분이 들었다.

　　"……이제야 살겠네……!"

　　"하나 더 드시겠어요."

　　"고마워!"

　　고마워하면서 받았다.

　　"……그나저나, 이런 지하에 사는데 식량 사정은 괜찮은 걸까……."

　　우르스라가 이쪽을 봤다. 리히토는 입에 문 소스를 닦아내면서 말했다.

"그러니까 말이야, 여기 노르드 마을에는 꽤 많은 사람들이 살고 있잖아. 지하에서 그렇게 많은 사람들이 먹고 살기는 힘들 것 같아서. 밭에서 뭔가를 재배하는 것 같아 보이지도 않고."

"밭? 그게, 뭔가요?"

으아. 잠깐만. 여기서부터 설명해야 하는 건가!

"아냐, 잠깐만…… 그냥 상식이 다를 뿐이야. 뭔가 다른 표현이 있을 거야. 그러니까…… 땅에 식물 씨앗을 뿌리고, 햇빛과 물로 키우는 거야. 다 자라면 수확해서 먹고. 그러기 위한 땅."

"잘은…… 모르겠지만…… 그런 건 없다고 생각합니다."

없다.

더더욱 충격이었다.

"저희들의 식사는 각자 채집해서 해결합니다. 이끼나 버섯, 수원에 있는 물고기나 새우 등입니다."

"충분한가, 그걸로."

"예. 아마도."

"그렇구나…… 충분하구나……."

딱히 죽는 사람이 나온 것 같지는 않은데, 영양 면에서 꽤 신경이 쓰인다. 몇 년이나 햇볕도 안 쬤다고 하는데, 병에 걸리지는 않을까.

우르스라의 혈관이 비쳐 보일 것 같은 피부색을 이렇게 가까이에서 보니 자꾸만 불안해진다고나 할까.

'실제로, 병약하다고 했으니까.'

항상 햇빛이 들지 않고, 종소리만 가지고 『낮』과 『밤』을 억지로 구별하는 세상. 그것을 엄격하게 지키고 있는 세상. 특이한 건 그것뿐

만이 아니라, 이 지하에는 세상에 없어야 할 마수까지 살아남았다.

'맞다. 그 건도 있었지.'

골치 아픈 일이다.

지난 번 여행에서 《여검사》 라나 에른이 말했던 것 같다. 마수가 있었던 영향은 봉인하더라도 오랫동안 남는다고.

리히토와 같이 여행했던 때의 『이슈안』도 마수가 진화한다는 증거로, 야생 동물들이 영향을 받는다는 이야기를 했던 것 같다.

──진화하고 있어. 우리는.

'이게 진화의 증거?'

마신이 없어진 뒤에도 마수가 살아남는다면, 정말 귀찮은 일이다. 머릿속에 떠오른 말 때문에 오싹한 기분이 들었다.

아무튼 이건 리히토 혼자서 판단할 수 있는 일이 아니다. 섣불리 결론을 내려서는 안 된다. 하이달이나 도적 이슈안한테도 물어봐야겠지. 리히토에게는 꼭 돌아가야 할 의무가 있다.

"──태양이 있으면, 그렇게나 좋은가요?"

"응?"

우르스라의 시선이 자신에게 향해 있었다. 리히토는 당황해서 헛기침을 했다.

"그러…… 니까. 음~. 좋은지 나쁜지는 모르겠지만── 없어서는 안 된다고 생각해. 있는 게 당연하다고나 할까…… 아까 말한 것처럼 빛 덕분에 식물이 자라고, 사람 몸도 태양 덕분에 비타민이 생성된다고 들은 것 같은데. 비타민 C? E? 어라, 잠깐만. 뭐였더라."

머리를 벅벅 긁었다. 수업시간에 멍하니 있었던 게 문제다.

"뭐, 이쪽 세계에서도 통할지 아닐지는 모르겠지만."

"좋군요. 태양. 틀림없이 훌륭한 것이겠죠."

우르스라가 작은 소리로 중얼거렸다.

"——하늘도, 태양도 달도—— 어린 시절에, 이곳에 없는 것을 찾으러 가고 싶다고, 자주 마을에서 빠져나갔다가 꾸중을 들었습니다."

"네가?"

"예. 가지 말라고 했는데도 몰래 깊은 곳으로 들어갔다가 끌려서 돌아오고. 결국에는 밤의 『종』까지 돌아오지도 못하게 됐고."

의외의 말을 들은 것 같았다. 그렇게 개구쟁이 같은 시절이 있었다는 걸 믿을 수가 없다.

"큰일 났었어?"

"아버지는 반 년 동안, 저와 말도 하지 않으셨습니다."

"으아.

"다른 젊은이들에게는 마을 밖에 나가는 것도, 어느 정도 늦는 것도 봐주셨습니다. 어째서 저만 이렇게 안 된다고 하는 것인지…… 이유를 듣고 싶었지만…… 아마도, 딱히 이유가 있는 건 아니겠지요. 오나스의 딸이 할 짓이 아니라고밖에."

"그래서, 지금은 전부 시키는 대로 하는 착한 아이가 되겠다는 건가. 뭐, 그쪽이 더 편하기는 하니까."

우르스라가 허를 찔린 것처럼 눈을 크게 떴다.

아—— 실수했다. 이건 빈정대는 소리다.

"미, 미안해. 내가 엄청나게 실례했는지도 모르겠네. 하지만 그런 뜻이 아니라. 지금 그건 전부, 내 얘기라고나 할까. 만약 그렇다면, 네 마음을, 나도 엄청나게 이해한다는 뜻이거든.”

뼈아플 정도로 말이야.

“……당신도?”

“응. 정말로.”

당황해서 말을 줄줄이 늘어놨다.

“주위에 맞추는 건 말이야, 힘들긴 해도 아프지는 않잖아. 내 경우에 얘기이기는 하지만. 뭐가 옳은 건지 생각하지 않아도 되고, 쓸데없이 공격당하지 않으니까 상처가 벌어지지도 않고. 겉으로만 나무라게 되니까, 진짜 자신은 지킬 수 있고. 무난하게 살고 싶으니까…… 하고 싶지 않은 짓도 많이 했었지. 사실은 죽도록 싫었지만.”

그리고 마음속으로는 『이런 건 내가 아냐』라는 변명을 하는 나 자신도 계속 키워왔다. 진심과 겉모습은 내면과 외면이고, 항상 제각기 다른 방향을 보고 있었다. 집안에서, 교실 안에서, 언제, 어디서나.

“……모르겠습니다. 리히토는 저보다 훨씬 강한데. 저와 같다는 건가요.”

“넌 나한테 그렇게 말하지만, 사실은 하나도 강하지 않아.”

갈 길은 한참 많이 남았다.

“정말로 강하다면 아무리 불리해도…… 절망적인 상황이라도…… 내 감정을 터트릴 수 있는 용기가 있을 텐데…….”

하지만, 그러지 못했다.

“……터트릴 수가 없나요?”

“응. 못 해.”

무서우니까.

"어째서?"

어둠속에서 들려오는 우르스라의 목소리가 더 상냥하게 들려서, 리히토는 왠지 울고 싶은 기분이 들었다.

본심을 털어놓고도 부서지지 않을 용기가 있다면 『이슈안』——진짜와의 진실에도 똑바로 마주할 수 있었을 텐데. 리히토는 아직까지도 망설이고 있다. 여기서 나가고 쿄코를 찾은 뒤에는 그대로 돌아가는 수밖에 없다고, 반쯤 포기하고 있는 상황이다.

"……어려운 일이군요. 자신의 마음을, 말로 표현하는 것은."

우르스라는 그대로 식후 정리를 시작했다. 아무리 기다려도 리히토가 대답하지 않아서, 나름대로 도와주려고 한 것 같다.

"응, 그러게……."

우르스라가 짐을 등에 메기 위해서 등을 돌렸다.

"——하지만 리히토. 제 경우에는, 이미 답을 알고 있습니다——"

숨 쉬는 것 같은 작은 소리로, 중얼거린 것 같았다.

그리고 나서 우르스라와 둘이, 먼지투성이 구멍 바닥을 얼마나 뒤졌을까.

"——아, 찾았다!"

리히토는 자기도 모르게 소리를 질렀다.

"있었나요."

"응. 있었어. 찾았다. 다행이다……!"

바로 우르스라가 다가왔다.

리히토는 들고 있는 파편을 내던지고, 그토록 찾았던 오렌지색 보주를 집어 들었다.

정말 다행이다. 진심으로 다행이다. 이런 데서 국보, 세상의 비장의 카드를 잃어버려서는 안 되니까.

"하마터면 하기리 노사 있는 쪽으로 고개도 못 돌릴 뻔 했어……."

"그 구슬과 검이 한 쌍인 건가요?"

"아, 응. 맞아. 우르스라 덕분이야."

"그럼, 다시 날 수 있나요?'

감격한 리히토와 반대로 우르스라는 냉정하게, 자신들이 떨어진 구멍을 가리키며 말했다.

"그, 글쎄――"

"어려운가요."

리히토는 말문이 막혔다.

날 수는 있다. 하지만 또 폭주하지 않을 자신은, 거의 없다. 아니, 전혀 없다고 해도 되겠지.

――결국.

협의 끝에 리히토와 우르스라가 택한 길은, 우르스라가 가지고 있는 거미의 거미줄을 구멍 밖으로 던지고, 그것을 잡고 올라가는 방법이었다.

"……어떤가요, 리히토."

"응, 괜찮아. 정말 튼튼하니까, 이 줄."

거미를 위로 올라가게 하고, 거미가 뿜은 복수의 줄을 모아서 밧줄 모양을 만들자, 진짜 밧줄에 비해 손색이 없을 정도의 강도가 됐다.

"편리하고 좋네. 별 걸 다 할 수 있구나."

"놀이의 연장선으로 배웠습니다. 모두 『친구』였으니까."

"친구?"

"——이상, 한가요? 뱀이라든지…… 사람이 아닌 것이 친구라면……."

"그, 그럴 리가!"

"그리고…… 망령 정도밖에…… 없어서……."

우르스라는 두 손으로 재주도 좋게 거미줄을 조작하면서도, 떨떠름한 것처럼 고개를 숙였다. 큰일이다. 맹렬하게 풀이 죽었다. 리히토는 유난히 밝은 말투로, "자, 그럼 가보자."라고 말하고는 줄을 붙잡았다.

"영, 차."

"괜찮으신가요."

"응, 괜찮아."

하나부터 열까지 우르스라한테 신세만 지다보니 너무 미안하다. 정말 못 미더운 『서방』이다.

간신히 구멍 가장자리에 손이 닿았고, 구멍 위로 올라갔다. 『시련의 방』, 원래의 바닥이 눈에 들어왔다. 반쯤 무너진 여신과 『현자의 돌』 벽화도.

이번에는 우르스라가 올라오는 걸 지켜보고 있는데, 뒤쪽에서 사람 기척이 느껴졌다.

"──뭐야, 너. 이런 데서 뭐 하는 거야."

나타난 사람은 의외의 인물. 무장한 하디였다.

하디는 구멍 가장자리에 있는 리히토를, 다른 젊은이들과 함께 둘러쌌다.

"하디인가요?"

바로 우르스라가, 옆쪽으로 기어 올라왔다.

"이봐 우르스라. 대체 뭐야 이 커다란 구멍은."

"그냥 사고입니다."

"사고오?"

하디가 구멍을 들여다봤다.

"종이 울려도 돌아오질 않아서 무슨 일인가 했더니⋯⋯ 너 괜찮은 거야. 이 자식이 이상한 짓을 한 거 아냐."

"그런 일은 없습니다."

"그걸 어떻게 믿어. 외지인인데."

우르스라는 한층 차가운 얼굴로 하디를 쳐다봤다.

"제 남편 험담은 하지 마세요."

"뭐──"

"상은 용을 쓰러트린 자에게 주어진다. 족장 오나스의 뜻입니다."

"저, 정말로 그 자식 아내가 돼버린 거냐."

"예."

딱 잘라서. 쌀쌀맞게 말하는 모습이 너무나 잘 어울린다. 무표정하고 말 붙일 엄두도 못 내게 만드는 쿨 뷰티의 모습을 유감없이 발휘했다.

하디가 관자놀이의 핏줄을 거창하게 씰룩거리면서 주먹을 꽉 쥐었다.

"넌 정말······."

"볼일이 없으면 그냥 놔두시죠. 실례하겠습니다."

"──자, 잠깐만."

거칠게 끼어들었다.

"남편 챙기는 건 좋지만 말이야, 오늘이 사냥하는 날이라는 건 잊으면 안 되지. 저 자식이 남편이라고 한다면, 너도 둘이서 참가해."

"그건──"

"당연한 일이잖아. 다른 사람들은 이미 사냥터로 가고 있어. 꾸물거릴 시간 없다고."

사냥하는 날?

리히토는 우물거리는 우르스라를 보면서 물었다.

"무슨 뜻이야?"

"······마을 주위에 나오는 마수를, 집단으로 구제하는 날입니다. 싸우는 기술을 가진 사람에게는, 참가해야 할 의무가 있습니다──"

"우르스라도?"

"예, 일단은."

우르스라는 그 의무를 방치하고 여기에 있다는, 그런 뜻인 것 같다.

"나도 가는 게 좋을까?"

"일단은······ 규칙이니까······ 하지만, 당신은 가지 않아도 됩니다. 떠날 테니까."

"이런, 벌써 시작됐다!"

빛나는 이끼가 나 있는 벽 너머에서 쿠웅, 하는 묵직한 소리가 울렸다.

하디의 일행이 손가락으로 가리켰다.

"하디. 꽤 큰데!"

"좋았어. 우르스라, 가자!"

하디가 재촉하자 우르스라가 일어났다. "죄송합니다."라고 사과하며 뛰어갔다.

동시에, 하디는 리히토의 팔도 붙잡았다.

"야, 너. 리, 리, 리토—— 리히토라고 했나. 너도 가자."

"아니, 나는."

"쓸데없는 소리 하지 말라고 이 멍청한 놈아! 용을 쓰러트려서 우르스라까지 차지했는데, 그래놓고 빠질 수 있을 것 같아. 너도 노르드의 일원이야."

"말도 안 돼."

"닥치고 따라와! 쫑알대지 말고!"

반론할 틈도 없이, 하디가 뛰쳐나갔다.

'마수를 사냥하는 날이라니?'

말도 안 된다고 생각하는 한편으로, 다시 한 번 보고 싶다는 생각도 들었다. 있을 리가 없는 마수가, 이 지하에서 어떻게 움직이는지.

몇 번이나 복잡하게 갈라지는 지하 신전의 갱도를, 리히토와 사내들은 계속해서 뛰어갔다.

문제의 마수는 물터에 있었다.

원래는 많은 사람들이 모이는 예배당 같은 곳이었겠지. 하지만 기울어진 바닥에서 지하수가 샘솟아서, 반쯤 지저호처럼 되어 있었다.

'게다.'

그 물가에 거대한 게가 세 마리, 투박한 집게발을 휘둘러대고 있었다. 눈은 퇴화하고 색은 색소가 빠져나간 것처럼 새하얀데, 그 대신에 토해내는 거품은 시궁창처럼 시커먼 색이었다. 찢어진 그물이 다리에 감겨 있고, 한쪽에는 부러진 막대가 뒹굴고 있다.

노르드의 젊은 남자들은 허술한 무기를 손에 들고서 게를 둘러싸고 있지만, 그러면서도 거리는 좁히지 못하고 있었다.

겉보기엔 게처럼 생겼지만, 평범한 동물이 아니라는 건 바로 알 수 있었다. 아마도—— 마수————.

"너무 크잖아. 유생 때 해치웠어야 하나."

"그물에 걸린 게 이놈이었다고!"

먼저 와 있던 젊은이가 하디에게 반박했다. 하디가 혀를 찼다.

"우르스라!"

베일을 뒤집어쓴 소녀가 소리도 없이 뛰쳐나갔다. 우르스라는 사람들 사이를 달려가면서 허리에 찬 바구니에서 그 거미를 꺼내서는 마수를 향해 거미줄을 뻗었다.

손가락 사이에 들어갈 정도 크기인 거미들은, 순식간에 자기 몸의 몇 천배나 되는 실을 뿜어내서 마수의 장갑을 휘감았다.

"오래 버티진 못하니까, 빨리!"

"알았어. 넌 거기 있어. 뒷일은 우리가 할 테니까! 덤벼라!"

남자들이 소리를 지르면서 일제히 덤벼들었다.

방법은, 그저 거칠다고 밖에 표현할 방법이 없었다. 사기에 닿건 오염이 되건, 아무튼 상대가 죽을 때까지 두드려대는 방침인 것 같다. 몸을 묶은 실에서 빠져나온 집게가 마을사람 하나를 날려버렸다. 그래도 남자들은 계속 공격했다. 조잡한 무기, 제대로 된 방어구도 없이 덤벼든다.

'이 사람들은 오염이 무섭지도 않은 건가.'

지금까지 봐왔던 마수와 싸우는 모습 중에서도 가장 거칠고 조잡했다.

마수를 상대하는데 특화된 기계궁을 쓰는 것도 아니고, 오염의 위험을 피하기 위해서 교대로 싸우는 전술도 없다. 리히토가 아는 싸우는 방법과는 너무나 달랐다.

이대로 가면 눈앞에 있는 적을 해치워도 사기에 오염돼서 전멸당하는 게 아닐까.

"——크윽!"

마수가 유난히 크게 날뛰었고, 우르스라의 몸이 끌려갔다.

"우르스라!"

"이젠 무리야 하디!"

"조금만 더! 버티면서 때려! 계속 때려!"

더 이상—— 가만히 있을 수 없었다.

"비켜!"

리히토가 소리쳤다. 보주를 뺀 성검을 손에 들고, 마수를 향해 돌진했다. 흐릿한 어둠 속에서 『흉내』 피어스가 빛났다.

"참(斬)·파(波)·섬(殲)·멸(滅)."

베어버려라!

리히토가 칼을 한 번 휘두르자, 마수 세 마리의 몸이 두 토막이 나버렸다.

몸이 두 쪽으로 갈라져버린 마수가 바닥에 쓰러져서 침묵했다. 단면에서는 시커먼 거품이 흘러나왔다.

사람들이 웅성거리는 속에서, 리히토는 검을 칼집에 집어넣었다.

하디가 주눅이 든 것 같은 목소리로 물었다.

"······해, 해치운 건가."

"예. 괜찮을 겁니다. 하지만 일단 사기 정화부터——"

"해치웠댄다! 얘들아, 완전승리다!"

남자들이 크게 환호성을 질렀다. 주먹을 치켜들고, 어깨동무를 하고, 마구 뛰어다니는 사람도 있었다.

"저기, 마수의 오염은."

"젠장, 사람 귀찮게 하기는. 이 게 자식들."

"저기, 맨손으로 만지면!"

맨손으로, 아직 사라지지 않은 마수의 유해를 때리려고 해서, 리히토는 비명을 질렀다.

남자들이 깜짝 놀라서 눈이 휘둥그레졌다.

리히토는 점점 자신의 감각에 자신이 없어졌다.

"마수······ 맞죠. 이거. 사기에 오염되니까, 함부로 만지지 않는 게······."

"——이봐, 이봐, 리히토 양반."

질렸다는 목소리로 말한 사람은 하디였다. 하디도 마찬가지로 마수 가까이에 있었지만 실실, 미적지근하게 웃으면서 다가왔다. 그리고는 리히토의 어깨에 팔을 감았다.

오나스한테서 나던 것과 비슷한, 심한 약초 냄새가 코를 찔렀다.

"이봐, 그런 웃기지도 않는 얘기는 하지 말라고. 그래서 노르드 전사 노릇 하겠어?"

"예? 예."

웃기느니 아니니 하는 문제려나.

마수의 사기는 보통 사람에게는 맹독. 몸에 닿으면 위험하니까 건드리지 않는다. 이 세상의 상식이 아니었다.

"마수 놈들을 물리쳐서 마을의 여자와 노인들을 지킨다. 그게 노르드 전사 할 일이라고. 어느 정도 어지럽거나 저린 것 정도는 하룻밤 자면 낫는다고. 그게 악화돼서 쓰러지는 건 우르스라 뿐이거든? 안 그래."

자기 얘기가 나왔지만, 우르스라는 반론하지 못하겠다는 것처럼 고개를 숙였다.

"아니, 그래도, 이상하잖아요. 계속 이러면, 보통은 쓰러질──"

오히려 믿을 수가 없다. 어째서 이 사람들은 무사한 거지?

"그렇게 걱정되면 말이야, 이걸 마시라고. 정화수야."

이상하다. 뭔가 이상했다.

하디가 허리에 차고 있던 가죽 주머니를 내밀었다. 안에는 뭔가 물이 들어 있는 것 같다.

리히토가 망설이고 있었더니, 하디가 손을 밑에 받치고 입에 따라줬다.

"……으, 쿠, 쿨럭. 이거."

"하하하하! 어때, 속 시원하지."

아무리 생각해도 술. 성수가 아니다.

기침이 나오는 목으로, 불처럼 뜨거운 열기가 흘러 내려간다. 뒷맛은 걸쭉하고 씁쓸해서, 토해내고 싶은 욕구가 일어났다.

"하디. 난폭한 짓은 하지 마세요."

"뭐 어때, 이 정도. 우리가 어떤 심정으로 오나스의 결정을 들었는지는 알아."

"한마디로 보복이라는 건가요?"

"그건 아니지. 우리 나름대로 환영하는 거야, 우르스라. 이봐 리히토. 자주 잘 해줬어."

하디가 씩, 야비한 미소를 지었다.

"여기 있는 우르스라는 말이야, 우리들 사이에서는 넘어오지 않는 얼음같은 여자로 유명했거든. 겨우 결혼할 기회가 생겼다 싶었더니 이 꼴이 됐다니까."

"전, 딱히……."

"짜증나는 겸손은 하지 마라? 아니면, 사죄하고 싶은 마음이 있다면 잠깐 우리랑 어울려주고."

──어울려?

"그래. 그냥 놀이야. 재미있다고. 여기 있는 우리랑 잠깐 대련이나 해달라고. 용을 죽인 자랑스러운 실력이었는데, 너무 순식간에 벌어진 일이라서 뭐가 뭔지 모르겠더라고. 아무튼 그렇게 하면 우리도 깔

끔하게 납득할 테니까. 어때?"

그래, 맞다, 하며, 다른 남자들도 소리를 질렀다.

자신이 대답하지 않은 걸 받아들였다고 판단한 것 같다.

"좋았어, 결정! 자리 만들어! 먼저 나부터!"

하디는 두 팔을 거창하게 벌리고 큰 소리를 질렀다. 외야에 있는 젊은이들은 리히토 주위를 둘러쌌다. 독특한 박자의 손뼉소리와 함성소리가 더해졌다.

우르스라는 그 사람들 밖으로 밀려났다. 걱정하는 얼굴로 이쪽을 보고 있지만, 이미 완전히 불이 붙은 구경꾼들을 진정시키지는 못하는 것 같다.

하디가 "받아."하면서 목검을 던졌다. 이걸 쓰라는 것 같다.

이렇게 됐으니 더 이상 도망칠 길은 없다.

'정말이지, 결투랑은 질긴 인연이네.'

──아무튼 한 판을 따내면 되겠지. 투덜대는 것보다 움직이는 쪽이 빠를 것 같다.

"리히토. 조심하세요. 꼭 이기세요."

우르스라의 목소리.

응원해줄 것 같은 사람에게 성원을 받으며 싸우는 것도 나쁘지 않았다. 리히토는 앞을 본 채로 고개를 끄덕였다.

"그럼 간다!"

시작 신호도 없이, 하디가 치고 들어왔다.

리히토는 정면에서 칼을 막아냈다. 이쪽이 한 걸음도 물러나지 않았더니, 주위에서 환호성이 터져나왔다.

"하하! 그렇게 나와야지!"

괴성 같기도 하고 기합소리 같기도 한 소리를 내고, 하디가 몸을 뒤로 날렸다. 관중들 바로 앞에서 한 바퀴 돌고는, 다시 달려 들어왔다. 상당히 크게 휘두른다.

냉정하게 대처하면 못 이길 상대는 아니다.

대상단에서 내려치는 궤도를 눈으로 확인하면서, 리히토는 텅빈 몸통을 향해 낼청하게 파고들었다.

'좋았어.'

이대로 몸통을 때리거나 목에 칼끝을 들이대면 끝날 것이다.

그런데, 리히토의 손에서, 목검이 떨어졌다. 그대로 땅바닥에 손을 짚었다. 온몸이 납처럼 무겁고 잠이 쏟아져왔다.

'뭐야……?'

몸에 힘이 들어가지 않는다. 앞을 보고 있을 수도 없다.

"어이쿠 위험해라!"

하디가 거창하게 뒤로 펄쩍 뛰었다. 그래도 이쪽은 바닥에 손을 짚은 채, 움직일 수가 없다.

"계속 간다! 용 잡은 놈!"

환호성과 함께, 상대의 목검이 어깨를 때렸다.

'————!'

충격 때문에 숨이 막혔다.

"어이쿠 이런, 이겨버렸네! 다음! 누가 할 거야!"

"나다!"

하디가 원 밖으로 물러나고, 교대로 다른 남자가 뛰쳐나왔다. 함성소리와 손가락 피리 소리가 더욱 요란해졌다.

하디한테서 목검을 건네받고, 장난치는 것 같은 스텝을 밟으면서 휘둘렀다. 리히토는 필사적으로 굴러서 피했다.

"이상하네. 이게 왜 안 맞지~"

"야, 똑바로 하란 말이야!"

또 공격이 날아온다. 세 번째는 바닥에 누운 채, 칼 옆구리로 막아 냈다.

억지로 칼을 휘두르면서, 남자들은 계속 웃었다.

"뭐야, 별 것도 아니잖아. 시련의 용을 쓰러트렸다면서?"

하디의 야유가 날아왔다. 거기에는 명확한 악의가 담겨 있었다.

이쪽은 상반신으로 칼을 지탱하기도 힘들어서 말도 할 수가 없다.

"……희, 들, 술에…… 뭘……."

"안 들려! 뭐라고 하는 거야?"

——술에 뭘 탔지. 겨우 그 말도 할 수가 없다.

"뭐야, 벌써 끝난 거야?!"

목검으로 마구 두들겨대기 시작했다. 격렬해지는 일방적인 리듬. 사내들의 광기의 환호. 계속 교대하면서, 언젠가는 주먹이나 발로도 때리겠지. 하지만 강렬한 수마는 풀리지 않았고, 온 몸의 자유를 빼앗아갔다. 저항할 의식마저 사라져간다.

"누가 오나스를 불러와. 이걸 보면 생각이 바뀌겠지. 이게 어딜 봐서 용을 잡은 놈이야!"

움직이지 않는다. 움직일 수가 없다. 무슨 일이 일어나고 있는지 도, 모르게 돼서——.

"이제 그만하세요!"

우르스라가, 의식을 잃어가는 리히토 앞을 가로막았다.

"비켜 우르스라. 쓸데없는 짓 하지 말고. 아직 대련하는 중이야."

"이건 더 이상 대련이라고 할 수도 없습니다. 다 같이 몰려들어서, 너무합니다."

"그럼 인정할 건가. 오나스한테 남편을 바꾼다고 할 거야?"

"어리석은 소리를. 못 합니다."

"그럼 우리도 그만둘 수 없지."

"하디. 제 말을 안 듣겠다는 겁니까?"

그 순간이었다. 우르스라의 뺨에서 큰 소리가 났다.

우르스라는 멍하니 자기를 때린 하디를 바라봤다.

"우르스라── 너, 뭔가 착각하고 있는 거 아냐? 왜 내가 너 따위가 하는 말을 들어야 하는 건데."

거기에는 분노와, 어두운 멸시만이 존재했다. 그 눈으로 우르스라를 내려다봤다.

"얘기가 다르다는 거잖아. 다음 족장은 시련의 용을 쓰러트린 자, 나아가서는 우르스라를 아내로 맞이하는 자가 된다. 그런 얘기 아니었나?"

"……그러니까 그건, 아버지의 판단으로 리히토가."

"흥. 건방지게 말대답은. 누가 아버진데. 너 같이 주워온 자식 따위한테 알랑거린 게 뭣 때문인 줄은 알아. 아무 조건도 없이 사람대접을 해준 줄 알아? 응?"

격앙은, 우르스라의 입에서 말을 빼앗아갔다. 반론할 영혼조차 얼어붙었다.

"내가 너라면 말이야, 참지 못하고 그 입으로 먼저 말했을 거라고. 자신의 가치가 그것밖에 안 된다는 건 알고 있을 텐데. 그런데도 종알종알 잠꼬대 같은 소리나 늘어놓고. 넌 그래서 안 되는 거야."

"……죄송합니다……."

"젠장, 귀찮게 하기는. 마을로 돌아가자 우르스라. 오나스께 말해서 결혼은 무효로 하겠다."

"……예."

힘없이, 우르스라가 고개를 끄덕였다. 그대로 사라져버릴 것처럼 보였다.

너 따위. 주워온 아이. 사람대접. 그녀에게 당연히 존재하는 마음을, 무심한 말들이 엉망진창으로 찢어발겼다.

이건—— 안 된다. 이대로 보내면 안 된다.

리히토는 제대로 움직이지도 않는 몸으로 강하게 바랐다. 아주 잠깐이라도 좋다. 지금 눈앞에 있는 우르스라를 붙잡을 힘이 필요하다.

"기다려!"

리히토는 스프링 장치라도 된 것처럼 벌떡 일어났다. 뒤돌아본 하디를 단칼에 베어버렸다.

믿을 수 없다는 표정인 채로, 하디가 쓰러졌다.

다음으로 그 옆에 있는 남자를 베어버렸고, 숨 한 번 쉬기도 전에 나머지 두 명을 쓰러트렸다.

압도적인 속도의 연속기였다.

"리히토……."

리히토는 칼을 쥐지 않은 왼손 손바닥을 붉은 피로 물들이고, 흐르는 땀을 닦았다.

우르스라에게 상처를 준 남자들을 향해, 낮은 목소리로 말했다.

"──남의 색시한테, 함부로 굴지 말라고."

***

말없는 시체가 되어, 선원 에데 마우리카는 『여신의 지휘』호로 돌아왔다. 아무리 봐도 야생 짐승이 한 짓이라고는 할 수 없는 방법으로 죽었다.

직접 본 이슈안 일행은 큰 충격을 받았다.

현지 말을 모르는 사람은 역시 선장과 선원들의 회의에 직접 참가할 수가 없다. 그저 답답한 심정으로 식당에서 이야기하는 모습을 지켜볼 수밖에 없었다.

"……도적…… 은 아니겠지……."

토토가 슬픈 표정으로 고개를 끄덕였다.

"돈이 될 만 한 건 아무것도 가져가지 않았으니까요."

"무엇보다 이런 사막 한복판에 도적이 있기는 하겠는가!"

개리가 흥분해서 콧김을 내뿜었다.

"그럼 뭔데, 꼰대. 배 안에 있는 사람이 그랬다는 거야?"

"달리 아무도 없지 않은가."

"이봐요 기사 양반. 지금 남의 일처럼 말하는데, 그렇게 되면 댁도 의심 받게 되거든."

"뭐라고?!"

"당연하잖아. 아니면 그거겠네——"

이엔마르드 선원들 말처럼 베즈나야 망령의 저주.

'……어쨌거나 웃기는 소리네.'

가능하다면 사양하고 싶다.

하지만 그 때, 의논하던 선장이 의자에서 일어났다. 선원들 간에 이야기가 끝난 것 같다.

토토가 통역으로서 그의 말을 전달하기 시작했다.

"그러니까…… 『외적으로부터 몸을 지키기 위해, 단독행동은 자제합시다. 수색하러 갈 때는 반드시 누군가와 함께 가도록 하십시오』…… 라는 것 같아요."

뭐, 맞는 말이지. 무난하다고 할까, 지금은 그것 말고는 대처법이 없는 것 같으니까.

망령의 저주라고도 내부의 범행이라고도 단언하지 못하니, 경계하는 것 말고는 답이 없다.

해산하라고 하자, 토토가 이슈안의 소매를 붙잡았다.

"저기, 이슈안 님."

"왜?"

"죄송한데, 오늘 밤에 같이 자도 될까요? 제, 제가 꿈에서 저게 나올 것 같아서, 도저히 잠이 안 올 것 같은 게……."

"응, 상관없어. 내 방으로 와."

"정말 고맙습니다."

"아. 좋겠다 토토. 완전히 봉 잡았잖아. 나도 같이 가도 될까?"

옆에서 몸을 내민 사람은 하셈이다. 이슈안은 진지한 얼굴로 "웃기지 마 멍청아. 잠꼬대는 자면서 하라고."라고 말했다.

"너무 그러지 말고. 긴급 상황이니까 서로 돕자고요, 도적님."

"싫거든. 댁의 일은 호위잖아. 혼자 있는 게 외로우면 저기 있는 아저씨 호위라도 하던지."

"난 혼자 있겠다. 이 중에 악행을 꾸미는 놈이 있을지도 모른다고 생각하니 소름이 끼친다."

개리가 작은 소리로 내뱉고는 식당에서 나갔다.

"이거 차였네. 어이쿠야."

하셈이 마음이 실리지 않은 말투로 중얼거렸다. 어쨌거나 방에 들여보낼 생각은 없었다.

그리고 밤이 되자, 약속한대로 잠옷을 입은 토토가 베개를 들고 이슈안의 방으로 왔다.

"죄송합니다. 실례할게요."

"좁지만 좀 참아."

"무슨요, 그냥 있게 해주시기만 해도 고마운데요."

방안에는 거의 침대밖에 없다. 이슈안은 장비를 벗고 속옷 차림으로 양반다리를 하고 앉았고, 토토는 신발을 벗고 침대 위로 올라왔다.

"이것도 기록에 적을 거야?"

"그럴까요. 토토 하르네라, 전설의 오영웅과 함께 사막 한복판에서——"

중얼거리는 목소리가 점점 작아져갔다.

"어째서 이렇게 됐을까요."

"……모르겠어. 그런 일도 있다고밖에 할 말이 없네."

"제가…… 사실은 마술 학원, 그만두려고 생각하고 있거든요."

의외의 말에 눈이 휘둥그레졌다.

토토는 답답한 것처럼 베개를 끌어안았다.

"어째서, 너, 그렇게 열심히……."

"저희 집은 이엔마르드의 전형적인 시골 부족 집안이거든요. 관리인 아버지한테 아내가 세 사람. 형제는 이복까지 포함해서 열다섯. 여자들은 보통 시집갈 때까지 조용히 살아요. 가끔씩 오빠들 사이에 섞여서 학문을 배우기도 했는데, 그것만 해도 파격적인 대우였거든요. 건방지게 국비 유학까지 하고 있지만…… 윌타미아에서는 열등생이었어요. 학원 교수님도, 이론은 그렇다 쳐도 마술 재능은 전혀 없다고 하셨어요. 이번 방학 동안에 진퇴를 결정하라고. 그건, 그만두라는 말이잖아요."

웃고 있지만 말꼬리에는 울먹이는 소리가 섞여 있었다.

"큰 소리 치면서 집에서 나왔는데, 아버지랑 오빠들한테 뭐라고 해야 좋을까요. 절 응원해준 선생님과 신관님께도 정말 죄송해서, 정말 돌아가고 싶지가 않았어요. 이런 배, 그냥 멈춰버렸으면 좋겠다고…… 그랬더니, 정말로 멈춰버렸어요……."

"토토."

"죄송해요. 죄송해요 이슈안 님…… 저 때문이에요."

어깨를 떨면서 울먹이는 토토는, 계속 죄의식에 시달리고 있었겠지. 어깨를 안아서 끌어당기자, 점점 더 큰 소리로 울기 시작했다.

"토토…… 괜찮아. 네가 사과할 일이 아니야."

"하지만."

"나도 너도 전부 다, 마음에 걸리는 일 하나 쯤은 있는 법이야. 그런데 이런 일이 일어나면, 괜히 큰 죄 같은 생각이 드는 거고."

그리고 토토같이 선량한 사람이 괜히 가슴아파하게 된다.

"이슈안 님도?"

"응. 있어."

천하의 영웅 취급을 받고 있지만 전혀 기억에 없는 일이고, 정신을 차려보니 주위 사람들은 다들 성장해 있고, 소중한 파트너——아이카와 리히토를 잃어버리고 말았다. 마음에 걸리고 켕기는 일들 투성이다.

"하지만 토토. 아마도 정말 큰 죄를 지닌 사람은 말이야, 이런 때에도 건방지게 굴고 있을 거야. 귀를 기울여봐."

"예?"

"봐, 들려?"

방안이 그대로 조용해졌다. 정숙의 싸~한 소리가 들려올 것 같은 속에서—— 쿠구구구, 굵직한 소리가 살짝 섞였다.

토토의 눈이 휘둥그레졌다.

"하하, 거 봐 토토!"

"지, 지, 지금."

"아마 코고는 소리야. 저렇게 코를 골고 자다니, 믿을 수가 없다니까. 대체 어떤 놈이야. 보러 가볼까."

"이슈안 님, 지금은 안 돼요!"

허둥지둥 법석을 떨고, 결국 그냥 지켜보자는 토토의 의견 쪽이 이겼다. 그대로 누가 먼저랄 것도 없이 좁은 침대 위에 쓰러졌다.

토토가 볼의 눈물을 닦았다.

"아, 정말, 웃어버렸잖아요. 이런 때인데."

"그러면 되는 거야. 이런 때면 어때. 누가 뭐라고 할 건데."

"이슈안 님은…… 어린애 같아요."

이슈안은 혀를 살짝 내밀어보였고 그대로 베갯머리에 있는 램프를 썼다. 암흑이 방 안을 물들였다.

둥근 창 틈새로 들어오는 달빛만이 방 안에 있는 물건들의 윤곽을 희미하게 비춰줬다.

"━━━━저기요, 이슈안 님."

문득 토토가 작은 소리로 말했다.

"왜?"

"이 밤이 밝으면, 조금 다른 곳을 찾으러 가보실래요?"

"다른 곳?"

"예. 선장 님 예상과는 전혀 다른 방향이지만, 여기서 동쪽에 조금 신경 쓰이는 유적이 있거든요."

이슈안은 일어나서 불을 켜려고 했다. 하지만 토토가 "그냥 두세요"라면서 손을 붙잡았다. 조용한 숨결이 바로 눈앞에 있다.

"마술학원 서고에서 이 지역의 옛날 지도를 본 적이 있거든요. 베즈나야가 멸망하기 전의 지도예요."

"그런 옛날 물건이 있었어?"

"예. 유학 와서 그걸 보고 깜짝 놀랐어요. 아마도 나중에 사들인 것 같아요. 지금보다 교류가 적었던 시대였을 테니까요. 이엔마르드에서는 마지막 대왕을 쓰러트린 뒤에 베즈나야와 관련된 사람이나 재산들을 적극적으로 배척했거든요. 그런 의미에서도 자료는 외국 쪽이 더 풍부하겠죠. 이쪽에 없는 것도 윌타미아의 서고에는 남아 있었으니까요. 역시나 대국의 관록이라고 할까요."

언제부터 있었는지도 모를 그 옛날 지도를, 토토는 하나부터 열까지 전부 찾아봤다는 것 같다.

"현대의 지도에는 없는 도시나 마을에 관한 기술도 잔뜩 있었어요. 그 지도에 의하면—— 지금 저희가 있는 이곳 지하에는 신전이 있다는 것 같아요."

"신전……?"

"예. 대부분 동공이에요. 지저 호수와 종유동굴을 이용한 상당히 규모가 큰 것인데, 만약 그 폭풍 때문에 모래 속으로 빨려 들어갔다면…… 그대로 신전에 떨어졌을 가능성도 크다고 생각해요."

이슈안은 깜짝 놀라서 벌떡 일어났다.

그것은 지금까지 그 누구도 말하지 않았던 일이다.

"어쩌면 지하에 있는 건 아닐까 싶어서요. 그렇다면 밖에서 아무리 찾아봐도 소용없겠죠…… 꺅."

이슈안은 말없이 토토의 머리 위에 손을 얹었다. 몇 번이고 벅벅 쓰다듬어주고 싶었다.

"토토! 넌 틀림없이 훌륭한 학자가 될 거야."

"저, 저는."

"내가 보장할게. 마술 재능은 상관없어. 꼭, 틀림없이!"

방대한 지식을 쌓아나가고 그것을 정리하고, 곤란에 마주치면 그것을 단서로 암흑 속에 빛을 밝힌다. 그렇게 할 수 있는 사람이다. 주문으로 불을 밝힐 수 없다는 것 따위는 상관없다.

"선장님한테 안 좋은 소리를 들을 수도 있는데요."

"그게 뭐 어쨌는데. 문제없어, 상관없어. 고마워 토토. 일어나면 바로 가보자."

처음으로 희망이 보인 것 같은 기분이 들었다. 닫혀 있던 문에 생긴 작지만 확실한 돌파구다.

억지로 침대에 누워서 눈을 감았지만 너무 흥분해서 한참동안 잠이 오지 않았다. 빨리, 빨리, 날이 밝기만을 기다렸다.

그렇게 해서 밤이 깊어가고, 움직이지 않는 사막의 배 위로 한 마법사가 걸어갔다.

마법사는 마법을 써서 사냥감과 접촉하고, 틀어박혀 있는 사냥감을 방 밖으로 불러냈다. 누워서 떡을 먹는 것보다도 간단한 작업이었다.

충분히 방심하게 만든 뒤에, 『그』는 일을 시작했다.

"뭐."

별빛이 비치는 갑판 위에서 사냥감의 몸이 크게 기울었다. 그대로 난간을 넘어서 밑에 있는 사막으로 떨어졌다.

죽을 때, 사냥감은 『어째서』라고 의아해하는 표정을 지었다.

『그』는 범행에 사용한 칼을 버리고 자신이 믿은 신의 이름을 작은 소리로 중얼거렸다.

이슈안 트롤은 꿈속에서 기묘한 짐승의 울음소리를 들은 것 같았다.

마치 닭과 말의 울음소리를 섞어놓은 것 같은.

'지금 그거.'

이슈안은 벌떡 일어났다.

옆에서 새근새근 잠들어 있는 토토의 얼굴을 때렸다.

"이봐, 토토, 일어나. 일어나라고."

"……흐, 에, 뭔가여……?"

"지금 그 소리 들었지. 모래 도마뱀의 아침 울음소리야."

틀림없다.

창밖은 이미 해가 뜨려고 하늘의 색이 바뀌기 시작했다. 시간대를 봐도 딱 동 트기 직전이다.

토토고 눈이 휘둥그레져서 벌떡 일어났다.

"보러 가자."

"알겠습니다── 잠깐만요 이슈안 님! 먼저 옷부터 입으세요!"

"어이쿠, 이런."

속옷 차림의 이슈안은 서둘러 옷을 입고 방에서 뛰쳐나갔다.

갑판 위에는 이미 사람들이 모여 있었다. 한 발 늦게 나왔다고 원통해하면서, 사람들 너머로 보이는 모래 도마뱀을 보고 큰 감동을 받았다.

'장하다, 잘 돌아왔어!'

겨우 한 마리지만, 분명히 배에 매어놨을 때 썼던 재갈이 물려 있다.

"아, 하셈 데라. 그쪽도 일어났구나."

이슈안은 기분 좋게 말을 걸었지만, 어째선지 하셈의 안색은 좋지 않았다.

"——뭐야. 무슨 일 있었어?"

그는 말없이 난간 아래쪽을 가리켰다.

'아래?'

잔말 말고 보라는 것 같은 태도의 하셈.

반쯤 곤혹스러워하며 아래쪽을 보고, 이슈안은 큰 소리를 지를뻔 했다.

"저기요 이슈안 님. 무슨 일이 있나요?"

"…………토토, 안 보는 게 좋아."

"어, 뭐, 뭔가요."

"내 말 들어. 개리 브룬이 죽어 있어."

토토가 "힉" 소리를 내고 굳어져버렸다.

사실이다. 하얀 모래 위에 드러누운 채, 배에서 피를 흘리며 죽어 있었다.

경악 때문에 눈이 휘둥그레진 걸 보면, 그 자신은 지금도 자신이 죽었다는 사실을 믿지 못하고 있는 게 아닐까. 그런 얼굴이었다.

하셈이 말했다.

"지금 막 발견했습니다."

"아니, 잠깐만. 왜 저 아저씨가……."

자부심이 강한 윌타미아 정기사다 보니 적이 많은 동시에 경계심도 강한 사람인데. 결코 주위 사람들과 어울리지 않았고 그 누구도 믿지 않았다. 그런 사람이 밤중에 방 문을 열고 갑판으로 나왔다? 칼도 뽑지 않고, 저항도 못 하고 죽었다고? 말도 안 돼.

『저주다──』

누군가가 중얼거린 소리가 들렸다. 뱃사람들이 말하는 『저주』라는 현지어. 이젠 이슈안도 똑똑히 알아들을 수 있는 말이다.

『저주다! 베즈나야의 저주다! 이젠 지긋지긋해.』

『어떻게 좀 해줘.』

『선장!』

그들은 제각기 외치고, 마지막에는 단 한 사람의 책임자에게 따지고 들었다.

마찬가지로 개리 브룬의 시체를 보고 있던 선장은, 고뇌 때문에 얼굴을 찌푸린 채 큰 소리로 뭐라고 외쳤다.

사람들이 소란스러워졌다.

"저기 토토. 뭐라고 한 거야?"

"엔릴을…… 모래 도마뱀을 배에 매라. 바로 이곳을 떠난다, 라고."

뭐라고?

【5】
WHYDUNIT

사력선『여신의 지휘』호가 내린 결론은『한시 바삐 여기서 이탈한다』였다.

선장의 호령하게 선원들이 재빠르게 움직이기 시작했다. 더 이상 이쪽의 말은 들을 기미도 없다.

하지만, 조금만 기다려줬으면 싶다.

'왜냐하면'

'지금부터 찾으러 가려고 했는데'

'리히토를'

이슈안은 참지 못하고 소리쳤다.

"기다려봐 선장!"

그렇게 말하고 선장 앞을 가로막았다.

수염이 덥수룩한 얼굴이 이슈안을 봤다.

"잠깐만 기다려봐. 이동하다니, 리히토는 어쩔 건데. 로그와이어 경도."

조금 늦게, 토토가 이슈안의 말을 선장에게 전했다. 선장은 작은 소리로 대답했다.

하지만 토토는 선장의 말을 통역해주지 않았다.

"토토?"

"……살아남은 사람을 지키는 쪽이 중요하다, 라는 것 같아요. 당신도 포함해서."

"뭐── 웃기지 말라고. 버리고 가겠다는 소리야!"

선장은 서글픈 얼굴로 이슈안을 보고 있다. 마음은 이해한다는 것처럼.

"하지만, 아직 죽었다고 확인한 것도 아니잖아. 어디선가 구조를 기다리고 있을지도 모르잖아. 그렇게, 쉽게 포기하겠다는 소리야?"

얼굴을 찌푸리고 따져대는 이슈안에게, 주위 사람들의 시선이 집중됐다. 최악이다. 다들, 이슈안을 처치 곤란하다며 비난하고 있는 것처럼 보였다. 너만 납득하면 살 수 있다고.

'말도 안 돼.'

토토한테 의견을 물어볼 수는 없었다. 왜냐하면 토토도 완전히 겁을 먹고 얼굴이 새하얗게 질려 있었다.

찬성하는 사람은 없다. 고립무원── 이었다.

"하지만, 나…… 나는."

무슨 일이 있어도 여기 남아서.

"납득할 수 없다면 내려도 좋다, 고도 말씀하셨습니다. 선장은."

하셈도 끼어들었다.

"들겠지만, 저도 선장님 생각에 찬성입니다. 더 이상 여기 있어봤자 괜한 희생자만 늘어날 뿐이니까. 사막에서 몸을 지키려는 사람을 나무랄 수 있는 자는 없죠. 냉정하게 생각하라고요 도적님── 아니, 재빠른 자,《도적》이슈안 트롤. 구국의 영웅인 댁이라면."

"그딴 건 몰라!"

이슈안은 소리쳤다.

"그럼 날 여기 두고 가. 나 혼자서라도 그 녀석을 찾겠어."

"이슈안."

하셈이 눈살을 찌푸렸다.

"어째서? 뭐가 당신을 그렇게까지 몰아붙이는 거지? 이미 충분히 찾아봤을 텐데. 이대로 가면 당신도 저주에 걸려 죽을 거야. 물러날 때를 파악하지 못하는 사람은 영웅은 고사하고 모험자로서도 삼류일 텐데."

그의 물음은 어찌 보면 지당한 것이었다. 같은 입장인 사람을 보면 재빨리 철수하라고 말했겠지. 자신이라도 그랬을 것이다.

하지만.

"……하셈 데라. 당신한테 6년은 어느 정도 시간이지?"

"뭐?"

"순식간 지나갔어? 자고 일어난 것처럼?"

"뭐야, 갑자기……."

"나 때문에 다른 사람이 죽은 고통── 공포── 무거운 짐 같은 걸, 6년 동안 계속 짊어질 수 있어? 그 녀석이 『떨어지는 사람』을 버리지 못했던 건, 한마디로 나 때문이었어."

아마트 언덕의 《벌레 구멍》 밑에서, 열한 살의 이슈안은 도움을 바라고 있었다. 도와달라고, 이뤄지지도 못할 것을 요구하고 말았다. 결과적으로 그가 얼마나 자신을 책망해 왔는지, 눈을 뜬 이슈안은 살갗으로 느껴서 알고 말았다.

올려다봐야 할 정도로 자라버린 소년은 거짓말도 꽤 잘하게 됐고, 온화하고 쓸쓸하게 웃을 수 있게 돼버리고 말았다.

"그리고 정말 최악인 건…… 나한테 있어 6년이 한 순간이었다는 거야."

"……이슈안, 트롤……."

"그러니까, 다음에 그 녀석을 구하는 건 다른 누구도 아닌 나야, 당연히. 다른 사람이 그 녀석을 포기한다고 해도 나만은 포기하면 안 돼. 절대로."

그렇게 해야만 보상할 수 있겠지.

"단서는 있어. 난 그걸 확인하러 갈 거야. 당신들 손은 빌리지 않고——"

치밀어 오르는 눈물을 필사적으로 참으며, 이슈안은 그렇게 말했다.

"——하아, 뭐, 그런 얘기군요. 그럼, 나도 같이 가겠습니다."

"뭐?"

"그래도 되지? 사람은 하나라도 더 있는 게 좋으니까."

하지만 그 머리 위에, 커다란 손이 올라왔다. 이슈안은 깜짝 놀라서 고개를 들었다.

"그야 뭐, 그럴까 하는데—— 괜찮겠지?"

아마도 선원들은 이슈안 일행을 버리고 가겠지.

"왜냐하면 말이야, 사막을 건너는 사이에 윌타미아 사람이 하나도 안 남게 돼버리면, 아무리 긴급 피난이었다고 해도 한 소리 듣는 건 나잖아. 이엔마르드 사람이 하나 정도는 있어야 모양이 나고. 왜냐하면 난 고용된 검사 나부랭이니까, 손해 보는 역할은 당연히 맡아야지. 호위를 맡게 해 달라고."

하셈이 현지어로 선장에게 설명하기 시작했다. 놀란 선장이 하셈을 설득하려고 했지만, 하셈이 교묘한 말재주로 구슬린 것 같았다. 결국 선장도 두 손을 들고 허가해줬다.

"자, 그럼 결정."

하셈은 너무나 경박한 얼굴로 빙긋 웃었다.

이 남자는 정말, 사막의 모래만큼이나 종잡을 수 없는 사람이다.

선장이 다시 선원들에게 지시를 내렸다.

"모래 도마뱀을 잡으라는데. 할 수 있겠어?"

"나한테 맡겨!"

이슈안은 뛰쳐나갔다.

아무튼 할 일은 정해졌다. 이슈안은 다른 사람들과 함께 모래 도마뱀 고삐를 끌면서 새벽의 사막을 둘러봤다.

이제 조금 남았다고, 여기 없는 파트너를 떠올렸다.

***

"──더 이상 그녀를 다치게 하겠다면 용서는 안 해. 같은 곳을 베어버릴 테니까 각오하라고."

리히토는 하디 일행을 노려보며 말했다.

왼손의 상처에서는 아직도 피가 나오고 있다. 이게 완전히 아물기 전에 결판을 내야만 한다.

"──자, 어떻게 할지 정해!"

어깨를 누르며 신음하고 있던 그들의 안색이 달라졌다. 리히토가 진심을 담아서 성검을 겨눴더니 "젠장"이라는 말을 내뱉고는 차례로 가버렸다.

리히토는 안도의 한숨을 내쉬고 칼에 기댔다.

"리히토!"

"으악!"

옆에서 뛰어 들어온 사람 때문에 넘어지고 말았다.

"저기, 괜찮아 우르스라."

"그건, 제가 할 말이에요……!"

우르스라는 무릎을 꿇은 채로 리히토의 왼손을 잡고, 생명선을 따라서 피로 물든 상처를 보고는 입술을 깨물었다.

리히토는 어떻게든 안심하게 해주려고 웃어 보였다.

"……도저히, 눈이 떠지질 않아서…… 몸이 말을 안 듣고. 베면 조금이나마 정신이 돌아올까 싶어서. 성검으로 살짝."

"바보입니다, 당신은. 어째서 그런 무모한 짓만."

"전에도 말했지만, 보기만큼 위험한 건 아니야. 체질상 말이야, 이 정도 상처는 금방 낫——"

"그런 문제가 아닙니다. 저 같은 것 때문에 상처 입어서는 안 됩니다. 일부러 그러는 건 더 바보입니다."

그렇게 말하고, 자신이 다치기라도 한 것처럼 얼굴을 찌푸리는 우르스라의 마음속에 있는 깊은 상처가 걱정돼서, 리히토는 한숨을 쉬고 말았다.

정이 없다는 건 엄청난 거짓말이다. 마을 사람들에게 심한 대접을 받고, 그녀는 이미 충분히 상처를 받은 데다 슬퍼하고 있다.

"하지만, 가만히 있을 수는 없어서. 네가 망가지는 것처럼 보여서."

"…………버려진 아이라는 건, 사실이니까요."

희미하게, 속삭이는 것처럼 대답했다.

"리히토. 저는 당신과 같습니다. 노르드 사람이 아닙니다. 마을 사람들이 아르고스 마수들을 피하기 위해 이 지하로 도망쳐 들어와 출구를 봉쇄한 뒤에, 모래와 함께 떨어졌다는 것 같습니다. 아직 갓난아기였던 때에."

우르스라는 깜작 놀란 리히토를 바라봤다. 보라색 눈동자에 깃든 것은 슬픔과── 체념과 절망이려나.

"……열 살 때, 그걸 알았습니다. 완고하고 고집이 세고, 그저 천진난만하게 지상으로 나가는 출구를 찾던 저는, 그 때 죽었다고 생각합니다. 왜 아버지가 저한테만 엄하게 대했는지, 겨우 이해했습니다."

"그래서── 아무 말도 안 할 거야? 앞으로도 계속?"

"마을 사람 그 누구와도 다른 머리카락과 눈도, 같은 피가 흐르지 않는다는 것도 바꿀 수 없다면, 하다못해 마음 정도는 아버지가 바라는 대로 되어야 한다고…… 버림받을 거라고……."

그녀가 변해버린 이유가 그것이라면, 이보다 더 쓸쓸한 일이 있을까.

리히토는 상처가 회복되고 있는 손을 꽉 쥐었다.

"……우르스라. 예상했겠지만, 네 노력은 아무 의미도 없어."

그녀의 어깨가 떨리는 게 보였다.

하지만, 정말로 그렇게 생각했다.

"조금만 지나면 못 버티게 될 거야. 실제로 그렇게 돼가고 있고. 아무리 말을 잘 듣는 착한 아이 행세를 해도, 그 앞에서 기다리는 건 파멸이야. 이해하지 못하는 사람들에게 몸도 마음도 엉망이 될 거라고."

"＿＿＿＿."

우르스라는 바로 리히토의 뺨을 때리려고 손을 들었다. 하지만 그녀의 눈에 들어온 것은 자신의 아픔을 참는 것 같은, 슬퍼하는 리히토의 얼굴이었다. 조금 전의 우르스라와 똑같아 보이는.

"……어째서, 그런, 심한 말을 하시는 건가요."

"우리에게는, 용기가 부족해. 나는 마음을 확인할 용기. 넌, 네게 상처 주는 사람들에게서 자유로워질 용기가."

그녀를 이 땅에서 해방할 방법은 그것밖에 없다고 생각했다.

이 지하 세계는 세상의 온갖 정보에서 단절돼 있다. 마수를 처리하는 방법도, 오염에 대한 지식도 충분하지 못하다.

독기로 가득 찬 열악한 환경도, 주민들의 악의도, 그녀의 생명을 갉아먹을 뿐이다.

"싫어요, 저는."

"부정하지 마. 일단 생각해봐. 미래를 자기 손으로 바꾸는 거야."

"무리예요. 그런 건 못 해요."

"정말로 마음에 뚜껑을 닫을 수 있다면, 그걸 완벽하게 할 수 있는 사람이라면 그런 말을 안 해. 넌 왜 울었던 거지."

그렇다. 계속 눈물을 흘리고 있다. 끝도 없이 하얀 뺨을 적시고 있다.

"저는."

"가능하다면 지금 여기서 울음을 그쳐. 그러면 나도 더 이상 아무 말 안 해."

"당신이, 심한 말만, 하니까!"

"그래. 네가 틀림없이 마음이 있는 사람이기 때문이야. 당연한 일 아니겠어."

우르스라는 필사적으로 눈물을 닦고 어떻게든 아무렇지 않은 척 하려고 했지만, 눈물은 계속해서 흘러내렸다. 엉망진창이 된 우는 얼굴은, 그녀가 되려고 하는 무기질적인 조각상과는 거리가 멀었다.

"……너무해요. 당신은 정말 못됐어요. 리히토."

"우르스라."

"필요 없어요, 그런 좋은 말로 꼬드기는 건. 미래가 뭔가요. 전 여기서 살아가야만 해요. 누구의 뜻도 거슬러서는 안 되고, 마을에 도움이 되는 사람이 되어야만 해요. 그러지 않으면 저는."

"우르스라. 들어봐."

리히토는 우르스라의 어깨를 붙잡았다.

날 똑바로 보라는 것처럼 흔들었다.

"내가 말하려는 건 이런 거야. 우르스라 아르칸. 나랑 같이, 지상 으로 가자."

그녀는 이번에야말로 깜짝 놀라서 눈이 휘둥그레졌다.

"할 수 있어. 믿어봐. 나랑 같이 이 지하에서 나가는 거야. 그러면 너는 그 누구의 것도 아닌 네가 될 수 있어. 자유로워질 수 있다고."

"────하지만."

"난 보고 싶어. 네가 우는 게 아니라 웃는 모습을. 파나케이아의 두 개의 태양 아래에 있는 모습을. 생각해봐. 열 살 때까지의 너는 어떤 기분으로 지상으로 가는 출구를 찾아다녔지? 뭘 동경했던 거야?"

계속 거절만 하던 우르스라가, 결국 그대로 어린애처럼 울음을 터트렸다. 리히토의 무릎에 매달려서, 아픈 목을 쥐어짜는 것처럼.

"하늘."

"응."

"태양."

"응, 있어."

"가고 싶어."

―――――그 말이 살고 싶다고 말하는 것처럼 들렸다.

***

도박을 할까, 머물러 있을까. 그 때, 길은 둘로 갈라져 있었다고 생각한다.

오나스 아르칸에게는 피를 나눈 동생에게 이런 말을 들은 적이 있다. 형님은 형님이 믿는 길을 살아가면 된다고.

한 미친 대왕이 나타난 탓에 베즈나야가 멸망한지 수백 년. 노르드 일족은 변함없는 산촌의 삶을, 평화롭고 검소하게 살아가고 있었다. 북쪽에서 월타미아와 싸움이 벌어지건, 남쪽에서 따르지 않는 백성들의 항쟁이 일어나건 노르드의 삶은 바위처럼 부동. 앞으로도 계속 그럴 거라고 생각했었다. 그것이 무참하게 무너져버린 것은 아르고스의 강림 때문이었다.

마수가 나타나면서 오나스와 사람들의 삶은 돌변해버렸다. 마을에서 쫓겨난 동료들 중에 오나스를 따라 지하로 내려온 사람들은 그중에 절반이었다. 나머지는 동생과 함께 지상에 남았다. 하지만 대체어느 쪽의 희생이 적었을지, 지금에 와서는 확인할 도리가 없다.

그저 오나스는 동생과 함께 둘로 나뉘어진 책임 중에 한쪽을 짊어진 채, 아직까지 그것을 내려놓지 못한 채로 살고 있을 뿐이다. 지금도 지상에 있는 동생이 마찬가지로 살고 있으리라고 믿으며.

'……환자는…… 늘어났군.'

그 때 오나스는 데라 노르드의 치료원에서 마을 사람들을 치료하고 있었다.

이곳은 족장의 집이며, 과거에는 베즈나야의 신관들이 기도하는 곳으로 사용했던 건물이다. 지금은 움직이지 못하게 된 마을 사람들의 치료로 활용하고 있다.

입원 치료를 위한 큰 방에는 파나티아의 낡은 제단이 놓여 있고, 바닥에는 침대들이 줄지어 있다. 침대에서 쉬는 마을 사람들을 위해서 오나스는 조합한 약을 발라줬다.

하지만 『낮』에도 여기서 쉬어야만 하는 마을 사람들의 숫자는 매년 확실히 늘어나고 있는 것 같은데————.

————오나스. 오나스, 큰일이야.

막자사발을 한 손에 든 오나스가 고개를 들었다. 눈앞에서 반투명한 망령들이 그를 둘러싸고 부산을 떨고 있다.

"무슨 일인가."

──그러니까 큰일났다고.

"지금은 『낮』이다. 『밤』도 아닌데 멋대로 나타나지 마라."

──그런 소리 할 때가 아니야.

──우르스라가 큰일 났어.

──유혹당하고 있어.

──그건 무시무시한 마검의 소유자야. 우리들을 없애버릴 거야.

──우르스라한테 금기를 저지르라고 꼬드기고 있어.

'정말이지.'

여자란 죽어서도 시끄러운 존재다.

이런 때 망령인 채로 고자질하러 오는 건, 남의 말을 떠들고 다니기 좋아하는 참견쟁이 시녀나 무녀 들이다. 벌써 몇 백 년도 전에 미친 왕을 사냥할 때 병사들의 창에 찔려서 죽었다고 들었는데, 그녀들의 깊은 정은 말라버릴 줄을 모르는 것 같다.

마을사람 모두가 못 본 척 하고 있는데, 우르스라를 편애하고 챙겨주려고 하니 귀찮을 따름이다.

오나스는 막자사발을 내려놨다.

"지상으로 나가는 건 용서할 수 없다. 마신의 지배가 풀리기 전에는 지하에 있기로 정했다."

──맞아. 어기면 큰 일이 나니까.

──밖으로 나가면 우르스라가 죽을 거야.

──밖은 정말 무서운 곳이야. 얼마 전에도 끔찍한 짓을 하는 사람들을 혼내줬으니까. 그렇지?

"너무 무모한 짓은 하지 말라고. 여기가 들키면 큰일이니까."

——그치만 너무하잖아? 멋대로 쓰레기를 버리다니.

——당신은 그런 짓을 안 하잖아. 훌륭한 족장이야.

"훌륭하단, 말이지……."

오나스는 자조했다.

그런 건 그 누구도 모른다. 오나스에게는 그저 자신의 책무가 있을 뿐이다. 지켜야 할 것을 지키고 계속해야 할 것을 계속 한다는 맹세 같은 것이다. 정말로 그것만을 위해, 엄청난 시간을 살아왔으니까.

——어쩔 거야 오나스. 우리가 막는 게 좋을까?

"금기는…… 금기다. 마을의 질서를 어지럽힐 수는 없지. 아무리 우르스라라고 해도 예외는 없다."

"족장님!"

그 때 마을 청년이 뛰어 들어왔다.

그는 우르스라 쟁탈전에도 지원했던 야심만만한 젊은이였다. 요즘 세상에 보기 힘든, 오나스처럼 강한 의지도 지니고 있다. 하지만 지금은 부상을 당했는지, 움직이지 않는 오른팔을 왼손으로 붙잡고 있다.

"마수한테 당했나, 하디."

"아니야. 그 망할 외지인 놈한테 당했어. 그 자식, 우르스라를 여기서 데리고 나갈 셈이야! 우리한테 말도 없이!"

핏발 선 눈을 하고서 내뱉었다.

망령들이 더 시끄럽게 굴었다.

——어머나, 이걸 어째. 큰일이야 오나스.

——용기를 낼 때야.

——우리도 도와줄게. 우리라면 그럴 수 있어.

——베즈나야의 피를 이은 길 잃은 아이. 자, 그 때처럼 결단을 내려.

정말로 시끄럽고 정이 많은 여자들.

"하디. 따라와요. 치료를 하자."

"그래 부탁한다. 젠장, 그 외지인 놈, 제대로 두들겼잖아. 이건 이제 못 쓰겠어.

하디가 투덜대면서 다가왔다. 그는 자기 의지대로 움직이지 않는 오른팔을, 왼팔로 거칠게 뜯어냈다.

그 동안에 오나스는 침대에 누워 있는 마을 사람들 중에서 하디와 체격이 비슷한 자를 찾았다. 적합할 것 같은 몸을 발견하자 힘을 줘서 그 팔을 뜯어냈고, 하디에게 건넸다.

"지금은 이걸 쓰게나."

"그래. 어쩔 거야 족장. 상대는 엄청나게 강하다고."

"물론 막으러 갈 생각이다. 자는 자들도 깨우자. 망가질지도 모르지만—— 자, 다시 깃들어 눈을 뜨라, 그대들은 나의 동포다!"

오나스가 그렇게 말하고 두 손을 들어 올리자, 죽은 것처럼 침대 위에 누워 있는 마을 사람들이 일제히 일어났다.

그들은 침대 위에서 어딘가 졸려 보이는 눈으로 오나스를 봤다.

세월 속에서 열화되고 약해진 자아가 붕괴되는 것을 막기 위해서 『낮』 동안에도 계속 쉬게 했던 마을 사람들. 거기에 다시 망령의 혼이 깃든 것이다.

"──우리는, 뭘……."

"우르스라를 되찾아라. 그것이 우리의 사명이다."

"아, 그래…… 그랬지. 우르스라를 구한다. 그랬어."

다들 자기 뜻도 그렇다는 것처럼 고개를 끄덕였다. 마모가 너무 진행된 탓에 오히려 설명이 부족한 쪽을 더 잘 받아들이는 것이 얄궂은 기분이었다.

"큰일이다. 빨리 가야지."

"장소는 누가 알지? 하디인가?"

"그래, 나다! 안내할 테니까 따라와!"

하디를 따라서 마을사람들이 줄줄이 밖으로 나갔다. 오나스는 그 모습을 지켜본 뒤에 제단에 기대 세워놨던 석장을 들고 그 뒤를 따라갔다.

마을사람은 기세를 올리며, 차례로 동료들을 불러 모았다. 그러고 있는 그들의 머리 위에는 있어야 할 두 개의 태양이 없다. 이제는 어떤 모양이었는지, 색 또는 온기, 무엇 하나 생각나지 않는다. 머나먼 기억 속 저편에 있다. 그래도.

"……우리는 이 지하에서 살아간다. 그것을 선택했다. 돌아가는 것은 용납되지 않고, 나가면 모든 것이 붕괴된다. 용서할 수는 없다 ── 착한 아이여."

***

사력선 『여신의 지휘』호에 모래 도마뱀 엔릴을 매고 이동할 준비가 갖춰졌다.

이제 현장에 남을 이슈안과 하셈이 하선하기만 하면 된다.

"이게 전부인가?"

"아마도. 영차."

갑판 위에서 배에서 내린 뒤에 쓸 장비를 등에 메고 있는데 토토가 다가왔다.

"아, 토토."

"이슈안 님⋯⋯."

당장이라도 울음을 터트릴 것 같은 한심한 얼굴을 보고, 이슈안은 웃음이 나왔다. 넓은 이마를 콕콕 찔렀다.

선원 중에서도 토토만이 어느 쪽에 남아야 할지 끝까지 망설였다.

"그런 표정 짓지 마. 토토는 다른 사람들이랑 같이 돌아가는 게 좋아."

"죄송해요. 저는, 저는⋯⋯."

"꼭 훌륭한 학자가 되라고. 그리고 또 같이 도마뱀 관찰도 하자. 알았지?"

토토는 고개를 크게 끄덕였다. 눈가를 손등으로 훔치고, 이슈안에게 책을 한 권 내밀었다.

표지도 뒤표지도 너덜너덜해서 제목도 읽을 수 없을 지경이다.

"⋯⋯뭐야 이건."

"읽어주세요. 지하 신전에 관한 이야기가 적혀 있는 수기예요. 월타미아 사람이 썼으니까 읽을 수 있을 거예요."

"헤에── 고마워. 그나저나 꽤 낡은 책이네. 몇 년 전 물건이야?"

"아, 자, 잠깐만 기다려주세요! 아직 여기서는 읽지 마세요!"

책장을 팔락팔락 넘기려고 했더니 토토가 급하게 말렸다.

"자세한 내용은, 안에 적어놓은 메모를 보세요. 지금은 펼치지 마시고요. 차, 창피하니까!"

"뭐?"

거기서 선장이 큰 소리를 냈다. 토토 이름을 부르고 있다.

"아, 부르시네요. 그럼, 저는 이만! 실례하겠습니다!"

토토는 힘차게 말하고는 선실 안으로 돌아갔다.

기세와는 반대로, 잠을 못 잔 것 같은 빨갛게 충혈된 눈동자가 약간 걱정이 됐다.

"창피하다니…… 작별 인사라도 적어 놨나?"

혹시 아름다운 창작 시라도? 이슈안은 그 책을 가지고 배에서 내렸다.

밑에서는 이미 하셈이 기다리고 있었다.

"뭡니까 그거, 책입니까?"

"토토가 준 선물이야."

"헤에, 아름답군요."

"지하신전 얘기가 적혀 있다나."

지금은 아직 펼쳐보지 말라고 했는데, 역시 신경 쓰이는 건 어쩔 수 없다. 이슈안은 기본적으로 성질이 급하고 짓궂은 성격이라고 생각한다. 포복절도할 걸작 시를 기대하면서 책장을 넘겨봤더니, 중간에 새 종이가 한 장 끼워져 있었다.

'메모————?'

거기 적혀 있는 내용이 눈에 들어온 순간, 이슈안은 뒤쪽을 돌아 봤다.

마침 사력선『여신의 지휘』호가 모래먼지를 성대하게 날리면서 이동하고 있었다. 순식간에 모래 언덕을 넘어가버렸다.

'토토. 너————!'

페이지 사이에서 떨어진 종잇조각에는 무시무시한 사실이 적혀 있었다.

***

우르스라는 땅바닥에 웅크리고 앉은 채로 어린애처럼 울고 있 었다.

"······가고 싶어. 가고 싶어요. 당신과 함께 가고 싶어요······."

"그래. 그러니까 우르스라, 같이 여기서 나가자. 햇빛을 받으며, 자 유롭게 살아가는 거야."

우르스라는 눈물을 흘리며 고개를 끄덕였다. 눈물 때문에 엉망이 된 얼굴이 오히려 예쁘게 보였다.

나가자. 이 지하에서.

"자, 그럼. 일어나자. 위로 나갈 길을 찾아야지."

"······그거라면, 가야 할 곳이, 있어요."

"가야 할 곳?"

우르스라는 다시 한 번 고개를 끄덕였다. 흐르는 눈물을 닦고, 리 히토를 똑바로 바라보며 말했다.

"말 안 해서, 죄송해요. 제가 어릴 적에, 마을 바깥쪽을 탐험하다가 발견한 곳입니다."

"거기에 뭔가가 있어?"

"예. 그곳만 종류가 다른 바위가 노출된 길이 있어요. 막다른 곳처럼 보이지만, 보기에 따라서는 나중에 바위를 쌓아서 출입구를 막은 게 아닌가 싶은————"

"그거야!"

자기도 모르게 큰 소리를 냈다.

아마도 오나스 일행이 이 지하에 들어올 때 사용한 출입구겠지.

"알았어. 어딘지 가르쳐줘. 거기로 가보자."

"용서해, 주시는 건가요."

"뭘?"

"계속 숨겨왔어요. 당신이 조금이라도 오랫동안, 여기에 계셨으면 하고."

리히토는 우르스라의 참회에 웃음으로 대답했다.

"서로 마찬가지잖아."

혼자서 나가려고 했다.

일어나서 오른손을 내밀자 우르스라는 살짝 수줍어하면서 그 손을 잡았다. 그 손은 분명히 따뜻했다.

다시 한 번 생각했다. 이렇게 어두운 곳에 계속 있어서는 안 된다. 그녀의 용기를, 내가 응원해줘야 한다.

어두운 지하 길은 점점 암반이 그대로 드러난 동굴이 되어갔다. 바위 틈새로 스민 지하수가 물방울이 돼서 떨어진다.

우르스라는 한 손에 랜턴을 들고 걸어갔다.

"——예전에는 모르는 곳을 탐험하는 게 즐거웠습니다. 천장의 갈라진 틈에서 떨어지는 하얀 모래도, 마을사람들이 들려주는 지상의 옛날이야기도, 전부 저를 두근두근하게 만들어줬습니다."

리피토의 부츠 발소리에 우르스라의 샌들 발소리가 겹쳐진다. 거기에 우르스라의 목소리가 더해졌다.

"하지만, 중간에 눈치를 챘습니다. 지상을 말하는 사람들 중에서, 저만이 너무나 다르다는 것을."

드문드문 들려오는 우르스라의 말은, 틀림없이 그녀 자신을 되찾기 위한 것.

리히토는 가끔씩 질문을 던졌다.

"다르다니, 생김새가?"

"그것도 있어요. 마을사람들 중에서 제가 제일 나이가 어렸어요. 약하고, 항상 병에 걸리고, 친구인 뱀이나 거미는 길들일 수 있지만 마수 유생은 가까이 가기만 해도 열이 났죠."

"그건……"

"한심한 놈, 이래선 어른이 못 된다고, 아버지와 마을 사람들이 탄식하는 소리를 자주 들었죠……."

리히토는 한숨이 나왔다. 그건 열이 나는 게 당연한 일이다. 근본적으로 마수에 관한 지식이 잘못돼 있으니까.

지금까지 만났던 파나케이아 사람들 중에서도 이렇게까지 편향된 지식을 가진 집단은 본 적이 없었던 것 같다. 마치 전염병인 페스트가 마녀가 퍼트린 것이라는 소리를 듣는 기분이다. 상식의 시대가 너무나 다르다고 할까.

'뭐라고 할까…… 평범하게 살면 알 수 있을 텐데 말이야…… 아무리 원래는 산촌에서 살았다고 해도…….'

그래도 우르스라는 부조리에 굴하지 않고, 나름대로 마을 사람들에게 도움이 되기 위해서 노력해왔다. 혈연이라는 관계가 없는 만큼 필사적이었겠지. 그런 우르스라도 그렇고, 노르드 마을 사람 모두가 잘도 지금까지 살아왔다고 감탄할 지경이다.

그런 우르스라가 갑자기 멈춰 섰다.

"괜찮아? 힘들어? 괴로워?"

"──괜찮아요, 조금, 숨이……."

심호흡을 반복한다. 아마도 아까 그 마수의 사기 때문이겠지.

"우르스라. 지상에 가면 먼저 신관이나 승려를 찾아서 몸속에 쌓인 사기를 정화하자. 그러면 많이 편해질 거야."

"고맙습니다…… 리히토."

"걱정하지 않아도 돼. 네가 누군가와 다른 건 네 탓이 아니니까. 괜찮아."

빨리 위쪽 세상으로 데려가주고 싶었다.

"지금은 즐거운 생각만 하자."

그렇게 말했더니 우르스라는 핏기 없는 얼굴로 고개를 끄덕였다.

그래. 지금은 즐거운 생각만 하자. 눈앞에 있는 이 어두운 길을 빠져나가서 밝은 태양 아래로 나가는 미래를. 햇살 밑에서 활짝 웃는 것을.

하지만 그 길은 더 좁은 가로 굴로 변했다. 거의 허리를 굽히고 걸어가야 했다.

"여, 여기야?"

"예. 머리와 발밑, 조심하세요."

"어, 엄청난 길이네……."

"어릴 적에 발견한 길이니까요."

"괜찮아?"

"괜찮습니다."

우르스라도 씩씩하게 대답했지만, 까딱하면 머리가 부딪치는 높이다. 따라가던 리히토는 몇 번이나 머리를 부딪쳤다. 그리고 길은 급경사로 바뀌었다.

'이건 또.'

눈앞에 있는 어린 소녀가 어릴 적에 얼마나 개구쟁이 모험소녀였는지 알 수 있는 길이다.

급한 비탈길 중간에서 우르스라가 땀을 닦으면서 한숨을 쉬었다.

"잠깐 쉴까.

"……아죠. 가시죠 리히토. 거의 다 왔으니까."

천천히, 고개를 들고 위로 올라갔다.

"당신이 말하는 하늘이 어떤 것인지, 빨리 보고 싶어요."

리히토는 가슴이 먹먹해져서, 그저 우르스라 뒤를 따라가기만 했다.

비탈을 다 올라오자 다시 평평한 길이 나왔다.

"이 앞입니다. 돌로 봉쇄한 출구가 있어요."

드디어── 이제 거의 다 왔다.

하지만 걸음을 옮기기 시작하자마자 우르스라가 발을 멈췄다.

바구니 안에 있는 뱀이 소리도 없이 고개를 내밀었다.

앞을 응시했다. 암흑 저 너머에서 기다리고 있는 것은 많은——무장한 노르드 마을사람들이었다.

"——이봐, 어디로 갈 셈이야, 우르스라."

선두에는 혈기가 넘치는 하디가 버티고 서 있다.

"그녀는—— 우르스라는 넘길 수 없습니다. 저와 같이 지상으로 갈 생각입니다."

"그럴 수는 없지. 그 녀석은 여기 사람이야."

네 입으로 할 소리냐고 외치고 싶었다.

"지상으로 가면 제대로 된 햇빛도, 사기에 오염되지 않은 물이 있습니다. 여기 지하보다 마수도 적습니다."

"거짓말! 자꾸 헛소리 하면 그냥 안 둔다."

"정말입니다. 어째서 나가보지도 않고 그렇게 단정하는 겁니까. 마신 아르고스는 봉인됐습니다. 마수 투성이였던 그 시절과는 다릅니다."

"작작 좀 하라고! 규정을 어기지 말란 말이야!"

하디가 허리에 찬 곡도를 뽑아들고서 덤벼왔다. 리히토는 성검으로 막아냈다.

힘겨루기를 하는 중에, 하디가 짐승처럼 이를 드러냈다.

"너 말이야…… 인간 따위가 마신을 봉인할 수 있을 리가 없다고. 그건 내가 아주 잘 알아. 숙부님도, 어머니도, 아르고스의 마수한테 잡아먹혀 죽었어. 아무리 거짓말을 해도 안 속는단 말이야."

"고집불통은 대체 누구인가요. 당신들은 초대의 마신 봉인조차도 없었던 일로 삼을 생각입니까?!"

리히토는 검을 튕겨내고 하디의 오른팔을 베었다. 날카로운 비명이 터져 나왔고, 바로 뒤로 펄쩍 뛰었지만 대미지는 확실히 남은 것 같아. 베인 오른팔을 누르며, 하디가 신음했다.

"초대……? 뭐야 그게."

"처음 아르고스가 강림했을 때 말입니다! 지금으로부터 70년도 더 된 일입니다. 그 때는 하시리 노사와 동료들이 힘을 합쳐서 아르고스를 봉인했습니다.

"바보 아냐. 그런 옛날에 마신이 있었으면 세상은 오래전에 멸망했을 거라고!"

하디는 칼을 왼손으로 들었다. 리히토한테 베인 오른팔은 축 늘어져서 움직이지 않는다. 하지만 피는 한 방울도 흐르지 않았다.

뭐지, 이건──.

"야, 너희들. 덤벼라! 이 헛소리 하는 놈한테서 우르스라를 찾아와!"

좋았어!

하디가 호령하자 뒤에 있던 마을 사람들이 일제히 덤벼왔다.

보통 젊은이들의 공격에 섞여서, 제대로 걷지도 못하는 노인과 여성들까지 덤벼왔다. 어설픈 무기를 손에 들고, 우르스라의 이름을 부르며 다가왔다. 섣불리 공격할 수도 없다.

"나쁜 놈이다."

"우르스라를 돌려줘."

"돌려주시오."

"오지 마세요. 다치게 하고 싶지 않아요!"

"자, 자, 자, 자! 그런 소리 할 때가 아니지!"

하다가 그런 같은 편까지 말려들게 할 기세로 칼을 휘둘러댔다.

'뭐야 이거.'

이상하다. 말이 너무 안 통한다.

마수에 대한 대처법도 모른다. 6년 전의 마인 봉인은 고사하고 초대의 봉인에 관한 싸움조차도 없었던 일이 되어 있다.

"우르스라를 내놔!"

"——————!"

마침내 리히토는 다가온 노인을 베고 말았다. 반사적으로 베어버린 노인은 불쌍한 소리를 내면서 쓰러졌다. 하지만, 그래도 피는 흐르지 않았다. 어떤 노란색 가루 같은 것이 잠깐 날렸을 뿐이다.

'이상하잖아 이거!'

베고, 베고, 다가오면 계속 베고.

끝도 없는 악몽 같은 광경 저 너머에서, 이쪽을 빤히 쳐다보고 있는 사람이 있다.

——족장, 오나스 아르칸.

그는 동굴 출구를 가로막는 위치에 서서, 동료인 마을 사람들이 리히토에게 당하는 모습을, 한 손에 석장을 쥐고서 방관하고 있다.

그리고 손상이 심해서 쓰러지지 못하는 마을 사람들이 일정한 숫자가 되면 석장을 천천히 흔들었다.

찔렁!

그가 석장을 세게 울리자, 바닥에 쓰러져 있던 마을 사람들이 일제히 똑바로 일어섰다. 관절에서 뿌득뿌득 소리를 내며 고개를 돌린다. 그리고 오나스를 봤다.

"우리는, 뭘⋯⋯."

"우르스라를 되찾아라. 그것이 우리의 사명이다."

"아, 그래⋯⋯ 그랬지. 우르스라를 구한다. 그렇구나."

등줄기가 오싹했다. 그들은 이어서 우르스라를 감싸는 리히토 쪽도 봤다.

분명히 움직이고 있는데, 눈에서는 생기가 전혀 느껴지지 않았다 ──.

"⋯⋯오나스 씨. 당신은, 대체──"

"노르드 마을 사람은 몇 번이고 부활한다. 끔찍한 마신을 물리치고 진정한 평화가 찾아올 때까지. 내 책무는 끝나지 않는다. 여기서 나가게 할 수는 없다. 절대로."

당신은 대체 언제부터 이 지하에 있었던 건가요. 어느 시대의 마신을 말하는 겁니까.

오나스 주위에 『살아있지 않은』 사람들의 윤곽이 보였다. 전에 우르스라가 만나게 해줬던, 지하 신전의 원래 주민── 베즈나야의 망령들이다.

***

토토가 준 수기는 월타미아 말로 적혀 있는 덕분에 이슈안도 읽을 수 있었다.

먼 옛날, 돈과 시간이 남아 돌았던 귀족 학자가 나라 밖의 변경을 돌아다니면서 들은 일화를 정리한 책이다. 문제의 지하 신전에 대한 기술은 이엔마르드 편에 적혀 있었다.

"……이봐요, 도적 님."

하셈이 말했다.

"걸어가면서 읽으면 넘어집니다."

"시끄러워. 말만 안 걸면 안 넘어져."

"그렇게 재미있는 이야기라도 적혀 있습니까?"

그러니까 말 걸지 말라고 했잖아.

하셈이 자꾸 말을 걸고 케이프를 뒤에서 잡아당겨서, 얼굴을 찌푸리며 책을 덮었다.

"……재미있는 이야기라기보다는 이상한 이야기였어. 이 근처에 마수의 피해로부터 도망쳐서 지하로 숨어든 소수 부족이 있었다는 이야기야."

"마수라면, 도적님네가 쓰러트렸다는 그?"

"아니. 훨씬 전에 얘기야. 보왕력 210년대니까—— 초대 마신 강림이지."

"헤에. 그거 꽤나 오래된 일이네요."

"그래. 하기리 영감님도 젊을 때였지. 돌화살촉으로 사냥하고, 동굴에서 도토리를 먹으면서 살던 시절이야."

"당신, 《지키는 자》를 뭘로 보는 겁니까."

"수업 좋아하는 망할 영감."

하셈이 질렸다는 듯이 말했다.

"정말이거든? 리히토한테 물어봐도 돼."

"아, 예, 귀중한 얘기 해주셔서 고맙습니다요."

"뭐 그건 됐고. 아무튼 그 부족── 노르드족이라는 것 같은데, 그 녀석들은 훨씬 서쪽에 있는 산간 마을에서 살았어. 그리고 마신이 나왔다~ 고 하면서 갑자기 나타난 마수한테 쫓겨서 마수가 돼버렸다네. 당시에는 어디나 마찬가지였다는 것 같지만."

사전 지식도 마음의 준비도 없었다. 지금에야 당연한 일인, 사기가 독이라는 감각조차 없었다. 그런 상황에서 일어선 것이 젊은 시절의 하기리를 포함한 초대 마신 토벌대다. 필설로 다할 수 없는 고생이 있었겠지만, 지금은 그걸 따질 때가 아니다.

"그래서, 노르드족은 고민하고 또 고민한 끝에 절반은 지상에 남아서 조상 대대로 살아온 땅으로 돌아갈 날을 기다리기로 했고, 나머지 절반은 전해 내려오는 말에 따라서 지하 신전으로 도망쳤어. 지금에 와서는 지하에 남은 사람은 없겠지만."

"그야 당연하겠죠. 무서운 마신이 없어지면 나올 테니까."

"보통은 그렇겠지. 하지만 이 책은 나머지 절반의 노르드족을 아지 못 만났다고 하면서 끝났어."

윌티미아 사람인 저자는 초대 마신의 위기가 사라진 뒤에 지상에서 살아남은 노르드의 대표자한테서 이야기를 듣고 이 수기를 적었다. 지하로 간 나머지 절반이 어떻게 됐는지에 대해서는 언급하지 않았다.

지상과 지하, 둘로 나뉜 노르드족은 멸망한 베즈나야의 흐름을 이어받은 유서 깊은 소수민족이었다는 것 같다. 독자적인 문화를 지켜왔고, 마신만 나타나지 않았다면 지금도 산속에 숨겨진 마을에서 전통적인 삶을 살아가고 있을 것이 틀림없다.

"어떻게 됐을까, 라는 게 마음에 걸리기는 하지만 말이야. 아마도 신천지에서 잘 살고 있겠지만."

"사실은 아직 지하에 있는 건 아닐까요. 당시랑 완전히 똑같은 얼굴로 어서옵셔~."

"하지 마. 무슨 괴담이야."

"아뇨, 모를 일입니다. 왜냐하면 여기는 베즈나야 왕국이 종언을 맞이한 땅이니까."

장난이라는 건 알 수 있었기에, 이슈안은 책을 덮고서 계속 걸어갔다. 더 이상 유령 얘기는 질색이다.

이슈안 일행은 수기에도 적혀 있던 신전 입구를 향해 계속 이동했다.

걷기 힘든 모래를 밟으며, 태양의 위치로 현재 위치를 파악하면서 신중하게 나아갔다.

"오."

"아, 찾았다."

저기다.

마침내 심하게 무너진, 석조 신전 같은 것이 보였다. 서둘러 다가가보니 돌기둥은 절반 이상이 부러졌고 지붕도 대부분 무너졌지만, 생각보다는 많이 남아 있다.

모래를 막기 위한 케이프를 벗어서 털며, 부지 안으로 들어갔다.

갈라진 돌바닥 중앙에 지하로 내려가는 계단 같은 것이 보였다. 천장이 무너진 탓인지 파편이 쌓여서 아래로 내려갈 수 없게 돼버렸다.

"이걸 치우면 된다는 겁니까."

"그래, 맞아. 하셈, 좀 도와줘——"

들뜬 마음을 참지 못하고 뒤를 돌아보니, 하셈이 팔짱을 낀 채로 싱글싱글 웃고 있었다.

자기도 모르게 손짓으로 부르려던 손을 거뒀다.

"……뭐야."

"아니, 뭐. 이렇게까지 헌신적으로 굴 수 있다니, 정말 대단한 사랑이다 싶어서 말이죠. 오빠는 조금 감동했어요."

이슈안은 풉, 하고 웃음을 터트릴 뻔 했다.

"뭐? 무, 무슨 소리야 너. 상관없잖아."

"그런 건가요. 난 또 그런 사이인 줄."

"말, 도, 안, 된, 다, 고!"

눈은 장식품인가 이 엉터리 호위가.

"너, 작작 좀 하라고. 그런 소리는 나는 물론이고 리히토한테도 민폐야. 그 녀석은 『쿄코』를 찾아서 고향으로 돌아가야 한다고."

"도적 님은 그래도 좋다고?"

"당연하지!"

확실하게 말했다.

——하긴, 가버리고나면 조금 쓸쓸해질지도 모르겠지만. 하지만,

그래도 그건 지금 생각할 일이 아니다. 이 남자가 건드려도 될 문제가 아니다.

"흐응…… 그런 겁니까."

"그런 거라고! 잔말 말고 손이랑 발을 움직여!"

"알겠습니다. 좋은 얘기 해줘서 고마워요."

"무슨 소리―― 냐고!"

이슈안은 몸을 뒤로 돌리면서 오른손의 앵커 건을 쐈다. 와이어는 엄청난 속도로 하셈의 머리를 스치며 날아갔고, 날아온 단검을 격추했다.

카앙! 하는 날카로운 소리가 울리고, 금속 두 개가 바닥에 떨어졌다.

칼을 던진 자는――.

"――어이쿠, 놀라지 않는군요, 당신은."

"마음의 준비가 돼 있었으니까, 로드 로그와이어."

이슈안은 앵커 건을 겨눈 채 작은 소리로 중얼거렸다.

유적 한 구석. 부러진 돌기둥 위에 달걀처럼 둥그스름한 남자가 서 있다.

제일 먼저 모래폭풍 속으로 사라졌던 윌타미아 귀족이, 양쪽 손가락에 단검을 끼우고 이쪽을 보고 있었다.

* * *

오나스 주위에 반투명한 망령들이 속속 나타났다.

목이 잘린 전사. 가슴을 꿰뚫린 무녀. 피범벅이 된 시녀. 그들은 오백년 전에 죽었을 때 모습 그대로, 공허한 눈으로 리히토와 우르스라를 바라보고 있다.

그리고 실전을 위한 군대로서, 망령들의 자손인 노르드 마을 사람들이 정렬했다. 몸은 살아있는 사람의 것이지만, 거듭된 전투에서 보여준 이상한 모습의 편린은, 솔직히 말해서 그들을 산 자라고 부를 수 없게 만들어버렸다.

출구가 막힌 지하 동굴에, 진한 약초 같은 냄새가 고였다.

오나스의 냄새. 하디의 냄새. 움직이는── 시체들의 냄새.

"당신들은…… 언제부터 이 지하에서 살았죠."

"이젠, 세는 데도 질렸어."

"10년이나 20년 정도가 아니겠죠. 아르고스가 처음 강림하고…… 하기리 노사가 봉인한 게 그 뒤로 몇 년 뒤니까, 50…… 60년도 전──"

"모든 것은 그 마신 때문이다. 우리가 평화롭게 살던 마을에 아르고스가 강림했고, 마신들의 유린이 거듭됐다."

오나스는 석장을 든 채, 이쪽의 말을 부정하지도 않고 앞을 가로막았다. 이 길만은 결코 비켜줄 수 없다는 것처럼.

아무리 생각해도, 오래 전에 수명이 다 했어야 하는데──.

"머나먼 조상님이 남긴 말에 따라 이 지하로 도망치는 길을 선택했다. 하지만 이 지하도 사람이 살 만한 땅은 아니었다. 지하에는 지하대로 마수들이 떠돌고, 물을 마시면 사람이 쓰러졌다. 한 사람, 또 한 사람 동포들이 쓰러져갔다."

"그럼 오나스 씨…… 지금 여기서 움직이는 사람들은."

"나는 남은 백성들을 이끄는 수장으로서 결단을 해야만 했다. 사람이 너무 줄어들면 일족을 유지할 수 없다. 아마 지상에 남은 동생도 살 수 없겠지. 증오해 마땅한 마신이 소멸할 때까지, 어떻게든 버텨야 했다. 신에게라도 의지하고 싶었던 그 때, 내 앞에 망령들이 나타났다. 우리 안에 흐르는 베즈나야의 피를 보고서 구원의 손길을 내밀어줬다."

──그래.

──우리는 오나스를 도울 거야.

──사랑하는 길 잃은 아이.

"나는── 그들의 조언에 따라, 마을 사람들의 유해에 베즈나야의 망령들을 깃들이게 해서 부활시키기로 했다."

──우리가 그릇 안에 들어가면 뭐든지 원래대로.

──살아있던 때와 똑같이 말도 하고 걸을 수도 있어.

──너무 많이 하면 마모돼서 망가지기도 하지만.

──그래서 들어가는 건 『낮』 동안에만. 오나스와 우리의 약속이야.

이제는 실체도 없는 베즈나야의 여자들이 경쾌하게 노래했다. 그리고 이번에는 곁에 쓰러져 있던 마을 사람들의 몸이 갑자기 벌떡 일어났나 싶더니, 다시 실이 끊어진 꼭두각시 인형처럼 쓰러졌다.

──이렇게 말이야.

──한 번 더 볼래? 어머나, 아쉽네. 이젠 망가졌어 이 시체.

"아니야아아아아!"

우르스라가 귀를 막고 소리쳤다.

"거짓말. 다 거짓말이야. 왜냐하면 다들."

"우르스라여. 이것이 마을의 진실이다. 그래도 금기를 어기고 이 길을 가겠다면, 이 나를 쓰러트리도록 해라. 나를 가호하는 베즈나야의 혼과 함께!"

쩔렁!

오나스가 다시 석장을 격하게 울렸다. 이번에는 지금까지 의식을 유지하고 있던 마을 사람들이, 오나스만 빼고 모조리 쓰러졌다. 그 하디조차도 예외는 아니었다.

"머나먼 조상이여, 모든 것을 귀공들에게 넘기겠다. 내 바람을 이뤄주시오!"

그리고 망령들의, 수십 수백이나 목소리가 거기에 호응해서 울려 퍼졌다.

──죽여라. 죽여라. 죽여버려라.

움직이지 않는 마을 사람들의 유해에, 새로운 베즈나야 망령들이 들어갔다. 그들은 그대로 유해와 함께 일어나서더니, 집단을 리히토를 향해 덮쳐들었다.

"젠장! 우르스라, 물러나!"

리히토는 넋이 나간 우르스라를 감싸고 닥치는 대로 베어버렸다.

하지만 아무리 베어버려도, 그들은 곧바로 다시 일어났다. 조금 전과 달리 고통을 느끼는 것 같지도 않았다.

'무슨 좀비 영화도 아니고.'

이미 죽은 몸을『죽일』수는 없다. 더 이상 마을 사람으로서의 의식도 없고 망령들의 꼭두각시 인형이 돼버린 것 같은 시체들. 파괴되면 새로운 혼이 깃들고, 그리고 또 덤벼든다. 악순환이다.

"하디…… 호라…… 야울 아줌마…… 아저씨도……."

그리고 우르스라는 그 모든 시체들과 안면이 있다. 리히토가 베어버릴 때마다 그녀의 마음이 삐걱거리는 것이 눈에 보이는 것만 같았다.

'어쩌지.'

──이래서는 무간지옥이나 마찬가지다. 언젠가 떠밀려서 쓰러지는 건 리히토 쪽이다.

몰려드는 마을 사람들의 숫자는 망령의 목소리가 늘어나면서 더더욱 늘어나갔다.

"!"

순간, 리히토의 관자놀이에 충격이 울렸다.

피하지 못한 건, 상대가 너무나 의외의 인물이었기 때문이다.

"사라지세요. 배신자, 저주받은 마검술사."

"어머님!"

오나스의 첫 번째 아내였다. 그 손에는 아름다운 얼굴에 어울리지 않는 투박한 곤봉을 쥐고 있다.

이렇게 상대하는 그녀도 안에 들어있는 건 오나스가 강림하게 한 베즈나야의 망령일까. 나머지 아내들도 생기 없는 공허한 눈으로, 무기를 손에 들고 덤벼왔다.

"우르스라는 여기에 있어야 해. 반드시."

"반드시."

"반드시."

"리히토! 안 돼! 어머님이야."

우르스라는 완전히 혼란에 빠졌다.

하지만 리히토는 그 망령이 입에 담은 말을 놓치지 않았다.

'마검이라니—— 이 칼 말인가?'

리히토가 손에 쥐고 있는 것은 말없는 『파마의 성검』의 본체. 그리고 아직까지 자루에 끼우지 않은 보주였다.

그 순간, 우르스라의 비명과 두 번째 타격이 겹쳐졌고, 눈앞이 새카매졌다.

***

로그와이어 경이 왕궁 계단이라도 내려오는 것처럼 지면에 내려섰다.

그 몸놀림은 거짓말처럼 가벼웠고, 호화로운 옷에는 먼지 하나 묻지 않았다.

"나, 배짱이 있는 아이는 좋아하는 파야."

"그거 고맙네요."

이슈안은 입술을 일그러트리며 웃었다.

"……토토가 말이야, 이 유적 정보랑 같이 가르쳐줬거든. 『선장이 로그와이어 경에게서 돈을 받는 걸 봤다. 부하 기사한테도 비밀로 하고 했다』고 말이야."

낡은 책 속에 끼워진 메모를 봤을 때는 자기 눈을 의심했다. 그리고 토토의 말을 믿고 다시 조립해봤다. 만약『로그와이어 경』이 가까운 곳에 살아있다는 것을 전제로, 지금까지 일어난 일들을 생각해보면 어떻게 될까.

제일 먼저 행방을 감춘 것처럼 보이게 하고, 계속 사력선 안에 숨어 있었겠지. 숨겨준 것은 경한테도 돈을 받은 선장이다. 몰래 물과 식량을 가져다주고, 그리고 얻은 자유로운 몸. 제일 먼저 선원 마우리카를 죽이고, 이어서 개리 브룬을 죽였다. 베즈나야 사막의 저주로 보이도록.

"개리 아저씨의 헛짓거리 때문에 폭풍이 일어났다고 생각했는데 —— 사실 그 아저씨가 왜 동상을 버렸는지를 생각해보면, 원래 상의 주인이었던 그쪽이 엮여 있는 게 자연스럽겠더라고. 그 아저씨는 좋건 나쁘건 기사 그 자체였으니까 말이야."

자존심이 강하고, 유통성이 없고, 속에 울분을 쌓아두더라도 자기 뜻을 굽히지 못했다. 그게 그 사내의 특징이었다.

"당신은 개리를 적당히 화나게 해서 목적을 달성했어. 선원이 죽은 날 밤에도 주인인 당신이 나타나면 문을 열어줬겠지."

"그렇지. 마음속으로는 무시하고 있어도 주인한테는 거스르지 못하는 불쌍한 개 파. 일부러 굴욕을 맛보게 하면 정말 가슴이 뜨거워지잖아."

이슈안은 사출했던 와이어를 다시 감았다. 치밀어 오르는 분노를 필사적으로 삼키면서,

"아마도, 우리가 세 번째 희생자려나?"

"순서 따위는 상관없는 파야. 나한테 주어진 사명은 말이야, 리히

토 아이카와와 이슈안 트롤. 당신들 두 사람을 제거하는 것. 윌타미아에서 최대한 멀리 떨어진 곳에서 아주 조용히, 국민 모두가 납득할 수 있는 형태로."

"헛소리 하지 마!"

이슈안의 앵커 건이 두 번째로 로그와이어 경을 덮쳤다. 경은 그 체형을 봐서는 도저히 믿을 수 없는 민첩성을 발휘해서 하늘 높이 뛰어 올랐다. 이슈안은 바로 다음 공격을 날렸다. 허리에 찬 나이프를 던져서.

"개리 브룬은, 그래도 당신한테 충성을 맹세했는데!"

"그랬지. 정말 곰팡이 냄새 나는 가치관. 난 그런 건 질색이거든."

웃는 로그와이어 경을 향해, 이슈안은 불처럼 거세게 칼을 휘둘러댔다. 로그와이어 경은 착지해서 몸을 돌리더니 손에 든 나이프로 응수했다.

"자기가 믿는 기사도에 따라서 원탁에 목숨도 바쳤지. 미련은 없을 거야."

"네가 할 소리야!"

이슈안의 연속 공격에 하셈이 가세했다.

그는 이슈안과 협격할 수 있는 위치로 가서는 로그와이어 경을 노리고 뛰어들었다.

"호오!"

경이 몸을 굴려서 뒤로 물러났다. 상대하는 하셈은 그 손에 조금 전까지 없었던 창을 들고 있었다.

로그와이어 경의 옷깃에, 창에 찔린 구멍이 나 있다.

'이 녀석——'

하셈은 창을 재주도 좋게 돌리며 허리를 낮췄다. 대체 어디다 숨겨뒀던 건지, 한 번도 못 봤는데.

"당신, 그걸 어기서 꺼낸 파지?"

"들키면 부족의 수치야. 죽어도 말하면 안 되는 게 규정이거든."

"어이구야."

로그와이어 경이 즐겁게 웃었다.

"그러고 보니 이 나라에는 말 그대로 몸속에 이빨을 숨겨두는 부족이 있다던데. 이엔마르드 삼도 중에 하지 가문으로 시집 간 여자가 있는데, 정실을 죽이려다가 추방당했다지? 태어난 아이들은 어떻게 됐으려나. 황자는 계승권을 박탈당해서 군의 개가 됐다고 하던데."

이슈안은 깜짝 놀라서 하셈을 봤다.

하셈은 긍정도 부정도 하지 않고, 창날을 겨눈 채 로그와이어 경을 보고 있다.

"……그런 헛소리를 떠드는 놈은 뻔하지. 더더욱 당신한테 관심이 생겼어."

"어이쿠 기뻐라."

"난 되레 댁한테 묻고 싶거든. 대국 월타미아의 대귀족이라는 신분을 잃고, 월타미아의 영웅을 모조리 사막에서 죽이고, 그걸 선물로 『누구』한테 갈 생각이었을까? 월타미아와 이엔마르드의 현재 상황을 때려 부수고 좋아할 곳이겠지?"

"아주 좋은 곳이라고 한다면?"

"자세히 듣고 싶은데. 천천히!"

"오호호호호! 훌륭해!"

로그와이어 경이 큰 소리로 웃었다. 그리고 "이번엔 내가 먼저야"라며, 경이 먼저 반격을 시작했다. 무기를 소형 나이프에서 진홍색으로 칠한 채찍으로 바꾸고, 그 체형만 봐서는 예측도 할 수 없는 속도로 이슈안과 하셈을 몰아붙였다.

'빠르다!'

채찍의 궤도가 뱀처럼 휘어졌다. 뺨에 약간의 아픔과 붉은 줄이 그어졌다.

"물러나!"

하셈이 외쳤다. 품에서 투척용 나이프를 꺼내서 던졌다. 그 중에 하나가 경의 두꺼운 아래팔에 꽂혔지만,

"안 돼. 날 다치게 하기에는 부족해. 부족하다고!"

이어서 이슈안이 앵커 건을 쐈다. 로그와이어 경은 나이프에 찔린 채로 높이 뛰어 올라서 무너진 여신상 위에 착지했다. 하셈이 두 번째 공격을 노렸지만, 동시에 경이 지면으로 뛰어내렸다.

"으억!"

그 순간, 비명을 지른 건 하셈이었다.

"이봐, 하셈!?"

"으, 크, 윽."

그는 목을 붙잡고 있다. 몸은 경 쪽으로 끌려가고. 목에 가늘고 가는 와이어가 감겨 있는 걸 뒤늦게 알아차렸다.

와이어는 여신상 위를 지나, 지상으로 내려선 로그와이어 경의 뒤꿈치로 연결돼 있다.

"――수납공간은 많으면 많을수록 좋지. 하지만 거기에 너무 의지하지는 않는 파야. 당신."

이슈안은 아플 정도로 입술을 깨물었다.

"노리는 건, 나잖아! 그 녀석은 놔줘!"

"……이슈안…… 도망…… 쳐……."

"어떻게 도망쳐, 이 바보야!"

경은 더 날카로운 소리로 울었다.

"그래, 이 이엔마르드 사람을 구하고 싶으면 무기를 전부 버려. 무릎 꿇고 도움을 청해. 생각할 수 있는 모든 굴욕을 실컷 맛보게 한 뒤에, 『그의』목숨만을 생각해보겠어."

그렇군―― 결국 내 목숨은 빼앗을 셈인가.

"나쁘게 생각하지 말라고. 그쪽의 부탁이야. 세상을 바꾸는 영웅은 한 사람이면 된다고."

"……무슨 소리야?"

"난 모든 것을 손에 넣을 수 있어. 이미 기존의 신분이나 계율조차 바보처럼 여길 수 있는 것이거든?"

정말로 의미를 알 수 없어서 멍하니 서 있었더니,

"자, 수다는 끝. 쓸데없는 소리 하지 말고. 손을 움직여."

이슈안은 어쩔 수 없이 먼저 허리에 찬 단검을 버렸다. 이어서 왼손의 앵커건 고정쇠에 손을――

"젠장!"

괴로움을 참기 위해, 앵커 건을 쐈다. 하지만 마지막 앵커는 로그와이어 경의 머리 위쪽 한참 떨어진 곳으로 날아갔다.

"정말, 꼴사납네! 그런 발버둥은 싫어하거든."

이슈안은 입술을 깨물면서, 길게 늘어진 와이어를 천천히 감았다. 조금씩, 경에게 들키지 않게, 조용히——.

툭, 큰 돌이 움직이는 소리가 났다. 경에게 드리운 그림자가 움직인다.

"걱정하지 않아도, 이 다음에 기다리는 건 멋진 세상이야. 파나티아 님이 떨어트린 혁명의 톱니바퀴는 이미 돌아가기 시작했어—— 잠깐, 뭐야 당신."

이슈안은 마음속으로—— 웃었다.

이쪽이 노린 건 로그와이어 경 본인이 아니다. 그의 뒤쪽에 있는 돌기둥이다.

비스듬하게 기울어져 있던 약한 기둥은, 앵커 건의 충격 때문에 간단히 쓰러졌다.

"잘 가, 로드 로그와이어."

"잠깐마아아앙! 다, 당신 편까지 같이——"

부러진 돌기둥이 차례로 로그와이어 경과 하셈을 덮쳤고, 그 무게 때문에 지면이 함몰됐다.

그 뒤에는 강렬한 모래먼지와 파편만이 남았다.

이슈안은 시야를 뒤덮은 모래먼지가 가라앉은 뒤에, 경 때문에 생긴 뺨의 상처를 닦아내고서 그 쪽으로 다가갔다.

"——이봐. 살아 있어?"

조금 지나, 거대한 파편이 살짝 움직였다. 이어서 폭풍에 날아가 버리는 것처럼, 쓰러진 돌기둥이 하늘로 날아올랐다. 이슈안은 거기

에 휘말리지 않도록 서둘러 뒤로 물러났다

그 밑에서 나타난 것은, 하셈 데라였다. 목에 감긴 와이어를 걷어 내면서 지상으로 기어 올라왔다.

"……그래. 살아있어요 도적 님."

"꽤 위험했네. 나까지 죽는 줄 알았어."

"그래도 나랑 비교하면 다행이죠. 어째서 안 죽었는지."

"그런 거야. 매직 아이템이니까."

이슈안은 하셈의 오른손을 보며 말했다. 거기에는 이슈안이 빌려 준 『추억의 부적』이 있었다.

주인이 죽을 수 있는 위험을 높은 확률로 회피하게 해주는 팔찌. 그것이 『추억의 부적』이다.

로그와이어 경이 오영웅 이슈안을 경계할 게 눈에 뻔히 보여서, 이 방어구를 일부러 하셈한테 맡겨뒀다. 그 상태에서 로그와이어 경에게 접근하고 하셈과 함께 섬멸. 하셈이 방어구의 힘으로 살아남으면 승리. 사전에 얘기해둔 대로였다.

"참 편리하네요."

"하지만 말이야. 다른 사람한테는 효과가 없을 가능성도 있었지만…… 잘 돼서 다행이네."

"──그런 얘기는 먼저 하라고요. 착한 아이니까!"

"신경 쓰지 말고. 아주 멋지게 당해줬어."

하셈이 이제 와서 동요하는 모습을 보고, 이슈안은 이를 드러내며 웃어줬다. 그는 벌레라도 씹은 얼굴로 팔찌를 벗어서 돌려줬다.

"그런데, 조금 실수했는지도 모르겠네요."

"응?"

"이래선 신문이고 뭣도 못 하니까."

"……그러게……."

파편 밑에서 나오지 않은 로그와이어 경에 대해 생각했다. 세상을 바꿀 수 있는 영웅은 한 명이면 족하다. 그렇게 말한 새된 목소리가 생각났다.

그들이 말하는 영웅이란 뭐지? 이쪽을 쓰러트린 공을 대체『누구』한테 바칠 생각이었을까──.

"원래 나는 다른 나라의 동향을 캐고 조직의 배신자를 찾는 게 일이거든요. 이번에는 월타미아가 어떻게 나오는지 지켜볼 생각이었는데…… 뭔가 더 재미있는 일이 벌어질 것 같더라고요. 당신들이 로그와이어 경과 같은 배에 탄 건, 이엔마르드에서 보낸 진상품 때문이었죠.『쿄코』씨의 유류품인가 하는."

"뭐야. 설마 친사도 한 패였어……?"

"글쎄요, 그런 말은 하는 게 아닙니다. 누가 들을 지도 모르니까."

재미없다는 듯이 말하는 하셈의 얼굴은, 다음 사냥감을 발견한 고양이 같은 표정이었다.

"재미있네요. 정말 재미있어── 누가 어디까지『그쪽』으로 돌아설지──"

"……그쪽이 황자님이라는 건 진짜야?"

하셈은 찬물이라도 끼얹은 것 같은 얼굴이 됐다.

"무슨 소린지."

"아까 그 변태 귀족이 떠드는 소리 다 들었거든. 도적 귀를 뭘로 보는 거야."

"궁금합니까? 이얏호. 이거 기쁘네요."

"말 돌리지 말고."

일부러 웃으면서 두 팔을 벌리는 하셈을 보고, 이슈안은 차갑게 말했다. 그 때였다.

──쿠웅! 하고 발밑이 크게 흔들렸다.

"으억?!"

이어서 땅 속에서 수십 수백이나 되는 사람 목소리로 겹쳐져서 솟아 올라왔다.

'뭐야.'

'밑에서?'

──돌려줘. 돌려줘.

──우르스라를 돌려줘.

──돌려줘.

──리히토.

리히토.

──죽여라 리히토.

──죽여버려. 용서할 수 없는 자. 마검을 가진 자.

──죽여버려.

자기 입으로 뭘로 보냐고 말했던 귀가, 틀림없이 『리히토』라는 소리를 들었다. 잘못 들은 게 아니었다.

"리히토!"

"이봐요 도적님?!"

이슈안은 하셈이 말리는 것도 무시하고, 지하로 가는 계단 앞으로 뛰어갔다. 닫혀 있던 신전의 입구가 살짝 흔들리고 있다.

"——무슨 일이 일어난 거야……? 있는 거야? 여기에. 리히 토……?"

***

초등학교 5학년 여름방학 때였다.

갑자기 물이 불어난 강에 쓸려갔다 싶었더니, 모르는 곳에서 모르는 남자가 거둬줬다. 그 세계의 전승에 따라서 멸망의 위기에 처한 세계를 구하라고 했다. 그리고 만난 네 명의 동료와 모험을 했다.

산 넘고 강 건너, 미궁을 탐색하고 마신이 있는 아마트산 정상으로 향했다.

——살려줘!

무너져가는 몽환성. 바닥이 없는 구멍으로 떨어지는 동료를 잡으려고 손을 뻗었지만, 잡지 못했다. 벌써 몇 번이나 했는지 모를 후회의 이유. 구해야 해 구해야 해 구해야 해.

빨리!

"이슈안————!"

도립 무사시노 통합 고등학교 1학년 B반 아이카와 리히토는, 절규와 함께 바닥에 엉덩방아를 찧었다.

"무, 무슨 일이야 아이카와 군. 혹시 잠꼬대?"

하마터면 회전의자에 머리를 부딪칠 뻔 했다.

같이 카운터 당번을 보고 있던 미치바 코코가 눈이 휘둥그레져서 이쪽을 쳐다봤다.

거기에는 마신도 없고 이슈안도 없었다.

'으아.'

정말 창피하다.

"……응. 미안. 졸았네……."

"우와. 이렇게 심한 잠꼬대는 처음 봤다. 정말 귀중해~."

부딪친 허리에 손을 대고 일어났다. 그곳은 방과 후의 도서실이고, 몇 안 되는 이용자들은 무슨 일인가 싶은 눈으로 이쪽을 응시하고 있다.

리히토는 고등학교 1학년 학생이고, 용사도 아닌데다 영웅도 아니다. 쥐구멍이라도 있으면 들어가고 싶었다.

"뭐야, 그 스마트폰."

"기념사진 한 장."

"하지 마."

"알았어."

스마트폰 카메라를 들이대려는 코코에게, 리히토는 얼굴을 찌푸리며 NO라고 말했다.

"잠꼬대 치고는 무슨 소린지 모르겠던데. 이슈?"

"아무것도 아냐."

"그래도 왠지 안심이 되네. 아이카와 군도 조는구나."

"그야, 졸지……."

코코는 묘하게 기뻐 보였다. 리히토는 의자에 다시 앉아서, 쑥스러운 기분을 감추기 위해 눈을 감았다.

바로 또, 자신을 끌고 가려는 것 같은 잠의 파도가 찾아왔다. 깊이, 깊이, 깊이——.

"야 리히토, 일어나!"

이번엔 이슈안 트롤과 눈이 마주쳤다

매끄러운 금발에 맑은 파란색 눈동자. 그녀는 옷소매가 부풀어 오른 모양의 빨간 원피스에 하얀 앞치마 차림으로, 채소가 가득 든 광주리를 두 손으로 들고 있다.

"무슨 잠꼬대를 하고 난리야. 멍하니 있다간 그린다한테 혼난다."

"아, 그래. 그렇지……."

"이제 곧 축제니까. 제대로 일 해야 한다?"

그것은 아마트산의 힐데 마을에서 같이 살았던, 몇 안 되는 서로 좋아했던 기억. 솔직하게 생각하고, 그리고 생각해줬다.

"——리히토? 괜찮아?"

사랑스런 그녀. 이대로 시간이 멈췄으면 좋겠다는 생각까지 했다.

하지만 아니다. 왠지 이것도 아니다.

난 알고 있다.

그녀가 가르쳐준 것. 자신이 무엇을 선택했는지.

내가 나아가야만 하는 세계는————.

***

"리히토! 정신 차리세요!"

——우르스라가 어깨를 세게 흔들자 리히토는 눈을 떴다.

'아.'

무기에 맞고 의식을 잃은 건 한 순간이었던 것 같지만, 꽤나 긴 꿈을 꾼 것 같다.

태양이 보이지 않는 사막 아래, 원통하게 죽은 망령들의, 현기증이 날 것 같은 저주의 노래는 그칠 줄을 모른다.

"돌려줘. 돌려줘. 우르스라를 돌려줘. 그게 아니면 죽음을!"

"그래, 죽음이야!"

눈앞에는 쓰러져도, 쓰러져도 계속 일어나는 시체 무리. 그 안에 있는 것은 베즈나야의 망령들. 손상이 심한 육체 사이에서, 예전에 오나스의 아내라고 불렸던 것도 원한이 담긴 소리를 질렀다.

이것이, 꿈의 종착지인가——.

리히토는 숨을 헐떡이며 칼을 고쳐 쥐었다. 정말이지, 현실이 제일 심한 악몽이라니, 말도 안 돼. 하지만 그 때, 우르스라가 리히토에게 매달렸다.

"이제 됐어요. 그만두세요. 전 두고 가세요."

"그건 안 돼! 같이 가기로 약속했잖아."

"하지만…… 무리예요…… 더 이상 보고 싶지 않아요…… 제가 부탁하면, 당신 목숨만은 살려줄지도 몰라요……."

오나스의 아내 모습을 한 망령이 한 손에 무기를 든 채로 미소 지었다.

"맞아, 우르스라."

"자, 이리로 오렴."

거 보라는 것처럼, 우르스라가 눈물 맺힌 눈으로 리히토를 봤다.

하지만 리히토는──.

"안 돼."

"리히토!"

기껏 용기를 내기로 했잖아. 이 너머에 있어. 너에게 보여주고 싶은 것들이 잔뜩 있다고."

그렇다. 진짜 두 개의 태양이라든지. 하늘의 구름, 산의 눈.

파나케이아에서 평범하게 살아가는 사람들에게는 당연한 것들이지만, 여기서 나가면 감동할 것이다. 처음 보는 것들 투성이일 것이다.

"나도, 위에서 하고 싶은 일이 있어. 해야 하는 일들이 기다리고 있어. 하지만, 그건 널 버리고 이뤄야 할 일이 아니야. 나 혼자 나가면 틀림없이 후회할 거야!"

"하지만, 이대로는 당신이 죽게 돼요!"

죽어? 정말로?

리히토는 다시 사자들을 베면서 생각했다.

죽음은 끝. 모든 것들의 종점.

즉, 정말로 올바른 『죽음』의 상태가 된다는 것은──.

──이슈안 트롤.

──그녀를 만나고 싶다.

그 순간, 폭발적으로, 폭력적인 정도의 기세로, 다양한 시간축의 그림들이 떠올랐다.

『부탁한다 꼬맹이』『정말이지, 넌 손이 많이 가는 녀석이라니까!』

『살려줘』『혼자서 불안하면 이 이슈안 브릴리언트 트롤 님이 같이 어울려줄 수도 있는데』『왜냐하면 너는 마신 아르고스가 없으면 이쪽 세계에 오지도 않았고, 난, 널 만나지 못했을 테니까』『아야~. 뭐 하는 거야 리히토』『네가 그랬잖아. 하나도 안 이상하다고』『나는 개리 브룬한테 걸겠어』

더 이상 어떤 게 진짜이고 어떤 게 가짜인지 알 수도 없는 잡다한 기억. 그녀에 관한 기억. 추억.

죽음. 그것조차 잃어버리는 완전한 무.

'그런── 싫어!'

본능적인 외침에 가까웠다. 리히토는 각오했다. 계속 빼냈던 보주를, 성검 자루에 끼웠다.

제어할 수 있을지 모르겠다. 또 폭주해버릴지도 모른다. 하지만 그게 두려워서 도망치는 건 이제 그만두겠다.

'찾으려면 실컷 찾으면 돼. 난 그냥 나야!'

그리고 상대도 『겨우』 성검이다. 특별하게 대우해줄 필요는 없다.

자루에 끼운 보주에 빛이 깃들었다. 묵직한 진동이 시작된다. 진동이 온 몸에 울린다.

그리고 시작되는 성검의 주사. 하지만 그 불쾌한 감각도 싫지는 않았다. 전부 받아들여라.

"파마의 성검이여!"

쿠웅! 공간이 흔들렸다. 그것뿐인데, 덤벼들던 마을 사람들의 몸이 실이 끊어진 꼭두각시 인형처럼 쓰러졌다. 주위에서 노래하던 망령들도 성검의 파동을 맞고 날아가서 사라져버렸다. 혼돈의 마신조차도 땅으로 되돌리는, 성검의 압도적인 힘이다.

"우르스라, 따라와!"

리히토는 성검을 쥐고 뛰어갔다.

"지나가는 건 허락 못한다!"

아직도 움직이는 오나스가 석장을 겨누고 돌진해왔다.

체형에 어울리지 않는 날카로운 찌르기를 펼쳤다. 성검의 제어에 의식을 빼앗기고 있기는 했지만, 어떻게든 급소만은 피했다. 하지만 어깨에 날카로운 아픔.

'아직이야!'

아직 이 검을 놓아서는 안 된다. 포기해서는 안 된다.

"저기입니다, 리히토!"

찾았다── 신전의 출구! 거대한 바위가 길을 막고 있다.

"멈춰라!"

소리치는 오나스의 맹공을 피하고, 격렬하게 진동하는 성검을 치켜 들었다.

"호(豪)·강(鋼)·참(斬)·파(破)."

앞길을 가로막는 장벽── 눈앞의 큰 바위를 향해, 성검을 내리쳤다.

"부서져라!"

"안 돼────!"

오나스가 방해하기도 전에, 눈부시게 빛난 성검이 폭음과 함께 바위를 부숴버렸다. 충격파는 그대로 기세가 줄어들지도 않고, 똑바로 뻗어나갔다.

'가라, 가! 뚫어버려!'

그리고————.

'————뚫었다!'

검에서 빛이 사라졌다. 관통한 구멍 너머에서, 그 빛과 맞바군 것처럼 눈부신 자연광이 들어왔다. 리히토와 다른 사람들을 똑같이 비춰줬다.

"————안 돼!"

하지만, 우르스라가 비명을 질렀다.

햇빛에 노출된 족장 오나스의 몸이, 다른 노르드 마을 사람들처럼 질척질척 무너져 내렸다.

***

마을 밖에서 마수와 마주친 다음날이면 열이 나서 침대에 눕는 신세가 됐다.

하루 종일 이불을 덮고 누워 있는 것 말고는 아무것도 할 수 있는 게 없어서, 혼자 괴로워할 뿐이었다.

『우르스라는 또 누워 있나?』

『예. 열이 내려가질 않아서.』

————누구? 아버님과, 제일 위쪽 어머님?

목소리는 들리는데 몸이 뜨겁고 무거워서 말을 듣지 않는다. 눈앞이 흐릿해서 아무것도 보이지 않는다.

만약 아버님이라면 오랜만에 인사를 드리고 싶은데. 잔뜩, 잔뜩,

말하고 싶은 게 있는데.

『정말 나약한 아이군. 너무 밖에 내보내지 마.』

『알고는 있지만, 말을 듣지 않아서.』

『변명은 하지 말고. 이 아이는 족장의 딸이 된다. 키운 자식이지만.』

차가운 말을 듣고서 너무나 크게 낙담하고, 우르스라는 이불 속에서 눈물을 흘렸다.

죄송해요, 죄송해요. 말을 듣지 않는 아이라서 죄송해요.

하지만 그 날, 취침 종소리가 끝났을 무렵, 누군가가 우르스라의 베갯머리에 서 있었다. 약해진 우르스라의 몸이 차가워지지 않도록, 귀중한 모포를 한 장 더 덮어줬다.

『죽는 건 용서하지 않는다.』

──그것이── 아버지의 손이었다고, 생각하는 건 일방적인 바람일까──.

실제로 그 무렵부터 아버지의 속박이 한층 엄해졌다. 부조리할 정도로.

"아버님!"

마치 열기에 녹아버리는 밀랍을 보는 것 같았다.

우르스라는 바로 발을 돌려서 석장과 함께 무너져가는 양부 곁으로 달라졌다.

3대째 오나스 아르칸의 온 몸은, 완전히 윤곽을 잃어가고 있다.

"오나스. 족장 오나스. 아버님. 정신 차리세요."

"……그래서, 이 문을 열어서는 안 된다고 했다. 우리는 이미, 햇빛 아래에서 살아갈 수 없으니까…… 너 외에는."

자신의 눈동자에 또다시 눈물이 고이는 걸 알 수 있었다. 싫어. 이런 건 싫어. 「어째서」라고 말하며 고개를 저었다.

"설령 덧없고 거짓된 삶이라 해도, 우리는 마을을 유지하는 길을 선택했다. 다시는 햇살을 보지 못하는 몸이 되더라도, 우리는 진정한 평온을 손에 넣었다. 후회는 없다. 그렇게 자신을 달래면 아득해질 정도로 기나긴 세월을 보내왔다. 그러는 중에, 파나티아는 너라는 갓난아이를 내려주셨다. 아무런 더러움도 없는 따뜻한 아이를."

말하는 중에도 오나스의 몸은 계속 무너져 내렸다.

"얼마나―― 우리가 너를 부러워하고, 시샘하고, 시기하고, 그리고 희망을 맡겼는지 아느냐?"

이것이 죽음의 운명을 거스른 자의 말로라고 해도.

"저는…… 저는."

"너는 여기서 태어났고, 그리고 언젠가는 우리의 일원이 된다. 그것 말고는 길이 없다고 생각했는데."

녹고 있는 남자는 계속해서 웃고 있다.

"이루지 못했는가…… 이, 또한, 운명이겠지…… 이제 됐다. 이 죽지 못한 존재를 버리고 가라. 지옥과도 같은 지표에서 하고 싶은 일을 해라. 그러고 싶다면."

"아버님. 정신 차리세요. 제발. 제가 잘못했어요."

"아이카와, 공."

우르스라가 무너져가는 몸을 끌어안으려 했지만 실패했다. 전부 땅에 떨어져버렸다.

우르스라는 필사적으로 소년에게 호소했다.

"리히토, 리히토, 어떻게 해! 아버님이."

"부탁한다. 못난, 방황하는 딸을, 부디, 살게—— 부탁——."

그것이, 우르스라와 리히토가 알아들을 수 있는, 마지막 의식이 있는 말이었다.

머릿속에 온갖 생각들이 맴돌았다.

"아, 아, 아……."

그 한밤중의 상냥한 손은, 틀림없이 아버지의 손이었다. 그렇게 생각해도 용서받지 못하는 걸까. 왜냐하면 앞으로 기나긴 시간을, 낯선 땅에서 지내야만 한다. 여기 있는, 모든 영혼들 몫까지.

"……리히토."

조용한 목소리고, 그녀는 소년의 이름을 불렀다.

"왜, 우르스라."

대답하는 소년의 목소리도 희미하게 떨리고 있다. 강하고 약하고 상냥한, 언밸런스한 나의 서방님.

하얀 손가락을, 피가 밸 정도로 꽉 쥐었다. 자, 용기를 내자.

"가죠."

——밖으로.

아이카와 리히토가 우르스라의 어깨에 손을 얹었다. 우르스라는 눈물을 닦으며 일어섰다.

유품으로, 아버지가 목에 걸고 있던 목걸이를 가져가기로 했다. 목에 느껴지는 무게가 마치 아버지의 무게 같다는 생각이 들었다.

나가자, 밖으로.

그대로 둘이서, 지금 막 생긴 지상으로 나가는 길을 걸어갔다.

"날…… 원망하고 싶으면 원망해도 돼."

"그런 건, 모르겠습니다.

그렇다. 그 누구도 모른다.

"분명히 언젠가는 후회할 날이 올지도 모릅니다. 어째서 당신의 손을 잡았을까, 계속 지하게 있으면 좋았다고 생각할지도 모릅니다. 하지만, 지금은."

마침내, 눈부신 빛과 함께 눈에 들어온 것은 눈이 시릴 정도로 파란 하늘.

두 개의 태양과, 그 아래에 흐르는 하얀 구름. 황폐한 유적 너머에 펼쳐진 하얀 사막.

넓고, 넓고, 아득할 정도로 넓고 밝아서.

이것이, 사람들이 말했던── 바깥인가──.

"예쁘다……."

"그래. 우르스라 아르칸. 저게 하늘이야."

"하늘."

우르스라는 갓 태어난 갓난아기처럼 하늘을 향해 손을 뻗었다. 잡을 수 없는 태양을 잡으려고 걸어갔다. 베일이 벗겨지면서 드러난 은색 머리카락이 햇살을 받아서 눈부시게 빛났다.

"하지만 리히토. 지금은, 아무것도 생각하지 않습니다. 자유입니다. 당신이 구해준 목숨을, 어떻게 쓰던지, 제, 자유. 그것이…… 아버지의 마지막…… 부탁이었으니까……."

그 눈에서 또다시 눈물이 빛났지만.

이제 다시는 울지 말자. 약속하게 해주세요, 아버님. 마을 사람 모두들.

"리히토―――!"

멀리서 목소리가 들려왔다.

무슨 일이 일어났는지 영문을 몰라서 멍하니 서 있는 우르스라 옆으로 리히토가 달려갔다.

"이슈안!"

꿈이 아닌지, 볼을 때리고 싶어졌다.

리히토가 두 팔을 벌리고, 달려오는 금발 소녀를, 온 몸으로 받아주고 있었다.

【0】
GO
TIMANI

"바보야. 이 망할 바보야. 죽도록 걱정하게 만들고!"

이슈안이다. 진짜 이슈안이다.

파트너의 목소리는 울음 섞인 소리였다. 그 작은 몸을, 리히토는 확인하려는 것처럼 꼭 끌어안았다.

"미안해."

"살아있는 거지?"

"응, 살아있어."

"잘 있었지."

"응, 잘 있었던 것 같아."

"그럼 됐어. 아~무 상관없어."

그 목소리에 가슴이 메어 와서 자신의 소리가 말로 표현되지 않는다. 똑같은 생각인데도.

'그래. 상관없어.'

그 때. 지하에서 죽고 싶지 않다고 생각했을 때, 머릿속에 떠오른 얼굴은 『이슈안 트롤』이었다. 그것이 어느 때의 이슈안인지, 무슨 생각을 하고 있는지, 그런 건 아무 상관없었다.

"……넌 너고, 앞으로도 너야. 아마 그렇게 되겠지."

"무, 무슨 소리야. 뭐야 갑자기."

"보고 싶었다는 뜻이야."

지금이라면 틀림없이, 무슨 말이든 할 수 있을 것 같다. 어떤 대답이 돌아와도 후회는 없다.

이슈안 트롤. 난 너를————.

"리히토."

감격에 빠져 있는 리히토 뒤쪽에서——— 우르스라가 리히토의 이름을 불렀다.

이슈안이 동물처럼 재빠르게 리히토한테서 떨어졌다.

우르스라는 그런 리히토와 이슈안에게 살짝 고개를 끄덕여 인사했다.

"아는 분인가요?"

조용한 목소리는 생각보다 멀쩡했다. 너무 멀쩡해서 어안이 벙벙해질 정도로.

"으, 응. 그러니까, 우르스라. 이쪽이, 이슈안. 내 여행 동료야."

"그렇습니까. 당신의 소중한 사람과 만나서 저도 기쁩니다."

무슨 이야기인지 전혀 이해하지 못한 이슈안이 「누구야?」라는 얼굴로 리히토를 쳐다봤다.

"뭐라고 하는 거야?"

"어, 아, 응. 그러니까."

이엔마르드 말을 모르는 이슈안에게 통역을 해줘야 한다.

"그러니까…… 이 사람은, 우르스라 아르칸. 계속 지하 신전에서 살았고, 같이 밖으로 나왔고."

"시, 신전에 있었다고—— 정말로?! 언제부터?"

"응, 맞아. 얘기하자면 길어지는데——"

"지금은 리히토의 아내입니다만."

리히토는 뿜어버렸다.

우르스라는 태연하게 서 있다.

"왜 그러십니까 리히토. 이슈안 양에게 말해 주십시오. 가만히 있는 건 실례라고 생각합니다."

"아니, 그건."

"어폐가 있는 것 같다면 전처라고 하셔도 좋습니다."

더 이상해지잖아!

우르스라는 우아하게 미소를 지었다.

"여러 곳에 데려가주신다고 하셨으니, 정말 기대됩니다."

"야 리히토. 대체 뭐라고 하는 거야"

"자, 자자잠깐, 이슈안, 저쪽 가서 얘기하자! 잠깐만!"

"책임이란 참 중요하지요."

리히토는 황급히 이슈안을 붙잡고, 눈에 들어온 파편더미 뒤쪽으로 걸어갔다.

***

——이걸로 됐어. 괜찮아.

우르스라는 재미있을 정도로 당황하는 리히토와 그 일행 소녀를, 미소를 머금은 애초 지켜봤다. 하지만 익숙하지 않는 미소는 바로 사라지고, 원래의 무표정한 얼굴로 돌아왔다.

'웃는 건, 힘들구나.'

주물주물, 자기 볼을 마사지하고 있는데.

"——당신도 보통내기가 아니군요."

고개를 돌려보니 등 뒤에 있는 부러진 기둥 위에, 낯선 이엔마르드 사람 남자가 앉아 있다.

이쪽과 정 반대로 실실 웃는 표정이 수상해서, 우르스라는 경계하며 물었다.

"당신은, 누구인가요."

"글쎄, 누구일까요. 적일까 아군일까. 어디에 가도 왠지 미움을 사는, 당신처럼 훼방꾼이 아닐까요."

헛소리를 하면서 볼을 긁고 있다. 우르스라는 허리의 바구니에 들어 있는 거미와 독사를 의식했다. 언제든지 날려서 물어버리게 할 수 있도록.

"모르는 사람에게 그런 말을 들을 이유는 없다고 생각합니다."

"그게 말이죠. 굳이 일을 복잡하게 만들 필요는 없지 않겠습니까. 하필이면 색시 발언이라니."

"사실이니까."

"헤에. 사실. 저 영웅님 얼굴을 보면, 상당한 견해 차이가 있는 것 같은데?"

그래도 우르스라는 꿈쩍도 하지 않았다.

왜냐하면. 보고 바로 알 수 있었으니까. 그—— 아이카와 리히토의 마음이, 사실은 어디에 있었는지. 지하 신전에서 그런 꼴을 당하면서도 굴하지 않고 우르스라를 이 지표까지 끌고 나온 원동력이 무엇이었는지.

두 사람이 같이 있는 모습을 봐버렸더니, 슬플 정도로 이해가
됐다.

그래서 자신은──.

"그냥…… 잠꼬대로 부르던 이름의 당사자가 나타나서── 왠지
── 반항하고 싶어졌습니다."

"헤에. 그거 참 대단하네."

"예. 반항기입니다."

"푸핫! 좋은데, 반항기!"

뭐가 그렇게 재미있는지, 남자는 데굴데굴 구르면서 웃었다. 짜증
나는 큰 웃음소리가 사막의 하늘에 울려 퍼졌다.

하지만, 실컷 웃으라고 생각했다.

끊이지 않았던 망령들의 목소리는 더 이상 들리지 않는다. 사랑해
주고 있다는 걸 알아차리지 못했던 가족들의 목소리다.

나는, 자유다. 어디까지나.

"그럼 말이야, 반항기 아가씨. 아주 조금, 끝내주는 걸 가르쳐
줄까."

남자는 손가락을 하나 세워보였다.

"지금부터 당신이 걸어갈 길은, 저 영웅님을 따라가는 한은 계속
가시밭길."

깜짝 놀랐다.

"생각지도 못한 소란에 휘말릴지도 몰라. 저 영웅님이 좋건 나쁘
건 모든 일의 열쇠를 쥐고 있는 화약고라고 하면── 어떻게 할 거

지? 그만둘 거야?"

당장은 대답할 수가 없었다. 하지만, 우르스라는 망설이지 않았다.

"지금보다 나쁜 일은 없습니다. 가겠습니다."

"하하. 그럼 이번에는 좋은 쪽 정보. 저 두 사람 말이야, 딱히 연인 같은 건 아니거든."

이번에는 우르스라도 자기 귀를 의심했다.

"——————뭐."

"실제로는 영웅님의 일방통행—— 에 한없이 가깝지만. 아닌가? 아무튼 실제로 기정사실은 아무것도 없는 것 같아."

"저런 데도?"

"응, 저런 데도."

"……좋았어~ 라고 해야 할까요."

"와하하하. 그럼 뛰어! 저질러버려!"

그런 목소리에 떠밀려서, 우르스라는 처음 보는 지표 위를 달려갔다. 아주 조금 꼴사납게, 수치심도 체면도 전부 내버리고, 그저 자유롭게—— 하고 싶은 일을 하기 위해서.

'부디, 지켜봐주세요'

'보고 있죠'

'아버님. 마을 여러분——'

목에 건 유품 목걸이가 응원하는 것처럼 절그럭거리는 소리를 울렸다.

***

"……그래서 말이야, 정말 힘들었다고. 아래로 떨어진 것까진 좋았는데, 위로 올라올 출구는 없다고 하질 않나, 살고 있는 사람들은 마신이 봉인됐다는 것도 모르고, 우르스라가 도와줘서 간신히——"

"하는 김에 색시로 삼았다고?"

리히토는 또다시 목이 메였다.

"……와 당황하는 거야?"

"콜록, 아, 아니, 그게 신경 쓰이는 거야? 꽤 중요한 얘기를 했었는데. 마수라든지 베즈나야의 망령이라든지."

"그런 건 나중에 천천히 생각할 거야. 지금은 듣고 싶은 걸 들을 거고. 어떻게 된 건데?"

리히토는 필사적으로 상황을 설명해야 했다.

"어떻기는…… 지하에 있을 때, 편의상 약속이랄까, 그런 거야."

"그런데 지금도 그렇다고 말하잖아?"

"그건."

이슈안의 질문은 왜 하늘이 파란색이냐고 묻는 것처럼 솔직했고, 딱히 화가 난 것 같지도 않은데, 왠지 리히토의 마음은 진정되질 않았다.

차라리 화를 내는 게 편하겠다 싶을 정도로.

"……뭐랄까, 농담, 이었던 것 같아. 우르스라 나름대로."

"농담?"

"응. 그렇게 안 보일지도 모르겠지만."